Mo Yan, de son vrai nom Guan Moye, est né en 1955 dans une famille de paysans pauvres à Gaomi, dans la province du Shandong. Il quitte l'école pour travailler aux champs dès la fin de ses études primaires. En 1979, il s'enrôle dans l'armée et entre, en 1984, à l'Institut des arts de l'Armée de libération. Il commence à écrire en 1981. Il a publié plus de quatre-vingts nouvelles et romans, ainsi que des textes de reportage, de critique littéraire et des essais. Plusieurs de ses ouvrages ont été traduits en français, notamment, *Beaux Seins, Belles Fesses*, *Le Supplice du santal*, *Quarante et Un Coups de canon*, *La Dure Loi du karma*, *Le Chantier* et *Grenouilles*. Il a reçu le prix Nobel de littérature en 2012.

[illegible] Yan, [illegible] Guan Moye, est né en [illegible] dans une famille de paysans pauvres à Gaomi, dans la province du Shandong. [illegible] 1955 [illegible] 1986 [illegible] Gaomi [illegible] le prix Nobel de littérature en 2012.

Mo Yan
PRIX NOBEL DE LITTÉRATURE

ENFANT DE FER

NOUVELLES

Traduites du chinois
par Chantal Chen-Andro

Éditions du Seuil

Ce recueil est constitué de nouvelles inédites et de nouvelles tirées
de différents ouvrages :
« La faute »
Texte original : *Huanle shisan zhang (La joie. Treize textes)*

ISBN 2-07-072991-5

« Coup de vent », « La rivière tarie », « Le bébé abandonné »,
« L'abri aux sandales de paille », « Cinq petits pains », « Le dirigeable »,
« Enfant de Fer »
Texte original : *Cangying (Les mouches)*

« Premier amour », « Une histoire d'amour », « La meule en pierre »,
« Carpe d'or », « Nuit de pêche »
Texte original : *Chulian (Premier amour)*

« La fille du boucher »
Texte original : *Lao qiang (Le vieux fusil)*

« Le clan des renifleurs d'odeurs », « La belle de glace »
Nouvelles inédites

TEXTE INTÉGRAL

ISBN 978-2-7578-3394-0
(ISBN 978-2-02-054168-8, 1re publication)

Carpe d'or

La lune se lève, le lac Qingcao devient un vaste miroir scintillant d'une lumière argentée. Par moments, des poissons sautent hors de l'eau, traçant un trait d'argent ; en retombant, ils brisent le miroir de mercure, tandis que se forment des ondes concentriques.

Sous un vieux saule, au bord du lac, un grand-père et son petit-fils sont assis, silencieux. Le vieillard fume, des étincelles rougeoient par intermittence dans le fourneau de sa pipe, illuminant vaguement son visage bienveillant.

« Grand-Papa, il est temps de remonter le filet.

– Oh, remontons. »

Le grand-père se lève, dénoue la corde du carrelet attachée à la cheville en fer. Le carrelet a la forme d'une grue : une longue perche en bambou avec, au bout, une poche en filet. Le carrelet est lourd, le vieux pêcheur le ramène lentement, le carrelet enfoncé dans l'eau remonte peu à peu, soudain l'eau est battue avec bruit.

« Grand-Papa, il y a un gros poisson ! »

Le grand-père élève le carrelet au-dessus de la surface de l'eau, la lune éclaire le filet, au fond est allongée une carpe émettant des lueurs dorées. Il déplace le carrelet vers le bord, le petit-fils, tout en sautillant, prend dans ses bras le poisson et le met dans un seau rempli d'eau. Le poisson fait quelques bonds dans le seau, puis l'on n'entend plus de bruit. Le grand-père replonge le carrelet dans l'eau, tourne la tête pour voir le poisson dans le seau.

« Grand-Papa, ce poisson fait bien six à sept livres, non ?

– À peu près.

– C'est quoi, comme poisson, Grand-Papa ? »

Le grand-père craque une allumette. La lueur éclaire le seau, il s'agit d'une carpe dorée. Ses nageoires et sa queue ont le rouge vif des feuilles d'érable touchées par le givre.

« Une carpe aux nageoires dorées, dit le grand-père.

– Et c'est bon, ce poisson ? demande le petit-fils.

– Hum, répond le grand-père, l'esprit ailleurs.

– Grand-Papa, vous n'avez pas l'air content. On a attrapé un si beau poisson.

– C'est bizarre, ce poisson est bien sage.

– Qu'est-ce que vous dites, Grand-Papa ?

– Oh, mon petit, ce poisson est trop généreux, quand le filet est sorti de l'eau, il aurait pu, d'un simple bond, déchirer les mailles. Notre carrelet ne peut prendre que des petits poissons.

– Le poisson s'est sans doute endormi. »

Le grand-père se perd dans de profondes réflexions, le fourneau de sa pipe rougeoie par intermittence. Alentour tout devient silence, une brume légère s'élève de la surface du lac, quelques lotus roses, au-dessus de l'eau, composent un tableau ; dans les touffes d'herbes aquatiques, de petits insectes chantent tout bas.

« Grand-Papa, vous pensez à quoi ? Vous n'avez pas l'air content du gros poisson.

– Je ne pense à rien, mon petit. Viens, on va relever une nouvelle fois le filet. »

Cette fois, il est vide. Le carrelet coule au fond de l'eau, tout replonge de nouveau dans le silence.

« Grand-Papa, raconte-moi encore une histoire.

– Bon, je vais te raconter l'histoire d'une carpe aux nageoires dorées.

– Encore celle où la carpe devient une bru, vous me l'avez déjà racontée mille fois… marmonne l'enfant mécontent.

– Cette fois, il ne s'agit pas d'une carpe qui devient un être humain, mais d'un être humain qui se fait carpe.

– Ça existe ?

– Oui. »

L'enfant s'approche, le grand-père étend les bras, prend son petit-fils contre lui.

« Il y a quelques années…

– Combien d'années ?

– Les petits enfants ne doivent pas couper la parole, écoute bien. Il y a des années, au bord de notre lac Qingcao, il y avait une jeune fille nommée Jin Zhi. C'est qu'elle était jolie, cette fille, avec ses paupières supérieures doubles, son nez droit, sa petite bouche qui s'arrondissait pour parler et ses deux grosses nattes. Elle plaisait au premier regard. Cette année-là, une femme écrivain, venant de la ville, fut envoyée dans notre village pour travailler à la base. On racontait qu'elle avait écrit un livre appelé *Le Lac Qingcao* ; ton père et ses camarades ont même lu ce livre ! La femme écrivain habitait chez Jin Zhi. Puis ce fut la Grande Révolution, la femme écrivain fut soumise chaque jour à des séances de critique, elle fut même frappée quelques fois…

» Un soir, alors que la femme écrivain avait subi la plus terrible des séances de critique, elle fut ramenée plus morte que vive chez Jin Zhi. Cette dernière, tout en pleurant, essuya les traces de sang sur le corps de la femme. Le médecin du village n'osa pas se déplacer pour soigner les blessures. Jin Zhi repensa soudain au mari d'une tante maternelle qui vivait sur l'autre rive du lac ; dans sa jeunesse, il avait quitté le pays natal pour affronter le monde, il avait chez lui un remède très efficace contre les contusions. Quand quelqu'un est en danger, c'est comme pour le feu, il ne faut pas lambiner. Mlle Jin Zhi confia la femme écrivain aux bons soins d'une voisine et se rendit au bord du lac.

» "Lac Qingcao, lac Qingcao, d'est en ouest tu n'as que quelques kilomètres, mais du nord au sud une trentaine." Il y a bien des années, la Tisserande céleste avait laissé tomber, parmi les humains[1] la navette dont elle se servait, un trou s'était creusé sur le sol, ainsi s'était formé notre lac Qingcao. La maison de la tante de Jin Zhi se trouvait sur la rive opposée, au village des Wang ; si, pour y arriver en barque, cela ne demandait que le temps de fumer quelques pipes, par voie de terre, cela prenait deux jours de marche. En ce temps-là, les bateaux étaient cadenassés car on redoutait un sabotage perpétré par un ennemi de classe. Parvenue au bord

1. Allusion à une légende populaire selon laquelle une immortelle, petite-fille de la reine mère d'Occident, serait venue, à l'insu de cette dernière, vivre parmi les humains. Découverte et reprise par sa terrible aïeule, elle sera séparée, par la Voie Lactée, de son mari, le Bouvier, qui s'était élancé dans le ciel pour la récupérer. Une fois l'an, le septième jour du septième mois lunaire, les deux amants peuvent se retrouver sur un pont gréé par des pies. [Toutes les notes sont de la traductrice.]

de l'eau, Jin Zhi ôta ses longs vêtements, les enroula en un paquet qu'elle attacha à son corps et plongea.

» Ce soir-là aussi, il y avait un beau clair de lune. C'était de sous ce même saule que Mlle Jin Zhi s'était élancée dans le lac. Elle était une excellente nageuse, on aurait dit un gros poisson blanc qui s'ébattait dans l'eau. Elle nagea, nagea, battant l'eau avec bruit, la lune l'éclairait distinctement. Il était minuit quand elle grimpa sur la rive opposée. Elle remit ses vêtements, alla frapper à la porte de sa tante. L'oncle, qui adorait sa nièce, lui remit le précieux remède. Poussée par l'inquiétude, la tante lui dit : “Tu sais, Jin Zhi, on est à la troisième veille[1], une jeune fille comme toi, seule sur le lac… S'il t'arrivait un accident ? Ne pars pas, demain, ton oncle te reconduira.” Jin Zhi dit : “Tante, je suis une bonne nageuse, ce n'est rien.”

» Mlle Jin Zhi replongea. Une jeune fille, finalement, n'a pas beaucoup de résistance, parvenue au beau milieu du lac, elle était épuisée, elle avait l'impression d'avoir dix poids de balance accrochés à son corps… C'est alors qu'un nuage blanc arriva en flottant dans le ciel et cacha la lune, des gouttes de pluie, blanches, grosses comme des pièces de monnaie, tombèrent, éparses… Un moment après la lune réapparaissait, blême, peu à peu elle sombrait, devenant de plus en plus grosse, elle s'accrocha au faîte du saule sur le bord du lac, et resta là, à regarder l'eau qui scintillait comme un vaste miroir…

– Et Mlle Jin Zhi ? » demande le petit-fils avec impatience.

Les yeux du grand-père scintillent sous la lune.

1. Aux alentours de minuit.

« Grand-Papa, tu pleures ?

– Quel idiot tu fais ! Grand-Père a déjà une barbe toute blanche, comme s'il pouvait pleurer ! Grand-Père n'a pas encore fini de raconter l'histoire. Le lendemain soir, la femme écrivain, soutenue par la voisine, se rendit au bord du lac. Tout était silence, on entendait distinctement le bruit des perles de rosée gouttant des feuilles sur la surface de l'eau. La femme écrivain dit doucement : "Brave fille, je t'ai apporté *Le Lac Qingcao* que tu avais envie de lire…" Elle sortit un sac de cendres et les dispersa délicatement dans l'eau…

» Des vagues s'élevèrent soudain, une fente se creusa au milieu du lac, une lumière rouge brilla, une carpe dorée émergea, ses nageoires et sa queue étaient rouges comme des flammes. La carpe nagea jusque vers le bord, elle portait sur la tête un baluchon de vêtements. Puis sa queue frappa trois fois l'eau, et elle repartit doucement en nageant vers le centre du lac ; la lumière rouge disparut. Sur le lac, ce fut de nouveau le clair de lune. La femme écrivain repêcha les vêtements. Ils enveloppaient une bouteille de Poudre blanche du Yunnan…

– Grand-Papa, l'histoire est finie, non ?

– Elle est finie.

– Et Mlle Jin Zhi est devenue une carpe ?

– Oh, peut-être. »

Un oiseau se lève parmi les herbes vertes de la berge, il vole en battant des ailes avec bruit avant de s'abattre dans les roseaux au milieu du lac.

Quelques grenouilles plongent en faisant « floc ! », on dirait des cailloux jetés dans l'eau.

Le contenu du seau est déversé avec bruit, de l'écume se forme sur l'eau.

« Mon enfant, qu'est-ce qui te prend ?

– Je remets Mlle Jin Zhi sur le chemin de sa maison.

– Oh, cet enfant alors ! »

Coup de vent

Ce sont les vacances d'été, je mets à la hâte de l'ordre dans mes affaires avant de sauter dans un train pour rentrer dans mon village natal. J'ai le cœur lourd. Il y a quelques jours, une lettre est arrivée de la maison, m'annonçant le décès de Grand-Père, âgé de quatre-vingt-six ans. Lors de mon dernier séjour au pays, durant les vacances d'hiver, je l'avais trouvé encore bien robuste, il avait gardé bon pied bon œil, jamais je n'aurais pensé que, six mois après, il viendrait à décéder aussi subitement.

Grand-Père était un petit vieillard sec, il avait la peau foncée, le blanc des yeux sales. Il était bon, m'aimait tendrement. Mon père est mort de maladie alors que j'étais tout jeune. Grand-Père, qui lui avait déjà « remis ses pouvoirs », avait donc dû assumer de nouveau la lourde charge d'une famille ; il nous avait guidés, ma mère et moi, tout au long de ces années difficiles. Grand-Père comptait parmi les meilleurs cultivateurs du village, il était habile à pousser la brouette, à porter des fardeaux et à manier la serpe ou la houe. Un ouvrage, entre ses mains, avait tout autre allure. Au cinquième mois, au début de l'été, quand le blé était mûr, toutes les forces masculines de l'équipe se rendaient dans les champs, la faux à la main. Les tiges coupées par Grand-Père étaient courtes et régulières, les bottes une fois ficelées étaient serrées en leur milieu, évasées aux deux extrémités, les épis étaient bien alignés, il n'y en avait pas un à l'envers. La voiture à cheval de l'équipe de production transportait jusque sur l'aire les bottes confectionnées par des dizaines de personnes. Les femmes, lors du battage, pouvaient cependant reconnaître, dans le petit monticule de gerbes, le travail de Grand-Père.

« Regardez, voici encore la belle ouvrage du Grand-Père Fringant ! »

Les gerbes que les femmes portaient à pleins bras étaient certainement aussi belles que celles que portent, la plupart du temps, les jeunes femmes coiffées de fichus représentées sur les affiches de propagande : taille serrée, extrémités régulières.

« Personne, hormis Grand-Père Fringant, n'est capable de faire de la si belle ouvrage. »

Les femmes envoyaient les gerbes sous le hache-paille. Celles qui appuyaient sur la machine gardaient une main sur la hanche tandis que l'autre saisissait le manche de l'instrument ; le coup de poignet qu'elles donnaient faisait se relever leur croupe et tressauter leurs seins comme des petits lapins, « clac ! », la gerbe était coupée en deux, d'un côté les chaumes, de l'autre les épis. Lorsqu'elles tombaient sur les gerbes confectionnées par Le Pouilleux, les femmes répertoriaient les insultes les plus pittoresques. Les femmes travaillant au hache-paille, pour parvenir à couper la gerbe, devaient s'appuyer des deux mains sur la machine, leurs bouts de sein donnaient alors l'impression de vouloir s'envoler à tire-d'aile. De plus, des épis restaient fichés dans le chaume.

Quoi qu'on fasse, il faut le faire bien, avec application, ne pas jouer le touche-à-tout, telle était la ligne de conduite de Grand-Père. Les outils dont il se servait étaient les plus maniables du village. Sa houe, sa faucille et sa pioche étaient brillantes d'avoir été astiquées, elles ne présentaient pas la moindre trace de rouille. Il ne fumait pas. Quand il était fatigué de travailler, il se mettait à croupetons, cherchait un morceau de tuile ou liait des herbes sèches pour frotter ses outils étincelants…

J'ai le cœur lourd en franchissant le seuil de la maison familiale ; ma mère est là. Elle a déjà, quant à elle, plus de soixante ans, mais les soucis de tant d'années ont vieilli son visage. Ma mère me dit que Grand-Père n'est pas tombé malade et que, la veille de sa mort, il est parti faire un tour en poussant la brouette vers les combes du nord-est, d'où il a rapporté une herbe. Ma mère prend délicatement entre ses doigts l'herbe, qui se trouve dans les pages d'une revue que j'avais laissée à la maison, et me la montre.

« Il est revenu, portant cette plante au creux de ses mains et m'a dit : "Mère de Xing'er, regarde voir un peu, quelle est cette plante ?" Tout en disant cela, il était tout content. La nuit, j'ai entendu du bruit dans sa chambre, je me suis levée pour aller voir ce qui se passait, c'était déjà trop tard… S'il n'a pas souffert à l'approche de la mort, c'est grâce à sa conduite exemplaire durant sa vie. » Ma mère parle de façon mesurée. « Mais voilà, je n'ai pas pu le choyer, et j'en ai des remords, il a tellement trimé ; la vie n'a pas été facile pour lui !… »

À entendre parler ma mère, les yeux me piquent, je repense à tant de choses du passé…

Derrière chez nous passe la rivière Jiao, sinueuse ; en longeant vers le nord-est, sur environ trois à quatre kilomètres, la haute digue étroite qui la borde, on arrive dans une friche de plusieurs centaines d'hectares. Chaque été, Grand-Père s'y rendait pour couper le foin. À dix kilomètres du village, il y a un élevage de chevaux ; chaque hiver l'on y achète du fourrage tendre et sec pour nourrir les bêtes, le prix varie selon la qualité du foin. La faucille de Grand-Père était bien aiguisée, il avait une bonne technique pour couper l'herbe, le fourrage ainsi obtenu était propre, exempt d'eau et de boue. Quand il le faisait sécher, il l'étalait en une mince couche, prenait la peine de le retourner régulièrement. Son foin était d'un joli vert pâle, frais, comme un spécimen botanique. Grand-Père a toujours vendu son foin au meilleur prix. Je garde encore la nostalgie de la joie qu'on éprouvait à se rouler dans les meules de foin sec, surtout en automne, quand les nuits étaient fraîches, que le ciel était vert sombre, que les étoiles clignotaient comme des gemmes ; il faisait une douce chaleur dans la meule moelleuse et le foin embaumait de son odeur sucrée et prégnante…

La première fois que j'ai accompagné Grand-Père faucher dans la friche, c'était peu après mon anniversaire de sept ans. Nous nous étions mis en route de très bonne heure, il n'y avait personne sur la digue. Il s'agissait d'un chemin grisâtre, bordé d'herbes folles ; les passants les foulaient aux pieds, mais elles n'en restaient pas moins vigoureuses. Il y avait de la brume sur la rivière, très épaisse, mais de densité inégale, blanche par endroits, grise à d'autres, pareille parfois à de la fumée sortant d'une cheminée, tandis que d'autres fois elle faisait penser à un nuage qui serait tombé là. On ne voyait pas l'eau de la rivière, elle coulait, silencieuse sous la brume. Par instants, on entendait des « plouf ! » ; peut-être était-ce des poissons qui bougeaient sous l'eau ? Grand-Père et moi ne parlions pas. Grand-Père marchait d'un pas léger et silencieux, ni pressé, ni lent, la roue de la brouette grinçait. Il arrivait qu'une tige d'herbe se prît dans les rayons, les fouettât, produisant une petite musique sur deux notes. Parfois, j'étais dans le sens de la marche (Grand-Père me poussait dans la brouette) et je regardais le paysage de chaque côté de la digue. Sur les champs de sorgho, de maïs, de millet, la brume, un peu moins dense, ne s'enroulait pas moins autour des céréales. Les barbes des maïs, pareilles à des franges en fil de soie, avec leurs feuilles semblables à des glaives, les tiges de sorgho, tout juste montées en épis, les têtes de millet, robustes, apparaissaient par intermittence au travers de la brume, semblaient proches ou lointaines, floues ou distinctes tour à tour. Sur les brins d'herbe verts du chemin étaient accrochées des perles de rosée qui frissonnaient lentement, nous saluaient.

Après le passage de la brouette, elles tombaient tandis que la digue était marquée de traces bien visibles et que la couleur de l'herbe se faisait plus foncée.

La brume allait en s'atténuant. La surface de l'eau se montrait, d'un blanc argenté, on l'aurait dite immobile. Le ciel, d'un bleu grisâtre, devenait peu à peu plus brillant, l'orient rougeoyait lentement, le pourtour des nuages était tout rose. Le soleil s'élevait patiemment aux confins des champs emperlés de rosée. Il était d'abord rouge sang, n'émettait pas de rayonnement, n'éblouissait pas. Les nuages, à la suite, prenaient la teinte de la crête d'un coq.

Soudain, le ciel était devenu comme de l'eau, incolore, transparent. Alors le soleil, d'un coup, avait bondi, toujours sans rayonnement, sans éblouir, énorme, oblong. On avait pu le voir entamer rapidement son ascension, il grimpait, grimpait, puis, comme si on avait actionné un commutateur, il avait soudain émis des milliers de rayons qui avaient illuminé le ciel, qui avaient illuminé la terre ; l'espace entre ciel et terre avait resplendi aussitôt, et les gouttes de rosée sur les brins d'herbe avaient scintillé comme des perles. Sur la rivière reposait une colonne de lumière, un soleil étiré. La colonne reculait au fur et à mesure que nous avancions. La campagne était encore silencieuse et Grand-Père, avec insouciance, s'était mis à fredonner :

Le cheval a brisé, piétiné chaînes et cuirasses
Le fusil a tué les braves sous le ciel

La musique et les paroles étaient anciennes, le rythme lent, les sonorités pathétiques et désolées. Sur la campagne, plate à perte de vue, la chanson de Grand-Père progressait lentement. L'air en était soulevé de vagues, la brume, qui ne s'était pas entièrement dissipée, en devenait mobile.

D'une coupe d'alcool, dissiper les griefs de trois générations,
Une pièce d'argent ne retient pas le héros sans pareil

Dès que Grand-Père s'était mis à chanter la première syllabe, j'avais tourné la tête vers lui et je ne l'avais plus quitté des yeux. Là où son crâne était chauve, la peau apparaissait, lisse et luisante, sans même une fine ride. Son visage maigre, sans joues, était comme de marbre, sans expression aucune. Il avait le regard perdu, mais au fond de ses yeux vagues on voyait deux points lumineux, et ce sont eux que je fixais, comme si je trouvais en eux un peu de chaleur. Je me disais qu'il avait sans doute oublié ma présence, sa propre existence, la brouette, et ces champs qui ne s'étaient pas encore éveillés. Que toutes ces actions, marcher, pousser la brouette, chanter, n'avaient aucun lien avec lui. J'entendais mon cœur cogner dans ma poitrine, on aurait dit le bruit d'un pic creusant de son bec un arbre très, très lointain…

Un chant a captivé les hauts dignitaires
Un ordre a fait perdre la moitié de l'empire

Je ne connaissais pas les chansons que chantait Grand-Père. Toutefois, au travers de son chant, je ressentais quelque chose de nouveau qui m'inquiétait, mon zizi lentement se dressait, j'éprouvais à la fois du plaisir et de la douleur. J'avais tout à coup l'impression d'avoir grandi, l'enfance semblait devoir s'effacer sur cette digue grisâtre, incrustée d'herbes folles. Les bras de Grand-Père poussaient mon corps, ses chansons poussaient mon âme, les faisaient aller de l'avant.

« Grand-Père, c'est quoi, ce que tu chantes ? avais-je demandé, perplexe, après avoir attendu que le son final de la chanson se fût transformé en une sensation s'effaçant au bout des brins d'herbe verte qui formaient un moelleux tapis.

– Bof, je chante comme ça, va savoir ce que c'est… » avait dit Grand-Père.

Les oiseaux quittaient leur gîte nocturne, s'élevaient des touffes d'herbes, lançaient leurs trilles en plein ciel. Déjà la campagne s'animait. Une dizaine d'alouettes grisollaient en tournoyant au-dessus de la combe en friche. Des cailles, à la queue déplumée, pituitaient dans les touffes d'herbes. Grand-Père avait arrêté la brouette et avait dit : « Allez, petit, descends !

– On est arrivé, Grand-Père ?

– Hum. »

Grand-Père avait poussé la brouette jusque sur le pâturage, l'avait dressée, avait ôté sa veste, en avait couvert la roue et m'avait emmené au plus profond de la combe. Grand-Père cherchait de vieux chaumes ; ces herbes sont peu humides, sèchent rapidement, le bétail en raffole.

Il portait une grande faucille, moi une petite, on s'était mis à croupetons devant un carré de chaumes. « Observe bien comment je m'y prends. » Grand-Père m'avait fait une démonstration. Il n'avait sans doute pas eu l'intention de m'apprendre pour de bon car, au bout de quelques coups de faucille, il avait baissé la tête et s'était mis au travail. Ses gestes étaient beaux, cadencés. J'avais essayé, c'était fatigant, assommant, j'avais jeté la faucille et étais parti à la recherche d'oiseaux ou de sauterelles. Il y avait beaucoup de sauterelles dans la combe en friche, et si je ne me distinguais pas dans le maniement de la faucille, en revanche, j'étais un champion de la chasse aux bestioles. À midi, Grand-Père avait fait du feu, mis à griller les aliments et les sauterelles, elles avaient des œufs dans le ventre, cela sentait délicieusement bon.

Dans ma torpeur, je sens Grand-Père me pousser, j'ouvre grands les yeux, me mets debout péniblement, regarde autour de moi : on est déjà au milieu de l'après-midi.

Après avoir mangé les sauterelles, Grand-Père m'avait bâti une cabane où je m'étais faufilé, j'avais fait un bon somme ; le vent chaud chargé de toutes les fragrances des fleurs de la combe m'avait fait transpirer des pieds à la tête. Grand-Père avait déjà ficelé quatre grosses bottes d'herbe et les avait portées contre la digue, il avait aussi poussé la brouette jusque-là.

« Xing'er, lève-toi, le ciel est menaçant, il nous faut partir au plus vite ! » me dit Grand-Père.

Je ne sais à quel moment (dans mon rêve) le ciel couleur de thé s'était empli de nuages noirs. À présent, le soleil est déjà accroché à la moitié de son parcours vers l'ouest, avant même que de rayonner jusqu'à la combe en friche, ses rayons orangés, courts, semblent fatigués.

« Il va pleuvoir, Grand-Père ?

– Nuages gris, signe de pluie, nuages noirs, signe de vent. »

J'aide Grand-Père à charger l'herbe sur la brouette qui ressemble à un petit monticule. Grand-Père accroche une cordelette à la traverse, à l'avant de la voiture, il dit : « Petit Poulain, il va falloir mobiliser toutes tes petites forces pour tirer la brouette. »

Grand-Père courbe le dos, met en place la traverse, soulève la brouette, et tandis que je tire de toutes mes forces sur la corde, la brouette s'avance en brinquebalant. La digue est haute, escarpée, cela me donne un peu le vertige.

« Grand-Père, tu dois pousser comme il faut, il ne s'agirait pas d'aller rouler jusque dans la rivière.

– Allons, tire de toutes tes forces, Grand-Père a poussé la brouette toute sa vie et jamais ne l'a fait verser. »

Je suis sûr que Grand-Père dit vrai. Grand-Père a de bonnes jambes, tous les gens du village l'appellent « le Fringant ».

La digue est sinueuse, elle fait penser à un gros serpent couché sur le sol. Nous avançons sur le dos du serpent. À ce moment-là, des rayons lumineux verts m'illuminent, je baisse la tête, regarde mes genoux. Je peux voir aussi mon nombril. Par moments, je tourne la tête pour regarder Grand-Père par les interstices entre les bottes de foin, ses yeux, ruisselants de larmes, sont fixés sur moi ; je détourne vivement la tête, tire de toutes mes forces.

Au bout de quelques centaines de mètres, les nuages noirs occultent complètement le soleil. Il n'y a plus de démarcation entre le ciel et la terre ; plus aucun cri ne se fait entendre, si toutes sortes d'oiseaux volent au ras des herbes, nul n'ose lancer un trille. Je ressens soudain une peur inexpliquée, je tourne la tête pour regarder Grand-Père ; son visage, comme toujours, est de marbre, sans expression aucune.

Soudain, les feuilles des céréales bougent au pied de la digue, sans bruit. Sur la rivière, à leur tour, des remous tout lisses se forment, toujours sans bruit. De très haut, de très loin parvient comme un son inconnu en ce monde, immédiatement, l'espace séparant le ciel et la terre prend une teinte violette, tandis qu'une odeur d'herbe sèche nous assaille les narines et que les armoises sauvages et les chrysanthèmes d'Inde exhalent, pour les unes une odeur âcre, pour les autres leur subtile fragrance médicamenteuse.

Je tourne la tête pour regarder Grand-Père ; son visage, comme toujours, est de marbre, sans expression aucune.

Mon cœur se serre, se ratatine, je n'ose pas ouvrir la bouche, j'attends en silence.

Une sauterelle longiligne saute sur mon ventre, deux yeux colorés hostiles me regardent, écarquillés. Un lièvre, pas plus gros qu'un poing, fait des apparitions dans le millet au pied de la digue.

« Grand-Père ! » Voilà que, effrayé, je me mets à crier.

Devant nous se profile une colonne noire qui relie le ciel et la terre ; la colonne noire se déplace rapidement en tourbillonnant, se rapproche ; immédiatement, on entend un grondement sourd comme un coup de tonnerre.

« Grand-Père, c'est quoi ?

– Le vent, dit Grand-Père sur un ton indifférent. Petit, tire de toutes tes forces. »

Sur ces mots, il courbe de nouveau l'échine.

Je me penche en avant, prends appui sur le sol, tire ferme la cordelette.

Nous nous glissons dans le vent. Je n'entends plus rien, j'ai juste l'impression que deux grosses mains s'agitent avec force à mes oreilles, mes tympans vibrent. Le vent me pousse au ventre comme pour me balancer sur le côté. Les céréales sur la digue, tels des soldats obéissant aux ordres, se couchent toutes ensemble. L'eau de la rivière se met à voler, des carpes aux nageoires rouges volent dans les airs avec la fulgurance de l'éclair.

« Grand-Père ! » crié-je désespérément.

Cet appel, je ne l'entends même pas moi-même. La corde est toujours aussi tendue sur mon épaule, cela me permet d'avoir conscience de l'existence de Grand-Père. Grand-Père est là, je n'ai pas peur, je m'arc-boute du mieux que je peux, laisse pendre un bras, la main au bout du bras se cramponne aux touffes d'herbes sur le bord du chemin. Je suis comme en apesanteur, au moindre relâchement de la main, je serai vent, disparaîtrai.

L'aide que me demande Grand-Père est toute symbolique. La cordelette est si fine, qu'elle se rompt tout de suite. Je suis projeté sur la digue. Le vent me fait rouler ; à mi-parcours, je finis par empoigner à deux mains des touffes d'herbes salvatrices qui me permettent de m'arrêter. Je relève la tête pour regarder Grand-Père et la brouette. La brouette tient encore bon sur la digue, derrière se trouve Grand-Père. Il est agrippé aux brancards, son dos est tendu comme un arc, ses jambes semblent des clous plantés dans la digue, les muscles saillent terriblement. Le vent s'empare des chaumes à demi secs, les soulève, la brouette vibre.

Me cramponnant aux herbes, je rampe en direction de Grand-Père. Je vois ses jambes qui commencent à trembler et la sueur qui coule le long de son dos.

« Grand-Père, laisse donc la brouette ! » crié-je, aplati contre le sol.

Grand-Père recule d'un pas, la brouette fait un brusque bond en arrière, ses pieds à lui ne suivent plus, il continue de reculer, pas à pas.

« Grand-Père ! » crié-je effrayé, je me hâte de ramper droit devant moi.

La brouette passe devant mon visage, poussant Grand-Père à reculons. Sur une inspiration, je me dresse pour me laisser retomber dedans. Grand-Père en profite pour serrer les reins, ses jambes se fixent, comme si elles avaient pris racine. Je suis affalé sur l'arête et, tout ému, je regarde Grand-Père. Son visage, comme toujours, est de marbre, sans expression aucune.

Il s'agissait d'un coup de vent. L'ouragan passé, l'espace entre ciel et terre se calme, le soleil couchant, impassible, se montre, embrase la rivière, telle une coulée de fonte glacée. Les céréales se redressent lentement. Grand-Père, pareil à une sculpture en bronze, garde sa pose dans l'effort.

Je saute à bas de la brouette, crie :

« Grand-Père, le vent est passé ! »

Les yeux de Grand-Père, soudain, se noient de larmes. Il pose lentement la brouette, se redresse avec effort. Je vois ses doigts tout recroquevillés qui n'arrivent plus à s'allonger.

« Grand-Père, t'es fatigué, hein ?

– Non, mon petit.

– Le vent était vraiment fort.

– Hum. »

Le vent a soufflé tout notre chargement de foin, non, il reste une herbe, coincée dans la fente du tenon de l'arête. Je la prends pour la montrer à Grand-Père. Il s'agit d'une tige de chaume tout à fait ordinaire dont on ne peut dire si elle est rouge ou verte.

« Grand-Père, il ne reste qu'une tige, dis-je, un peu dépité.

– Il commence à faire sombre, en route. »

Tout en disant cela, Grand-Père s'est courbé, a soulevé la brouette pour la pousser.

Je marche derrière lui un moment, tenant la fleur

haut levée, avant de la jeter, en passant au pied de la digue, dans le crépuscule jaune pâle.

« Quand on est vieux, on est comme un enfant ! dit ma mère. À cet âge avancé, partir aussi loin dans la combe au nord-est, et tout ça, pour rapporter une tige d'herbe ! Grand-Père a ajouté encore ceci : "Quand Xing'er sera là, donne-la-lui pour qu'il dise de quelle plante il s'agit, il est si savant." Tu sais ce que c'est ? »

Tout en parlant, ma mère me tend l'herbe. Je la prends, l'insère comme un trésor entre les pages de l'album de photos. Il se trouve que c'est la page où est collé le portrait de ma fiancée, laquelle a six ans de plus que moi.

La meule en pierre

Dans la pièce latérale, chez nous, était installée une très grande meule en pierre. Mère disait que c'était la plus grande du village. En entendant cela, j'éprouvais de la fierté. On racontait qu'elle avait appartenu au riche propriétaire Liu ; lors de la réforme agraire, elle avait été donnée à ma famille comme fruit de la victoire. C'était une meule tirée par un âne, et non de ces « meules à bras » que l'on trouve chez les petites gens et qu'un adolescent peut actionner.

Mes plus lointains souvenirs sont liés à cette meule. Je me revois, assis sur une natte en paille, à l'extérieur du cercle de meulage. Ahuri, je regardais Mère et la voisine, Quatrième Tante, portant chacune dans les bras un manche à moudre, tourner sans fin en suivant le cercle. La meule grondait avec un bruit monotone et lent, la farine, jaune ou brune, s'écoulait régulièrement par la fente entre les deux pierres ; sur le plateau en bois sous la meule se formait un épais cercle jaune ou brun. À l'occasion, pour le Nouvel An ou quelque autre fête, on moulait des grains de blé. La farine qui tombait alors était blanche comme neige. Assis sur ma natte, je ne bougeais pas d'un pouce. Le visage de Mère, son dos, le visage de Quatrième Tante, son dos, disparaissaient à tour de rôle, réapparaissaient, encore, disparaissaient. La meule grondait, tournait lentement. Tout, devant mes yeux, comme des fleurs dans la brume, se faisait tour à tour proche ou lointain, alors je m'endormais en travers de la natte.

En 1970, j'avais neuf ans. On racontait que, dans un village voisin, on avait installé une meule en acier actionnée par un moteur diesel, qui bourdonnait dès qu'on mettait la courroie et qui pouvait moudre plusieurs centaines de livres de blé en une heure. De nombreuses familles du village avaient abandonné leur meule de pierre ; quand les gens avaient besoin de farine, ils allaient moudre à la meule d'acier, moyennant paiement. Nous n'avions pas encore relégué notre meule en pierre, nous n'avions pas d'argent.

Quatrième Tante avait une fille qui s'appelait Perle, de deux ans ma cadette. Nos deux maisons étaient presque en vis-à-vis ; si les grandes personnes entretenaient de bonnes relations, nous autres, enfants, étions encore plus proches. Perle et moi étions comme cul et chemise, toujours fourrés ensemble. Parfois, le bruit de la meule en acier parvenait très distinctement jusqu'à notre village, c'était tellement mystérieux ! Perle et moi allâmes en cachette voir la meule en acier. Je fus à l'origine d'une catastrophe, je demandai à Perle de garder le secret, elle n'en parla à personne. Bien sûr, nous avions nos moments de brouille. Quand j'étais petit, j'étais maigre comme un clou ; Perle, elle, était plutôt grassouillette, une vraie petite panthère ; je n'étais pas de taille à me battre avec elle. C'était souvent elle qui me flanquait une sévère raclée, et pourtant, elle allait se plaindre auprès de Mère en pleurant, disant que je l'avais malmenée.

Perle et moi étions dans la même école, le maître était presque un vieillard, il s'appelait Zhu, avait le dos voûté ; nous l'appelions Queue de Cochon, il n'osait pas pour autant se mettre en colère. On racontait qu'autrefois il s'était montré particulièrement sévère avec les élèves ; dès le début de la Révolution culturelle, ceux qui avaient reçu des coups avec la baguette du tableau noir l'avaient frappé à leur tour, si bien qu'il en avait fait dans son froc. Pour le coup, on peut dire qu'il avait bien « appris » la leçon. Pendant la classe, il fermait à demi les yeux, contemplait le plafond, les élèves pouvaient faire un chahut du diable, il ne s'en inquiétait pas. Sans même attendre la fin de la leçon, nous sortions avec un sans-gêne superbe, notre cartable au dos. Il ne contenait que deux livres, où étaient représentés des enfants portant des lances ornées de glands rouges, ainsi qu'un crayon de papier dont la mine avait cassé et qu'on avait essayé de tailler avec les dents. Un après-midi, Perle et moi nous étions échappés très tôt de l'école. Nous avions convenu de jouer une partie de billes dans la cour chez moi et que celui qui gagnerait donnerait des châtaignes sur la tête du perdant. Perle perdit, je lui donnai plusieurs châtaignes à la file. Elle se mit en colère, se jeta sur moi, m'empoigna par la taille, la tête sous mon menton, elle me fit tomber à terre. Elle se mit à califourchon sur mon ventre, me cracha au visage. Furieux, je lui attrapai la main et la lui mordis. Et tous les deux de pleurer.

Mère était avec Quatrième Tante à moudre le grain dans la pièce latérale, elles sortirent en entendant le bruit que nous faisions, Mère me demanda :

« Mes aïeux, que se passe-t-il encore ?

– Il m'a mordue, dit Perle en pleurant, tout en soulevant sa main où suintait du sang.

– Elle m'a frappé », dis-je en pleurant moi aussi.

Mère me donna deux tapes sur les fesses, tandis que Quatrième Tante, de son côté, en faisait autant à Perle. Il s'agissait en fait de châtiments symboliques, cela n'aurait pas fait de mal, même à une mouche, mais cela nous fit pleurer de plus belle.

Mère en fut ennuyée, elle dit : « Tu pleures pour de bon ? Je t'ai trop gâté, allez va pousser la meule ! »

Quatrième Tante, bien entendu, ne laissa pas Perle s'en tirer à si bon compte.

Perle et moi fûmes harnachés comme deux ânons pour tirer la meule. Dans la pierre du dessus, il y avait deux trous dans lesquels étaient fichés deux bâtons à moudre. Nos mères respectives y attachèrent deux cordes et nous donnèrent à chacun un bâton. Quatrième Tante était devant moi, Perle était devant elle, devant c'était Mère, tandis que j'allais tout devant.

« Si tu fais le paresseux, je te donne un coup de pied ! » dit Mère derrière moi en poussant le bâton.

« Si tu ne pousses pas de toutes tes forces, je te frappe. » Quatrième Tante essayait de faire peur à Perle.

Tout en tirant, nous nous tordions le cou pour regarder la meule tourner. Bruit de la meule qui tourne, bruit de la farine qui tombe. Je trouvais cela nouveau et amusant. Sur la meule, il y avait deux trous, dans l'un était entassé du sorgho rouge, dans l'autre étaient fichées deux balayettes.

« Les balayettes, c'est pour quoi faire ?

– Pour balayer la farine à l'intérieur de la meule.

– Mais elles vont être broyées par la meule !

– Oui.

– Et on va les manger.
– Oui.
– Mais les gens, ça ne mange pas des balayettes !
– On a toujours fait comme ça. Assez de questions, t'es énervant. »

Mère en avait assez.

« Mère, depuis quand ça existe les meules ? demanda Perle à Quatrième Tante.
– Depuis toujours.
– Qui a taillé la première meule ?
– La femme de Lu Ban.
– C'est qui ?
– La femme de Lu Ban, c'est tout.
– Et comment ça lui est venu à l'idée ?
– Elle n'avait pas de bonnes dents, comme elle n'arrivait pas à mâcher les grains de céréales, elle a pris deux pierres, elle les a taillées et "ran, ran ran !" elle s'est mise à les pousser. »

Dans la bouche de Mère et de Quatrième Tante, tout en ce monde était simple, elles avaient des explications toutes prêtes pour toutes choses.

Nous ne disions plus rien, le silence régnait dans la pièce. Un rayon de soleil qui filtrait par la fenêtre à l'ouest en imprimait le treillis lumineux sur le mur opposé. Des colonnes de lumière, toutes droites, traversaient la pièce en biais, elles étaient chargées de fines particules de poussière qui se mouvaient rapidement, comme des pointes d'aiguilles brillantes. Des toiles d'araignée poussiéreuses tremblaient dans les coins. Un lézard restait immobile sur un mur. L'impression de nouveauté qui dominait quand nous avions commencé de moudre avait vite disparu, nos corps et nos esprits étaient engourdis. Bruit de la meule, bruit de nos pas, bruit fort des respirations, chemin circulaire sans fin, sans jamais la moindre variante. J'espérais toujours rattraper Quatrième Tante, mais n'y parvenais jamais. Sa taille svelte se balançait. Quand les colonnes de lumière, à intervalles réguliers, venaient éclairer son visage, elle fermait à demi ses yeux longs et fins, les coins de sa bouche s'étiraient, elle était belle. Quand elle sortait de la lumière, son visage était sombre ; si j'aimais le visage lumineux, je n'avais pas envie de regarder l'autre, mais ombre et éclat se succédaient, l'ombre durait plus longtemps, l'éclat, fulgurant, s'évanouissait tout de suite.

« Mère, je n'en peux plus ! cria Perle.

– Tire, ton grand frère n'a pas encore dit qu'il n'en pouvait plus, voilà ce que c'est que d'être si grosse ! »

Quatrième Tante, tout en parlant, se courba davantage, poussa le bâton à moudre de toutes ses forces.

« Mère, moi non plus je ne peux plus tirer », dis-je. Perle m'en avait fait prendre conscience.

« Tu vas te battre encore ?

– Je ne me battrai plus.

– C'est bon, va jouer. »

Perle et moi filâmes, sautillant de joie. En franchissant la porte de la pièce à moudre, nous avions l'impression de sortir d'une cage, le monde nous parut si vaste ! Mère et Quatrième Tante continuaient leurs cercles sans fin, la meule grondait sourdement, le bruit qu'elle faisait en tournant ne s'arrêtait jamais.

Cette punition signifiait que Perle et moi étions aptes au travail, que l'enfance insouciante s'arrêtait là. Perle et moi devînmes des membres officiels du cercle des pousseurs de meule, bien que nous ne fussions pas battus de nouveau. Mère et Quatrième Tante avaient eu les pieds bandés pendant un certain temps, quand elles marchaient, leur talon frappait le sol, cela leur était très pénible. J'avais dix ans déjà, je n'étais plus un enfant. Quand je voyais Mère pousser la meule, si fatiguée que son visage en devenait blême, que la sueur mouillait ses vêtements, j'avais le cœur gros. Aussi, même si j'avais horreur de ce travail, je ne m'étais jamais opposé à ses injonctions. Perle était très rusée, une fois attelée à la meule, elle s'absentait toutes les dix minutes pour aller aux cabinets. Quatrième Tante la grondait : « L'âne paresseux mis à la meule a toujours envie de chier ou de pisser ! » Mère disait en riant doucement : « C'est qu'elle est petite encore ! »

Mère et Quatrième Tante ne passaient cependant pas leurs journées à la meule, elles devaient aller travailler à la brigade de production. Par la suite, elles choisirent de moudre à midi et après le dîner, heures auxquelles nous n'étions pas à l'école, nous ne pouvions donc pas nous dérober.

C'est ainsi que nous avons grandi, Perle et moi, sur ces cercles interminables. Nous étions considérés tous deux comme diplômés du collège. Il n'y avait qu'un seul lycée dans un périmètre de plusieurs dizaines de kilomètres, nous n'avions pas d'argent pour y aller, aussi fûmes-nous ravis de devenir des petits membres de la commune populaire. J'avais seize ans, Perle en avait quatorze, nous n'étions pas encore inscrits sur le registre des travailleurs manuels réguliers de la brigade de production. Nous fûmes chargés de couper le foin pour nourrir les buffles, libres à nous d'y aller ou non, nous étions payés au poids.

Perle et moi étions capables désormais de faire tourner

la meule à bonne allure, aussi cette tâche devait-elle nous revenir. Maman et Quatrième Tante en furent ravies. L'année de mes quinze ans, je m'étais mis à grandir, le temps d'un hiver et d'un printemps, j'avais pris une tête ; au-dessus de mes lèvres avait poussé un duvet noir. Perle aussi avait grandi, mais elle était un peu plus petite que moi. C'était un jour du sixième mois du calendrier lunaire, je m'en rappelle encore, la pluie n'en finissait pas de tomber. Maman me donna cet ordre : « Va demander à Quatrième Tante si elle pousse ou non la meule. » Je mis un chapeau de bambou, me rendis sans me presser chez Quatrième Tante. Papa y était, assis sur le bord du *kang*[1], à fumer la pipe. Quatrième Tante était assise à l'autre extrémité, près de la lumière versée par la fenêtre ; elle piquait bruyamment des semelles à des chaussures de toile. « Quatrième Tante, Maman te demande s'il faut moudre du grain », demandai-je. Quatrième Tante releva la tête, ses yeux lumineux brillèrent, elle dit : « Allez-y. » Puis elle lança : « Perle, mesure dix livres de maïs et va moudre avec ton frère aîné. » Perle, de sa chambre, répondit de sa voix claire. Je soulevai le rideau et entrai, elle était assise sur le *kang*, habillée d'une seule petite chemise moulante qui montrait des bras très blancs ; ses seins, tout juste formés, pointaient joliment, pareils à des boutons de fleur[2]. J'en fus abasourdi ; l'adolescence, en ce bref instant, était devenue de l'histoire ancienne, j'avais fait un pas au-delà du seuil de la jeunesse. Je

1. Lit de brique chauffé par-dessous, très courant en Chine du Nord.

2. En Chine, jusqu'à une époque très récente, une femme ne devait montrer ni ses épaules, ni son décolleté.

reculai, effaré, le visage en feu, courus jusque dans la cour, lançai à tue-tête : « Perle, je t'attends dans la pièce à moudre, dépêche-toi, ne lambine pas ! » Les gouttes de pluie crépitaient sur le chapeau en bambou, j'étais en colère, mais je ne savais contre qui.

Perle arriva. Avec des gestes vifs, elle arrangea la meule, versa les grains dans le trou prévu à cet effet, inséra les balayettes. Nous prîmes chacun un bâton dans nos bras et nous mîmes à tourner. Une odeur d'humidité et de moisi se dégageait de la pièce, tandis que, de l'intérieur de la meule, montait le parfum du maïs broyé. Dehors la pluie tombait, tantôt drue, tantôt languissante. Sous l'auvent, les gouttes d'eau frappaient avec une cadence toute musicale le seau retourné. Des bébés nouveaux avaient rempli les nids d'hirondelles sous le toit, les gazouillis des petits faisaient penser à ces paroles qu'on dit en rêve. Soudain, Perle s'arrêta net, se retourna pour me regarder, elle était toute rouge, ses yeux longs et fins me fixaient, pleins de colère, elle dit : « T'es méchant ! »

Je repensai à ce qui venait de se passer, mon cœur en fut comme martelé par les sabots d'un petit faon. Devant mes yeux se présentèrent de nouveau les boutons de fleur de sa poitrine menue, je dis : « Perle, tu… tu es vraiment belle…

– N'importe quoi !

– Perle, si on devenait des amoureux…

– Je vais te taper ! »

Le visage cramoisi, elle levait le poing en guise de menace.

Je posai mon bâton à moudre, me précipitai vers elle, l'enlaçai et lui dis en tremblant : « Allez, frappe, mais frappe donc, dépêche-toi, petite Perle, méchante petite Perle… »

La respiration courte, elle caressait ma nuque de ses deux mains, nous restions enlacés, oubliant tout le reste…

L'aile latérale de notre maison comprenait trois pièces, les deux pièces intérieures étaient prises par la meule, la pièce extérieure faisait, en fait, fonction d'entrée principale. Père poussa la porte et entra, il nous vit Perle et moi, enlacés.

« Salopiaud ! » m'injuria-t-il dans un accès de colère.

Perle et moi nous séparâmes à la hâte, la tête basse, nous restâmes debout dans le cercle de halage, tout tremblants. Les pas avaient tracé un caniveau circulaire.

Père m'empoigna par les cheveux et me donna deux gifles sévères. Mon crâne en résonna, le sang coula, goutte à goutte, de mon nez.

Perle se rua en avant pour me protéger, elle regardait mon père avec colère : « En quel honneur tu le frapperais ? Espèce de vieux cachottier, t'es d'accord pour que vous vous aimiez tous les deux et nous, non ! »

Le bras chargé de colère de Père retomba lourdement, toute trace d'emportement avait soudain quitté son visage.

Depuis que je comprenais les choses de la vie, j'avais senti que Père n'aimait pas Maman. Elle avait six ans de plus que lui. À la maison, Père souriait rarement, il était très distant envers elle, indifférent. Mère le traitait en invité et il se comportait de même à son égard. Ils n'avaient jamais de prises de bec, sans parler de se donner des coups. Toutefois, Mère s'essuyait souvent les yeux en cachette. Quand, petit, je la voyais pleurer, je pleurais moi aussi. Elle me prenait alors contre elle, m'embrassait de toutes ses forces, tandis que ses larmes mouillaient mon visage. « Mère, qui t'a fait du mal ? » « Personne, mon enfant, personne n'a fait de mal à Maman… » « Alors, pourquoi tu pleures ? » « C'est parce que Maman n'est pas forte, elle ne sait que pleurer. » Plus tard, en grandissant, j'entendis quelques rumeurs au village et appris que Père et Quatrième Tante avaient une liaison. Quand Perle avait eu un an, son père, qui avait trop bu à la foire, était tombé dans la rivière gelée et était mort noyé ; Quatrième Tante ne s'était jamais remariée. Quand j'étais petit, Père m'emmenait souvent chez elle. Quatrième Tante m'aimait bien, elle me prenait des bras de Père, m'embrassait, me mordait, me chatouillait. « Appelle-moi “Maman” et je te donnerai des cacahouètes. » Elle me taquinait, tout en me regardant affectueusement de ses longs yeux effilés. Un enfant n'a pas de position bien affirmée, je m'égosillais : « Maman ! » Quatrième Tante, toute contente, arborait un large sourire, mais, tout de suite, elle devenait triste. Elle me tendait un petit paquet plein de cacahouètes, poussait un long soupir et disait : « Allez, mange ! »

Mère aussi m'emmenait chez Quatrième Tante, mais elles n'avaient apparemment rien à se dire. Elles restaient souvent assises à ne rien faire, sans piper mot, jusqu'à ce que Perle et moi nous mettions à rire, ou à pleurer après une dispute, alors elles riaient doucement, ou nous grondaient, tout aussi doucement. Un jour, alors qu'elles étaient ainsi assises l'une en face de l'autre, Mère dit : « Grande Belle-Sœur… vous n'avez donc pas dans l'idée de vous trouver un mari. Continuer ainsi… » Mère avait en fait sept à huit ans de plus qu'elle, mais comme le mari de Quatrième Tante était plus âgé que Père, elle devait appeler notre voisine « Grande Belle-Sœur ». En entendant ce que venait de lui dire Mère, Quatrième Tante, troublée, regarda par la fenêtre, tandis que sur son visage montait une rougeur qui laissa place à de la pâleur. Elle s'affala sur les couvertures pliées en tas, se mit à sangloter avec bruit. Ma mère, elle aussi, avait les yeux rouges. Elle finit par ne plus se rendre chez Quatrième Tante. Les relations de Mère avec la voisine étaient de même nature que celles qu'elle entretenait avec Père : des liens de courtoisie, faits de distance, d'indifférence. Elles actionnaient la meule ensemble, allaient ensemble travailler dans la brigade, mais elles ne se rendaient pas visite ; en cas de besoin, Perle ou moi étions chargés de faire passer l'information.

Nos pleurs alertèrent Mère. Bravant la pluie, elle traversa la cour et se hâta jusqu'à la pièce à moudre, à la vue de mes joues enflées et du sang qui coulait de mon nez, elle se précipita vers moi pour me protéger ; elle essuya de sa main rude le sang sur mon nez ; ce faisant, elle pleurait, lançait des injures : « Démon sans pitié ! Je sais bien que tu nous considères, l'enfant et moi, comme tes ennemis jurés, si tu veux cogner, frappe-moi d'abord… » Mère éclata en sanglots.

Quatrième Tante accourut aussi, alertée par le bruit. Mais voilà que Perle, contre toute attente, à la vue de sa mère, grimaçait, plissait le nez, tandis que les larmes se mettaient à ruisseler sur son visage. « Ah, pauvre mère ! Née sous une mauvaise étoile, ta fille a un destin bien misérable… » Perle enlaça sa mère, comme fait une femme qui a quitté sa famille pour se marier, elle pleurait, se lamentait. Quatrième Tante avait déjà les larmes faciles, pour le coup, elle avait l'occasion de se laisser aller ; serrant sa fille dans ses bras, elle pleura à en assombrir ciel et terre.

Père s'empressa de fermer la porte principale, il dit en baissant le ton : « Ne pleurez plus, je vous en supplie. Tout est de ma faute, donnez-moi un coup de couteau, décapitez-moi, faites comme bon vous semblera. Je suis coupable, je me mets à genoux devant vous… » Père, qui était de taille gigantesque, se laissa tomber à genoux devant la meule de pierre, les larmes coulaient le long de ses joues maigres. Père avait l'arête du nez saillante, de grands yeux, on racontait que, dans sa jeunesse, il avait participé à des représentations théâtrales données à l'occasion des fêtes religieuses[1] et qu'il avait même interprété des rôles féminins.

L'agenouillement de Père eut un effet de choc. Mère et Quatrième Tante s'arrêtèrent net de pleurer, Perle et moi fermâmes la bouche. La pièce à moudre devint extraordinairement silencieuse, la meule brune semblait un digne vieillard accroupi là. La pluie avait cessé, un vent léger soufflait dans la cour, il secoua doucement à plusieurs reprises le vieux poirier, au milieu du bruissement des feuilles, parvenaient les « floc ! floc ! » des gouttes d'eau sur le sol. Sur la poutre de la pièce à moudre, un mouton de poussière, qui avait pris l'humidité, tomba lentement sur les épaules de Père.

1. « Le théâtre des dieux ». Les dieux de chaque temple étaient promenés en procession à travers le village deux fois par an au printemps et à l'automne. C'était une occasion de réjouissances, avec une séance de théâtre. Les villageois se cotisaient pour payer les acteurs. Les dieux étaient placés sur un autel face à la scène. Le spectacle commençait dans l'après-midi et se terminait tard dans la nuit.

Mère me laissa, s'avança jusque devant Père, elle prit entre ses doigts la poussière tombée, s'agenouilla lentement devant lui et dit : « Tout est de ma faute, oui, c'est de ma faute... »

Mon cœur, ce cœur qui avait connu les joies du premier amour, peiné par l'injustice des mauvais coups de Père, était comme déchiré, me faisait mal ; un sentiment plus complexe, plus violent que la joie et l'injustice m'envahit, se mit à s'agiter brutalement en moi, d'un pas mal assuré, j'allai m'appuyer contre la meule...

Nous ne nous servîmes plus de la meule pour moudre la farine. Bien que la vie fût toujours très difficile, nous avions tout de même franchi un cap ; l'argent à payer pour aller moudre à la meule d'acier finit par ne plus poser de problème. On entrait rarement dans la pièce à moudre, elle devint le paradis des rats, même en plein jour, on pouvait les voir se démener là-dedans. Les chauves-souris y élurent également domicile, au crépuscule elles entraient, sortaient par les croisillons de la fenêtre.

Je devins un vrai jeune homme. On vint faire une proposition de mariage : il s'agissait de la fille d'un vieux médecin traditionnel de Nantuan, elle aidait son père à concocter les remèdes. Je refusai catégoriquement.

Père dit : « Je sais ce que tu as derrière la tête, c'est une chose absolument impossible.

– Je ne veux pas, tu m'entends ! Je resterai célibataire toute ma vie !

– Que tu le veuilles ou non, les fiançailles ont été fixées au sixième jour du sixième mois, dit Père d'un ton sévère.

– Mon enfant, obéis à ton père. De tout temps, les choses se sont passées ainsi... C'est bon, emporte le blé à la meule en acier, pour les fiançailles, il faut faire cuire quarante gros pains à la vapeur… »

La campagne au sixième mois est couverte de céréales vertes de hauteur différente. Et me voilà, poussant cent cinquante kilos de blé, sur le chemin de terre jaune au milieu de l'océan de verdure, en direction de la meule de pierre. J'avançais lentement, le bourdonnement que faisait la meule d'acier en tournant devenait plus proche. Le jour où j'étais allé avec Perle voir cette meule, nous avions emprunté ce petit chemin. Dans le moulin, deux jeunes filles, dont même les cils étaient couverts de farine blanche, versaient les céréales dans la trompe, le ventre de ce long sac relié à la partie basse de la meule se renflait, s'arrondissait. Comme j'étais resté planté là, droit comme un piquet, fasciné par la machine, Perle m'avait donné une tape pour que j'aille voir la courroie ; elle galopait dans le caniveau pavé de briques entre la salle des machines et la pièce à moudre. J'étais resté un moment à regarder la courroie quand, allez savoir pourquoi, j'avais pissé dessus, elle avait grincé puis avait aussitôt glissé dans le caniveau, le bruit de la meule s'était peu à peu atténué. Les deux jeunes filles étaient sorties en courant de la pièce à moudre, elles criaient : « Attrapez-le ! » Perle m'avait remorqué, elle avait dit : « Filons ! » Nous étions sortis en courant du village, pour entrer dans les terres incultes, nous étions hors d'haleine, en nage. Je lui avais dit : « Perle, je t'en supplie, ne dis rien à la maison ! » Elle avait dit : « Quand je serai grande, tu m'épouseras ? » J'avais dit : « Oui ! » « Alors je ne dirai rien. » Effectivement, elle ne devait parler à personne de cet incident.

Je progressais, le cœur plein de tristesse, j'avais très envie de pleurer, de pleurer fort. Soudain, une fille en chemisier à carreaux rouges se faufila hors du champ de sorgho. C'était Perle !

« Stop ! me dit-elle sur un ton féroce.

– Qu'est-ce que tu fais là ? »

Je m'arrêtai.

« Ne joue pas les imbéciles. Tu vas te fiancer avec la faiseuse de remèdes, c'est bien ça ? demanda-t-elle sur un ton cinglant.

– Si tu le sais, pourquoi poser la question ? dis-je, abattu.

– Et moi, qu'est-ce que je deviens ? Je n'ai donc plus aucune place dans ton cœur ?

– Perle... est-il possible que tu n'aies pas entendu ce qu'on raconte ? Certains laissent entendre que nous serions frère et sœur... »

J'avais le cœur plein de colère, je renversai d'un coup la brouette et, déprimé, me mis à croupetons, la tête entre les mains.

« J'ai demandé à ma mère, nous ne sommes pas frère et sœur.

– Alors c'est quoi en fin de compte ?

– Ton père aimait ma mère, ton grand-père et ta grand-mère ont voulu que ton père se marie avec ta mère ; Mère, de son côté, s'est mariée avec mon père, c'est-à-dire avec cet Erliuzi qui est mort. Voilà toute l'affaire.

– Qu'allons-nous faire ? demandai-je, hésitant.

– Nous faire enregistrer, nous marier !

– Je crains que Père ne soit pas de cet avis.

– C'est toi ou c'est lui qui m'épouse ? Trente ans

se sont écoulés depuis la Libération ! En route, je vais discuter avec eux. »

Je me mariai avec Perle. La deuxième année après notre mariage, Perle mit au monde une adorable petite fille, tous les gens du village, en la voyant, avaient envie de la prendre dans leurs bras.

Suivirent quelques années favorables pour les récoltes, pendant lesquelles les paysans s'enrichirent. Perle sut se montrer ingénieuse, elle entreprit de mettre sur pied avec moi un petit atelier de transformation de farine ; nous débarrassâmes la pièce à moudre pour y installer les machines. La pièce était emplie de poussière, la meule en pierre était couverte de crottes de rats et de fientes de chauves-souris. Perle et moi, mais aussi Père et Quatrième Tante, transportâmes les deux parties de la meule à l'extérieur pour les abandonner dans un coin. Mère, qui portait ma fille sur son dos, nous regardait faire.

« Grand-Mère, c'est quoi ?

– Une meule en pierre.

– Une meule en pierre pour faire quoi ?

– Pour moudre de la farine.

– C'est quoi une meule en pierre pour moudre de la farine ?

– C'est une meule en pierre pour moudre de la farine. »

La lumière était radieuse. Je criai de l'intérieur :

« Perle, prépare un peu d'eau de chaux pour désinfecter la pièce ! »

Nous travaillions avec bonheur, avec sérieux, comme si nous accomplissions là quelque mission historique.

se sont écoulés depuis le [illegible] de la [illegible]
discuter avec eux.

Je me [illegible] avec [illegible] deux [illegible] pour [illegible]. [illegible] une petite fille. Tous les [illegible] du village [illegible] de la [illegible] dans leurs [illegible].

[illegible] quelques années [illegible] pendant lesquelles les [illegible] [illegible] [illegible] de [illegible] [illegible] [illegible] la pierre [illegible] [illegible] de [illegible] et [illegible] les deux [illegible] de la [illegible] pour les [illegible], dans [illegible] [illegible].

« Qu'est-ce que c'est que ça ?

— Une meule en pierre.

— Une meule en pierre pour faire quoi ?

— Pour moudre la farine.

— C'est quoi une meule en pierre pour moudre la farine ?

— C'est une meule en pierre pour moudre de la farine. »

[illegible]

« [illegible] »

[illegible]

Cinq petits pains

La veille du Nouvel An lunaire, la neige qui tombait en abondance n'avait de cesse ; à la brune, elle avait déjà atteint une épaisseur de plusieurs dizaines de centimètres. M'enfonçant dans la couche neigeuse, j'allai au puits. À la surface de la neige, le seau avait tracé deux rigoles peu profondes. Debout au bord de la margelle pour puiser l'eau, je glissai, et ce fut Dieu de la Fortune qui me retint d'une main.

Dieu de la Fortune se nommait Zhang Datian, il avait la quarantaine passée, il était réduit à la misère et, par ailleurs, était célibataire. Comme chaque année, il faisait le dieu de la Fortune, les gens, les grandes personnes aussi bien que les enfants, l'avaient surnommé Dieu de la Fortune, et lui ne se mettait pas en colère pour autant. À la veillée du Nouvel An, quand on met dans la marmite les raviolis destinés à congédier l'ancien et à accueillir le nouveau, un mendiant se tient derrière la porte et chante haut et fort toutes sortes de maximes de bon augure. Les gens apportent des raviolis cuits et les versent dans le pot en terre « du mendiant ». Ce dernier dépose dans le bol vide un lingot confectionné avec du papier de paille. Le lingot est rapporté dans la maison et placé comme offrande sous la tablette des ancêtres, c'est ce que désigne l'expression « ramener le dieu de la Fortune ».

Dieu de la Fortune me retint donc d'une main, je lui adressai un sourire reconnaissant.

« Tu puises de l'eau, neveu ? »

Il avait la voix enrouée, lugubre.

« Hum », répondis-je, je le regardai laisser descendre son pot dans le puits et remonter de l'eau. Je demandai : « C'est pour faire cuire des raviolis, Dieu de la Fortune ? »

Il rit bizarrement et répondit :

« Mes raviolis, ce sont les villageois qui me les font cuire, je puise de l'eau pour la faire bouillir afin qu'on me rase. »

Je dis :

« Dieu de la Fortune, cette année, récitez davantage de formules sur le seuil de notre maison.

– Bien le bonjour, Neveu Jindou, tu es le lettré du village, un jour tu réussiras, aussi, moi, ton vieil oncle, je dois commencer très tôt à te flatter. »

Il s'en fut, portant l'eau, l'épaule toute tordue.

À la brune, la neige qui tombait depuis deux jours cessa. Sa réverbération rendait la nuit moins noire. Grand-Père me demanda de faire partir des pétards de l'ancienne année ; nous étions en pleine période de calamités naturelles, le pétrole s'obtenait avec des tickets aussi, même avec de l'argent, il aurait été difficile de se procurer des bougies. Il ne fallait pas songer à s'éclairer toute la nuit.

Ce soir-là, Grand-Père se rendit une fois de plus à l'étable et annonça qu'il reviendrait passer le réveillon avec nous vers minuit. Depuis la mort de Père, l'équipe de production, constatant qu'il n'y avait pas de travailleur robuste à la maison et que je faisais mes études dans un bourg à plusieurs kilomètres de là, avait confié à notre famille la sinécure que représentait la surveillance du bétail. Mère, la journée, nourrissait les bêtes, Grand-Père prenait le service de nuit dans l'étable. Mère, Grand-Mère et moi attendions dans le noir, avec impatience, le retour de Grand-Père pour fêter le Nouvel An.

Comme ce fut long d'attendre jusque-là, jusqu'aux premières étoiles ! Mère alluma nos deux lampes à huile dont les mèches avaient été étirées. La pièce était très claire. Mère alimentait le feu sous le foyer. Les tiges de pois crépitaient. Les flammes illuminaient son visage émacié, la tablette des ancêtres, la table aux offrandes, les murs, rendus noircis et brillants par la suie. Le sentiment solennel du sacré, auquel venait se mêler de la tristesse, s'était emparé de moi…

Le Nouvel An ! Qui a donné à ce jour ordinaire une coloration aussi mystérieuse ? Pourquoi a-t-il fallu qu'il en fût ainsi ? Devant une question aussi abstruse, le petit collégien que j'étais ne pouvait que rester perplexe.

Grand-Mère donna solennellement à Grand-Père un paquet enveloppé dans du tissu et lui dit doucement : « Sors le porter en offrande. » Grand-Père prit le paquet à deux mains, comme il l'aurait fait d'une relique. Il contenait cinq petits pains destinés aux divinités de l'univers qui passeraient par là. Il s'agissait d'une coutume ancestrale répandue dans les villages selon laquelle cinq petits pains devaient être exposés la veille du Nouvel An lunaire et ne pouvaient être repris que le soir du lendemain.

Je suivis Grand-Père dans la cour, un tabouret avait été placé au beau milieu, Grand-Père se mit à croupetons et, de sa manche, balaya la neige sur le dessus. Avec beaucoup de précautions, il disposa d'abord trois petits pains en forme de triangle ; en leur centre, il plaça un pain à l'envers, puis un autre au-dessus, à l'endroit. Les petits pains formaient une jolie pagode.

« Viens, enfant, saluer le front contre la terre le vaste univers ! » Grand-Père se mit à genoux et salua en direction des quatre orients. Et moi, le collégien qui prétendait ne pas croire aux esprits, je m'agenouillai à mon tour et baissai le crâne, jusqu'à rencontrer la neige glacée. « Divinités terrestres et célestes, et vous, grands immortels, nous vous conjurons de venir disposer de ces cinq pains cuits à la vapeur !... La farine blanche dont ils sont faits a été prélevée sur celle destinée à confectionner les raviolis ; cette année, nous n'avons pu acheter que quatre kilos de farine, ces pains expriment les doux vœux que nous formulons en famille pour cette nouvelle année. » Inexplicablement, ma voix s'étrangla, le nez me piqua, j'avais vraiment envie d'éclater en sanglots, mais les circonstances exigeaient que tout fût de bon augure pour fêter le Nouvel An. À cet instant précis, au-delà du portail à claire-voie, dans la ruelle, retentit un chant sonore :

Le dieu de la Fortune, debout à votre porte,
protège la famille au soir du Nouvel An,
grande entrée, salle illuminée,
lion de pierre des deux côtés,
au-dessus du portail, briques incrustées d'or
pour les lauréats drapeaux des deux côtés ;
on franchit le portail, regards à l'intérieur
en face, un mur-écran,
l'idéogramme « bonheur » en grand collé au mur ;

vos enfants sont nés sous une bonne étoile,
le mur contourné c'est le corps de logis,
lanternes rouges des deux côtés
éclairent la prospérité du foyer,
or, argent, objets de valeur.

Je me relevai et restai planté, interloqué, au beau milieu de la cour à écouter les bénédictions de Dieu de la Fortune. La voix était ample, plutôt que parler de chant, il aurait mieux valu employer le mot « psalmodie ». Il chantait et psalmodiait donc sur un ton doux et mélancolique, comme s'il entendait changer l'aspect de l'univers entier.

Le dieu de la Fortune vient chaque année,
argent et objets de valeur vous amasserez,
l'or emplira les corbeilles, l'argent emplira les jarres,
grosses coupures, sacs de chanvre,
les sacs s'entasseront
formeront des monts, formeront des chaînes,
grosses coupures jusqu'au ciel

Je ris mais ne dis mot.

L'argent fait le bonheur,
avec vous achèterez chou, huile de sésame,
tête de cochon chez le saigneur de cochons,
et du poulet, et des œufs,
des poissons frais, de la farine blanche,
quelle saveur, quel régal,
enfants et adultes aurez le ventre plein.

Quel succulent dîner imaginaire ! J'étais enivré par les beaux tableaux que me faisait Dieu de la Fortune.

Neveu, allons, ne reste pas là pantois,
apporte vite les raviolis à l'extérieur,
vite, allons vite,
or et argent rempliront les jarres.

Je revins soudain à la réalité, Dieu de la Fortune voulait manger. Je me hâtai vers la maison et revins en tenant à deux mains le bol que Mère avait déjà préparé. Je constatai qu'il n'y avait que quatre raviolis, aussi lançai-je un regard implorant à Mère et dis-je en hésitant : « Mère, donnez-lui-en deux de plus !... » Mère soupira, prit avec la passoire en bambou deux raviolis supplémentaires qu'elle mit dans le bol. Tenant le récipient à deux mains, je me rendis dans la ruelle, Dieu de la Fortune vint à ma rencontre à pas pressés, attrapa les raviolis et se les fourra dans la bouche.

« Dieu de la Fortune, ne nous tenez pas rigueur si la quantité n'y est pas... » dis-je tout confus. Il avait chanté tant de belles bénédictions pour ma famille et n'obtenait en échange que six malheureux raviolis, j'étais vraiment désolé pour lui.

« Mais non, mais non. Neveu, rentre vite passer le Nouvel An, et l'an prochain tu réussiras les examens. »

Dieu de la Fortune poursuivit son chemin tout en chantant, tandis que, portant le bol, je rentrai à la maison passer le Nouvel An. Dieu de la Fortune n'avait pas placé au fond de mon bol de lingot de papier, sans doute n'avait-il même pas l'argent pour acheter du papier pour en confectionner !

La fête du Nouvel An prend tout son sens avec les raviolis. C'était Mère et Grand-Mère qui les confectionnaient tout en les comptant, plus fins, plus délicats les uns que les autres, on aurait dit d'exquises œuvres d'art. On avait caché quatre pièces en cuivre dans les raviolis, Grand-Mère disait que celui qui les trouverait aurait de quoi dépenser pour l'année à venir. J'en eus deux, Grand-Père et Grand-Mère une chacun.

Mère dit en riant : « Il semble bien que je sois un "dieu de la Misère".

– Si ton fils est riche, tu le seras aussi, dit Grand-Mère.

– Mère, si nous avions un sac plein de billets comme le raconte Dieu de la Fortune, qu'est-ce que ce serait bien ! Tu n'aurais plus besoin d'aller donner à manger aux buffles, Grand-Mère de filer dans le noir, ni Grand-Père d'aller couper du foin.

– Comme si on pouvait en remplir un sac ! dit Mère avec un rire forcé.

– Mais si, mais si, cette nouvelle année a bien commencé, avec cette offrande des cinq petits pains. » Grand-Mère se rappela soudain quelque chose : « Mère de Jindou, les petits pains ont été rentrés ?

– Non, j'étais tout occupée à écouter Dieu de la Fortune pousser sa chanson jusqu'au bout, j'ai oublié. » Mère me dit : « Va chercher les petits pains. »

Arrivé dans la cour, je tendis la main pour chercher à tâtons les petits pains sur le tabouret. Mon cœur se serra, je regardai à deux fois, le dessus du siège était bien vide. « Les pains ne sont plus là ! » criai-je. Grand-Père et Mère accoururent, cherchèrent avec moi en tous sens dans le noir de la cour. « Vous les trouvez ? » demanda Grand-Mère, inquiète le visage contre la fenêtre, elle ne pouvait descendre du *kang*.

Grand-Père s'empara d'une lanterne en papier, il y mit une lampe à huile. Élevant haut la lanterne, je fouillai toute la cour, la lumière éclairait la neige épaisse, les traces de pas pêle-mêle, le vieil abricotier taciturne, les meules de foin pareilles à des fortins…

Les quatre membres de la famille s'assirent autour de la lampe. Grand-Mère se mit à ressasser les mêmes phrases, reprochant à Mère le fait qu'on ne pouvait pas compter sur elle, s'accusant elle-même de perdre la mémoire, elle avait le visage blême, deux rangées de larmes coulaient. On était déjà dans la deuxième moitié de la nuit, le village était plongé dans le silence. Un son mélancolique se fit entendre à l'ouest, Dieu de la Fortune terminait sa tournée ; cette nuit-là, il lui fallait porter ses bénédictions à tous les gens du village. Mais notre famille n'en avait pas moins perdu cinq petits pains.

« Il se pourrait bien qu'ils aient été volés par ce bâtard de Dieu de la Fortune. »

Grand-Père frappa le fourneau de sa pipe contre le bord du *kang*, se leva, le visage fermé.

« Père, reposez-vous, je vais y aller avec Douzi… »

Mère retint Grand-Père.

« Ce bâtard est bien à plaindre lui aussi… Bon, allez voir, et s'ils ont disparu, tant pis ; en fin de compte, nous sommes tous du même village, et l'on est forcés de se rencontrer », dit Grand-Père.

Mère et moi courûmes à l'ouest du village, piétinant la neige qui crissait sous nos pas. Dieu de la Fortune était encore là à chanter, sa voix était à présent tout enrouée, ce qui donnait une impression de tristesse plus grande encore :

Prenez vite, vite prenez,
l'or et l'argent roulent vers la maison,

saisissez-les, vite les saisissez,
l'or et l'argent coulent vers la maison.
...

J'avais si froid que j'en tremblais de tout mon corps, mais en moi la colère grondait. Dieu de la Fortune, tu es vraiment diabolique, avide, détestable... Tel un louveteau, je me jetai sur lui, lui arrachai des mains son bol en terre.

« Qu'est-ce que c'est ? Des brigands ? Des coups de feu ? Je me suis cassé la voix à brailler toute la nuit pour quelques misérables raviolis, mains gelées, pieds crevassés... »

Dieu de la Fortune, tout en criant, venait récupérer son bol.

« Datian, pas de querelle, c'est moi, dit Mère posément.

– Vous, Grande Belle-Sœur, qu'est-ce que ça veut dire ? Vous regrettez de m'avoir donné quelques raviolis ? Neveu, prends-les, vous m'en avez donné combien, reprenez-en autant. »

Dans le bol, il y avait quelques dizaines de raviolis tout durcis par le froid, pas de petits pains.

Ils ne pouvaient s'être envolés comme ça, les gens du village étaient chez eux à fêter le Nouvel An, toi seul, Dieu de la Fortune, étais passé par chez nous. J'étais convaincu que Grand-Père avait vu juste. Je posai le bol sur le sol enneigé, me jetai de nouveau sur Dieu de la Fortune, le fouillai. Lui ne bougeait pas, se laissait faire.

« Je n'ai rien volé, rien... marmonnait-il.

– Datian, pardonnez-nous, pour la veuve et l'orphelin, il est bien difficile d'obtenir un petit quelque chose, c'est pourquoi… Jindou, à genoux ! Salue ton oncle le front contre le sol.

– Non ! dis-je.

– À genoux ! » dit Mère d'une voix rude.

Je m'agenouillai devant Dieu de la Fortune, les yeux pleins de larmes brûlantes.

« Relève-toi, neveu, vite, tu me mets au supplice… »

Dieu de la Fortune avança le bras pour me relever.

Mortifié, je me détournai et rentrai en courant à la maison. J'eus du mal à m'endormir au milieu des soupirs des anciens…

Au petit jour, je fis un rêve, les cinq petits pains n'avaient pas été volés, ils étaient toujours là, trois dessous, surmontés de deux autres, disposés en forme de pagode sur le tabouret.

Je me levai et courus dans la cour. Je fus si étonné que j'en restai les yeux écarquillés, bouche bée, je me frottai vigoureusement les yeux, me pinçai l'oreille, cela faisait mal, je ne rêvais pas ! Les cinq petits pains, trois dessous surmontés de deux, sur le tabouret, disposés en forme de pagode…

Vingt ans ont passé depuis cet incident ; d'adolescent, je suis devenu un adulte dans la force de l'âge. L'an dernier, après avoir été nommé vice-président du tribunal populaire municipal, je suis retourné une fois au pays ; à l'entrée du village, j'ai rencontré Dieu de la Fortune : il n'avait pas changé, il semblait ne pas avoir vieilli.

La rivière tarie

Une lune énorme, rouge, ruisselante, monte à l'est du village au-dessus de la campagne noyée dans l'immensité crépusculaire. La brume qui a investi les rues se fait plus dense, on la dirait contaminée par ce rouge triste et somptueux. Le soleil vient tout juste de se coucher, une longue bande de nuages pourpres s'attarde encore sous l'horizon. Entre le soleil et la lune, quelques étoiles chétives émettent une lueur blafarde, intermittente. Le village est voilé de mystère, nul aboiement, nul miaulement, oies et canards se taisent. La lune n'en finit pas de monter, le soleil de décliner. Une étoile s'éteint. Au même instant, un enfant se faufile par un portail à claire-voie entrebâillé ; déjà il n'est plus qu'une ombre fantomatique qui flotte doucement, le long de la digue derrière le village. En contrebas, les herbes desséchées, ainsi que les feuilles tombées du saule bruissent comme une respiration asthmatique. Il progresse lentement parmi les bruits infimes des herbes séchées qui se courbent, des feuilles mortes qui craquent. En quelques bonds, il grimpe sur la digue et, là, il s'accroupit, perdu dans l'ombre qui l'enveloppe.

Le lendemain matin, il sera recroquevillé comme une grenouille entrée dans le dernier sommeil, parmi les vrilles de patates douces, dans le lit de la rivière. Les gens du village feront cercle autour de lui pour l'observer. Bien peu sauront son âge ou même son nom. Ses parents, quant à eux, avec leurs yeux vides comme ceux des poissons, seront incapables de répondre avec précision aux questions posées par les gens du village au sujet de l'enfant. C'était un garçon maigrichon, noiraud, avec une grande bouche et un nez court, au regard vif et expressif, un enfant qui ne connaissait pas la maladie. Il n'avait pas son pareil pour grimper aux arbres. Le lendemain matin, ce sont ses fesses qui salueront le soleil levant, tandis que son visage sera profondément enfoui dans la terre noire plantée de courges. Les villageois, avec leur face aussi morne que le désert, contempleront ces fesses un peu plus blanches que le reste du corps, fesses couvertes de cicatrices, inondées de lumière. Ils les contempleront comme si c'était un beau visage, comme si c'était moi.

Il s'accroupit sur la digue, les mains coincées sous les jambes, le menton contre ses genoux cagneux. Il croit entendre son cœur cavaler par tout son corps comme un ragondin, de la gorge au ventre, parfois il le sent dans ses membres. Son corps lui semble percé de trous de rats ouverts à tous les vents par lesquels ce cœur, pareil à un rat, peut circuler aisément, à sa guise. La lune continue de monter, ruisselante. Du village s'élève sans fin une vapeur, entre fumée et brume, qui va se dilatant, recouvre tous les toits. La cime de l'énorme peuplier blanc au centre du village s'enfonce dans cette masse nébuleuse. Le tronc haut et droit fait penser à un manche de parapluie dont l'étoffe tendue serait la vapeur, à moins qu'elle n'évoque un large chapeau de paille, un dais, un champignon vénéneux. Les autres arbres se recroquevillent sur eux-mêmes, n'osant rivaliser en hauteur avec lui. L'arbre perce le ciel avec arrogance. À une fourche, à une vingtaine de mètres du sol, il y a une boule de branchages entremêlés avec des nids de corbeaux et de pies. Chaque jour cette cohabitation donne lieu à d'incessantes querelles et, par les soirs de lune, les cris des oiseaux accompagnent la marche de l'astre.

Il se peut qu'un son, pareil à un sanglot, soit sorti de sa gorge sèche et assoiffée, alors que, accroupi sur la digue, cerné par l'ombre, il repense peut-être aux événements qu'il vient de vivre.

Les pieds nus, vêtu d'une veste chinoise trop grande pour lui, il était debout sous le peuplier. La maison de cinq pièces qui est devant l'arbre est la seule du village qui soit couverte de tuiles. L'enfant de cette famille est une adorable petite fille dont les yeux de jais font penser à deux pions noirs. La fillette lui avait demandé :

« Petit Tigre, t'es cap de grimper au peuplier ? »

Il l'avait regardée, ahuri, sa bouche avait esquissé une grimace, son nez court en avait été tout plissé.

« T'es pas cap, j'en suis sûre ! »

Il avait mordu ses lèvres épaisses.

« T'es cap de grimper à l'arbre pour me casser une branche ? Tiens celle-là, tu la vois ? Celle qui est toute droite, je la voudrais pour me tailler un fusil, et après, on jouera tous les deux, tu seras l'espion, et moi le soldat de l'Armée populaire de libération. »

Il avait fait non énergiquement avec la tête.

« J'en étais sûre, t'es pas cap ! T'es pas un petit tigre, t'es qu'une petite poule mouillée ! avait dit la fillette fâchée. Je ne jouerai plus avec toi, voilà ! »

Il l'avait regardée, de tout l'éclat de ses yeux noirs, puis il avait grimacé, comme s'il avait été sur le point de pleurer. Ses pieds avaient raclé le sol, il avait fini par cracher sans grande conviction :

« Je suis cap.

– C'est vrai ? » avait demandé la fillette, ravie.

Il avait fait oui énergiquement avec la tête, ôté son ample veste, montrant la peau brune de son ventre. Il avait dit :

« Fais le guet, j'ai pas le droit de grimper aux arbres. »

La fillette avait pris le vêtement et lui avait fait un signe de la tête : il pouvait compter sur elle.

Il enserre le tronc de ses deux pieds. Couverts d'une corne épaisse, ils s'accrochent fermement au tronc gris argenté, sans glisser. Il grimpe avec l'aisance et l'agilité d'un chat, comme s'il s'agissait d'une disposition naturelle chez lui. La fillette, la veste dans les bras, le nez en l'air, observe le peuplier qui se courbe lentement vers elle. Dans un état second, elle voit de nouveau le garçon : le torse et les pieds nus, il fait ployer le tronc énorme de l'arbre, lui donnant la courbure d'un arc, tandis que lui-même peut, à tout moment, être propulsé dans les airs. Elle, tout en bas, est prise de tremblements. Puis elle voit l'arbre se redresser soudainement. Dans la lumière crépusculaire de cette fin d'automne, les branches éblouissantes, de leurs doigts rassemblés, agacent l'air bleuté. Elles voltigent, par touffes, dans le ciel aussi transparent que de la glace. Quelques feuilles rescapées au bout des rameaux, bien que flétries, ont gardé leur couleur d'un bleu profond ; elles bruissent au gré du balancement des branches. Le rythme prodigieux imprimé au peuplier fascine la fillette. Elle regarde le garçon grimper de plus en plus haut, regarde son dos, pareil à celui d'un poisson noir, où courent des reflets bleutés.

« Descends, Petit Tigre, l'arbre va tomber ! » crie-t-elle au garçon dans l'arbre.

Celui-ci a déjà atteint la cime clairsemée. Pies et corbeaux circulent entre les branches, semblables à d'énormes abeilles ou à des papillons de nuit sombres.

« L'arbre va céder ! » Les cris de la fillette lui mettent le feu aux fesses. Accélérant l'allure, il poursuit son ascension. Les souffles chargés de l'odeur forte des ailes battant l'air balaient sa nuque, son dos en est parcouru de frissons. Les cris de la fillette lui font reprendre ses esprits. Il se rend compte, lui aussi, à quel point le tronc est devenu mince et fragile, combien il plie dangereusement, tandis que le ciel de glace bascule. Un muscle de sa jambe s'est mis à tressaillir ; en baissant la tête, il peut le voir distinctement. Au même moment, il entend de nouveau les cris de la fillette. « Petit Tigre, allez, descends ! L'arbre penche, il va tomber sur le toit de notre maison, et s'il casse des tuiles, ma mère te flanquera une bonne raclée ! » Il sursaute, reste interdit, se plaque contre le tronc, regarde en bas. Il est pris d'un brusque vertige, sa vue se trouble. Qu'il soit monté aussi haut le remplit de stupeur. Le peuplier dépasse tous les arbres du village, il fait penser à un cygne dans une couvée de canards. Tout au long de son ascension, une sensation de bonheur intense l'a saisi. Son postérieur domine toutes les maisons, domine même le soleil. L'astre décline rapidement, déformé, comme un gros œuf de cane. Il peut voir la perspective des toits. Leur chaume, que les pluies battantes ont tassé, a pourri pour laisser place à ces mousses qui se forment durant l'été. Elles sont constellées de fientes de moineaux. La route est recouverte d'une épaisse couche de poussière qu'une voiture verte, lancée à toute vitesse, soulève en un nuage, lent à retomber. Il aperçoit alors un petit chien jaune qui s'avance clopin-clopant. Il a été éventré par les roues de la voiture, ses intestins traînent dans la poussière comme une longue corde. Pourtant l'animal poursuit calmement son chemin, sans proférer le moindre cri. La chaleur dégagée par son pelage s'estompe au fur et à mesure qu'il s'éloigne, tandis que, avec la distance, le chien se fait lapin jaune, puis belette tout aussi jaune, avant de disparaître complètement. L'air alentour semble résonner de bruits de bouteilles vides, difficiles à localiser précisément. Le monde peut y aller de son train-train, en haut de l'arbre, on se retrouve à l'écart des préoccupations quotidiennes. Il tremble comme une cigale collée à sa feuille. Il voit une fiente se précipiter tout droit sur les tuiles de la maison. La fillette, de nouveau, le hèle d'en bas. Il n'écoute pas. Frissonnant de peur, il regarde la cour devant cette maison. S'il n'avait pas grimpé dans le peuplier, il n'aurait jamais pu la voir ainsi. En effet, bien que la fillette aux yeux de jais, cette petite Zhen qui se trouve au pied de l'arbre, vienne souvent le chercher, ses parents à lui, toujours, lui interdisent de jouer avec elle. Est-ce bien la petite Zhen, se demande-t-il avec perplexité ? Il est toujours dans les nuages, aussi les gens du village disent-ils volontiers de lui qu'il est un peu simple d'esprit. Il regarde la cour. On y a aménagé un large passage pavé. Il y a aussi un mur-écran[1]. Près du mur, les fleurs fanées des prunus épineux sont tombées, ne laissant que les branchages pourpres. Dans la cour sont garées deux bicyclettes dont les jantes en nickel lancent des lueurs aveuglantes. Un grand gaillard sort de la maison et, sans se gêner le moins du monde, pisse contre le mur. À la vue du visage violacé de l'homme, le garçon, effrayé, se colle davantage contre le tronc, sans plus oser respirer. L'homme l'avait attrapé une fois par l'oreille et lui avait demandé, en présence de nombreuses personnes : « Petit Tigre, un chien, ça a combien de pattes ? » Il avait tordu sa bouche dans un rictus et répondu : « Trois ! », ce qui avait suscité l'hilarité générale. Il se rappelle que, ce jour-là, son père et son frère étaient présents dans la foule, l'aîné était rouge d'une colère rentrée, tandis que le père, mal à l'aise, avait ri avec les autres. Alors que le frère le corrigeait pour cette réponse, le père lui avait retenu le bras : « Si le secrétaire le taquine, cela prouve qu'il nous a à la bonne, qu'il a un peu de considération pour nous. » L'aîné l'avait relâché, avait attrapé une galette de farine de patates douces d'un noir luisant, l'avait portée près de sa bouche et lui avait demandé furieux : « Et ça, c'est quoi ? – De la merde ! » avait-il laissé filer entre ses dents serrées.

« Petit Tigre ! Allez, dépêche-toi ! » crie la petite fille au pied de l'arbre.

Il reprend lentement son ascension. Ses jambes tremblent terriblement. La cheminée sur le toit de tuiles crache soudain une épaisse fumée blanche dont

1. Mur placé devant l'entrée d'une cour pour empêcher les mauvais esprits d'y pénétrer.

les volutes se glissent entre les branches pour s'infiltrer dans les nids de pies et de corbeaux, soulevant un tourbillon de plumes sales. Les oiseaux noirs reflétant les lueurs du couchant tournoient autour de lui, menant un beau raffut. Il empoigne la branche qui tient tout juste dans sa main, tire vers lui avec force. L'arbre tout entier oscille, mais la branche résiste.

« Vas-y, plus fort ! crie la fillette. L'arbre ne va pas tomber, il se balance, c'est vrai, mais c'est juste pour te faire peur ! »

Il tire avec force la branche à lui, la fait ployer, ployer encore, elle prend la forme d'un arc. Il en a le bras tout engourdi, le bout des doigts enflé, et cette branche qui résiste, et puis, soudain, élastique, qui se relâche. Ses jambes tremblent de plus belle. Sa tête s'incline lourdement. La fillette, en bas, a le visage levé vers lui. Sous l'arbre, la fumée monte en tourbillonnant comme de l'écume. Il sent un grand froid gagner tout son corps. Deux de ses cheveux se dressent avec un crissement sur son crâne. Pour la seconde fois, il mesure à quel point il est grimpé haut. La branche, toute droite, bien lisse, le nargue de sa hauteur, lui lance un défi. Il replie les jambes, étend les bras pour attirer la branche, tire avec force vers le bas. La branche grince, gémit, son extrémité fine, en rencontrant le bout des autres branches, fait un bruit de pétarade. Il pèse sur la branche de tout son poids, de toutes ses forces. Certes, ses deux jambes sont encore enroulées autour du tronc, mais il a complètement oublié ce détail. Sa haine augmente au fur et à mesure que la branche se courbe. Il pousse un rugissement sourd, saute dans le vide, la branche casse. La branche s'est cassée avec un bruit sec. Au même instant, quelque chose a tressailli allégrement dans sa tête, son corps entier baigne dans la volupté. Il se met à planer, léger, tandis que la longue branche l'accompagne dans son vol ; un souffle frais, les fumées blanches, les lueurs orangées du couchant tourbillonnent autour de lui. Dans l'action, il voit une femme, vêtue d'une veste à grosses fleurs, sortir en courant de la maison devenue soudain toute plate. Les cris de la femme ressemblent à des hennissements.

La fillette qui, les yeux écarquillés, regarde l'arbre se rend compte que le garçon est suspendu à la branche comme un gros fruit charnu. Elle se dit qu'il doit éprouver une sensation délicieuse. Comme elle l'envie ! Comme elle voudrait, elle aussi, être accrochée à la branche ! Mais voilà que tout bascule : le garçon tombe lentement avec la branche, elle peut voir son corps étiré, pareil à une pièce de soierie brune déroulée depuis le faîte de l'arbre. La branche choisie par elle fouette avec bruit l'étoffe. La veste du garçon dans les bras, elle fait un pas en avant. Soudain elle sent la branche souple et résistante cingler brutalement sa joue, tandis que l'étoffe brune lui tombe dessus. Elle a l'impression de quelque chose de dur qui, au contact, tonne comme une feuille de métal.

Il se relève avec peine, sans avoir compris ce qui lui arrive. À part quelques endroits endoloris, il est indemne. Mais déjà il aperçoit la fillette, étendue sous la branche, ses yeux de jais sont mi-clos, tandis qu'un filet de sang bleuâtre coule lentement au coin de sa bouche. Il s'agenouille, passe la main entre les branches, enfonce doucement un doigt dans le visage. C'est dur comme un ballon gonflé à bloc.

La femme à la veste à fleurs vole plutôt qu'elle ne court vers l'arrière de la maison. Tout en avançant, elle l'injurie : « Sale petite graine d'engeance ! Alors comme ça tu pensais pouvoir monter au paradis ? Qu'est-ce qu'ils ont fait tes parents pour avoir engendré un sauvage de ton espèce ? Tu as cassé une branche de mon arbre, eh bien, moi, je vais te casser une côte ! »

Comme une furie, elle se rue sur le garçon toujours à genoux. À peine son pied a-t-il touché le dos de l'enfant qu'il retombe sans force. Ses yeux sont hagards, sa bouche se tord en un rictus, elle se jette sur le corps de la fillette, pleurant et criant : « Petit Trésor[1], Petit Trésor, mon enfant, qu'est-ce que t'as ?… »

… Un chat tout tigré foule les herbes desséchées, monte en haut de la digue. Ses pattes de velours ne font pratiquement pas de bruit. Surpris, il s'arrête devant le garçon, ses yeux lancent des éclairs mauvais, il miaule en guise d'intimidation, la queue dressée comme un mât de bateau. L'enfant le regarde craintivement. L'animal ne s'en va pas, reste là à flairer la forte odeur de sang qui se dégage de lui. Il ne supporte plus ce regard fixe chargé de phosphorescences. Péniblement, il se met debout.

La lune est maintenant très haut dans le ciel, mais elle est toujours aussi ruisselante, peu brillante. Les étoiles du côté du couchant ont des éclats de diamant. Le village est entièrement noyé dans cette vapeur entre fumée et brume. Sans se retourner, il sait que, de tous les arbres du village, seul le peuplier blanc est capable de montrer un bout de sa cime par-delà la brume, tel un arbre émergeant d'eaux en crue. L'évocation du

1. En chinois : Zhenzi, qui signifie « petite précieuse », « petit trésor ».

peuplier lui amène les larmes aux yeux, il sent son nez le piquer. Avec précaution, il contourne le chat sauvage dont l'air imposant lui inspire tant de crainte, il descend en titubant le lit de la rivière, masse confuse d'un gris argenté qui n'est pas eau, mais terre sablonneuse meuble. Après trois années consécutives de grande sécheresse, branches mortes et herbes sèches se sont entassées dans le lit de la rivière. Derrière lui, le chat miaule à son adresse, déjà il n'a plus le cœur à s'en soucier. Ses pieds nus foulent la terre brûlante, laissant l'empreinte de chaque pas. Partie de la plante des pieds, la chaleur du sable gagne peu à peu le restant de son corps ; la sensation grossière, puissante, finit par n'être plus qu'un fil arachnéen, lequel, remontant la moelle épinière, semble s'infiltrer dans son cerveau. Il a perdu la notion de son corps, devenu masse indistincte, ombre insaisissable, il n'est plus que sensation de chaleur brûlante et piquante.

Il trébuche dans un creux de sable. La lune n'en finit pas de grelotter, elle dispense sa faible lumière sanguinolente sur son dos nu. Il s'affale sur le ventre, il n'a plus la force de bouger. Il sent la lumière de la lune lui brûler le dos comme ferait un fer rouge, ses narines sont pleines de l'odeur de cochon grillé.

La femme à la veste à grosses fleurs s'en était allée sans même le frapper, toute à sa douleur pour la perte de la chair de sa chair. Ses pleurs bouleversants lui avaient donné la chair de poule. Il avait compris quelle grave faute il avait commise. Il avait vu l'homme au visage rubicond lui bondir dessus, il avait ressenti un bourdonnement à l'oreille, puis ça avait été le calme plat. Cette sensation qu'il avait eue d'être sous une cloche de verre ; au travers, il avait vu des gens courir en tous sens, se démener dans une belle pagaïe, tel un essaim de guêpes, comme s'ils luttaient contre un incendie ou s'ils donnaient l'assaut. Ils criaient sans qu'il les entendît. Il avait vu s'avancer deux jambes robustes, puis deux chaussures fourrées, au cuir tellement usé qu'il en était tout lustré, qui arrivaient droit sur sa poitrine. Puis il avait entendu un coassement monter de son ventre et senti son corps s'envoler de nouveau avec légèreté tandis qu'un liquide doucereux et fétide jaillissait dans sa gorge. Un sanglot, un seul, était sorti de sa bouche. Il avait repensé aussitôt au petit chien jaune dont les intestins traînaient dans la poussière de la grand-route. Pourquoi ne gémissait-il pas ? Il tournait et retournait la question dans sa tête, tandis que les chaussures en cuir ne cessaient de le culbuter. Il avait eu soudain conscience que ses intestins à lui aussi traînaient derrière lui, maculés de poussière dorée. La branche de peuplier arrachée au prix de tant d'efforts s'était mise elle aussi à voler ; la branche flexible, telle une lanière en cuir, sifflait comme l'ouragan, jaillissait par à-coups. Il avait au coin des lèvres le goût frais de la sève. Au début, il avait roulé au sol, puis il s'était immobilisé, bouche contre terre.

Peu à peu la terre sablonneuse s'est refroidie. La température de son corps s'est abaissée elle aussi. Il est affalé sur le ventre, de fines particules de sable ne cessent de lui entrer dans les narines. Il voudrait bouger, mais il n'a plus la notion de son corps. Il s'efforce de localiser mentalement ses membres et finit par se rappeler où sont ses bras, il les ouvre péniblement, il a l'impression d'avoir le cou brisé, ses vertèbres cervicales craquent. Il retombe lourdement à plat ventre, sa bouche est pleine de sable, sa langue est tellement ankylosée qu'elle ne peut pas se courber. Après s'être retrouvé trois fois de suite la bouche mordant la poussière, il finit par se retourner. Alors, le cœur lourd, il regarde le ciel nocturne, là-haut la lune se trouve en plein sud, elle a perdu sa coloration rouge sang et brille de tout son éclat. Le ciel sombre, de son côté, a pris une belle teinte argentée. La rivière de sable scintille de mille éclats dorés, froids, qui le cernent, qui le piquent, comme autant de petits couteaux. Il fixe la lune solitaire, implorant son secours. La lune l'illumine de sa face blême, les zones d'ombre sur l'astre sont d'une étrange netteté. Il ne les a jamais contemplées aussi intensément. Ces zones d'ombre l'étonnent infiniment. Elles lui apportent une sensation d'inconnu. En fermant les yeux, il oublie leur aspect. Alors qu'il se concentre mentalement sur l'image de la lune, le visage de son père émerge de l'astre blême.

Aujourd'hui seulement il prend conscience du physique de son père : des yeux globuleux dont les pupilles semblent des châtaignes d'eau qui auraient macéré dans la saumure. Même à genoux, le père est de haute stature. Alors les chaussures en cuir avaient peut-être touché le père, qui sait ? Le père à genoux suppliait : « Monsieur le secrétaire, ne tenez pas rigueur à votre humble serviteur. Ce petit bâtard, je vais le corriger sévèrement. Dix de ses vies à lui ne suffiraient pas à rendre celle de Petit Trésor. J'irais jusqu'à tailler un bout de ma chair pour que votre fille soit saine et sauve. » Le secrétaire avait ricané. Ses yeux avaient lancé des éclairs noirs.

L'aîné l'avait traîné jusqu'à la maison. Ses talons

frottaient le sol durci. Il leur avait fallu un bon moment avant de sortir du couvert du peuplier. Les ombres rasantes des pies et des corbeaux lui balayaient le visage comme du duvet.

L'aîné lui avait envoyé un coup de pied au derrière qui l'avait projeté au beau milieu de la cour. Il lui avait crié :

« Allons, debout ! Ma parole, on dirait que tu fais exprès de nous porter la poisse ! » Affalé par terre, il n'avait pas voulu bouger. L'aîné avait continué de lui lancer de violents coups de pied au derrière tout en criant : « Debout et fous le camp ! T'es fier de ce que t'as fait peut-être ? »

Il s'était relevé miraculeusement et avait reculé pas à pas jusqu'au coin du mur. Quand il s'était senti plus solide sur ses jambes, il était resté là, apeuré, à regarder la haute silhouette efflanquée de l'aîné.

Celui-ci, furieux, avait dit à la mère : « Qu'il crève ! C'est un vrai fléau ! Cette année, j'avais bon espoir pour l'armée, pour le coup, c'est fichu ! »

Il avait lancé un coup d'œil douloureux à sa mère. Celle-ci ne l'avait jamais frappé. Elle s'était approchée, en pleurs. Le « Mère » qu'il lui avait lancé était plein du sentiment de l'injustice qui lui était faite. Larmes et morve s'étaient mises à couler.

Mais voilà que, contre son attente, sa mère l'avait invectivé brutalement : « Petit salopard ! Et tu pleures ! Et tu te sens victime d'une injustice ! Je pourrais te frapper jusqu'à ce que t'en crèves que je n'aurais pas encore calmé ma colère ! »

La main portant un dé à coudre était venue fouetter brutalement son oreille. Il avait poussé un braillement, sans pleurer. En entendant ce son si peu humain la mère était restée interdite, puis elle s'était baissée, avait pris dans une meule de foin une tige de cotonnier séchée, elle l'en avait frappé sans discernement. Les sifflements de la tige de coton avaient fait s'envoler de peur les oiseaux qui étaient sur le faîte du mur, ils s'étaient dispersés comme de la mitraille en direction du couchant. L'enfant, pressé contre le mur, regardait l'arc rouge dessiné devant ses yeux par la tige de cotonnier…

Le chant poussif d'un coq retentit dans le village, le fait sortir de sa torpeur. Son ventre lui semble un bloc de glace. Il est transi jusqu'aux os. La lune descend à l'ouest. La Voie lactée est constellée de vaguelettes dont le dessin fait penser aux tuiles d'un toit. Il veut se retourner et, à sa grande surprise, cela ne lui demande aucun effort. Son corps se met à rouler comme un rondin. Il ne sait pas, bien sûr, qu'il dévale une pente légère. En contrebas, il y a un misérable tas de patates douces. De leurs vrilles violacées monte une légère odeur âcre. Des lucioles, aussi grosses que des noyaux de jujube, rampent sur les vrilles, les insectes volent jusque dans ses yeux et ses oreilles…

Le père s'était avancé vers lui en chancelant. La mère, qui brandissait toujours la tige de cotonnier dénudée, s'était reculée lentement et se tenait à l'écart.

« Debout et fous le camp ! » avait-il rugi de colère.

Dans un mouvement de repli, l'enfant s'était ramassé sur lui-même du mieux qu'il avait pu.

Dans un mouvement de recul, il se ramasse sur lui-même du mieux qu'il peut. Les vrilles des patates douces bruissent. Le clair de lune inonde le sol, le lit de la rivière est recouvert d'une mince couche de givre. Les tas de foin font penser à des fortins, disposés çà et là. Un liquide doucereux et fétide afflue de nouveau dans sa gorge. Il ne peut s'empêcher d'ouvrir la bouche, vomit des cailloux pareils à de petites boulettes de farine, les caillots lui restent aux commissures des lèvres comme des crottes de chat. Il est pris de panique, en proie à un vague pressentiment.

C'était une jeune mariée aux longs et fins sourcils. Elle reposait étendue sur une natte de roseaux. Son visage était comme un pétale violet. Près d'elle des gens pleuraient, comme s'ils chantaient. La jeune femme était d'une grande beauté. De son vivant, on aurait dit une fleur, et c'était encore plus vrai maintenant qu'elle était morte. Avec les autres badauds, il avait joué des coudes pour voir ce qui se passait. La pièce était vide, une ceinture rouge de pantalon pendait encore à une poutre. Le visage de la morte était serein, elle restait indifférente à tous ces gens autour d'elle. Le rougeaud secrétaire de cellule de la Grande Brigade, en pleurs, était venu voir la suicidée. La foule s'était empressée de lui ouvrir un passage. Debout devant le corps, il pleurait à chaudes larmes. Le visage de la jeune femme s'était soudain éclairé d'un ravissant sourire, tandis que ses sourcils, pareils à des queues d'hirondelle, avaient bougé. Dans l'instant, le secrétaire s'était affalé, le corps ruisselant d'un liquide transparent. Les gens avaient trouvé cette mort vraiment regrettable. Cette femme, restée dans l'ombre de son vivant et qui, une fois morte, attirait l'attention de tant de monde, jusqu'au secrétaire de cellule qui s'était déplacé ! Cela montrait bien que la mort n'était pas un mal en soi. L'enfant, sur le moment, lui avait trouvé quelque chose de séduisant. Il était sorti de la pièce en même temps que la foule désordonnée, puis, très vite, la jeune femme, la mort, tout cela s'était effacé de son esprit.

À présent, la jeune suicidée, la mort ainsi que le souvenir vague du petit chien jaune viennent à sa rencontre, sans rancœur ni colère, suivant le lit de la rivière constellée d'éclats argentés. Il peut entendre le bruit confus de leurs pas, voir leurs immenses ailes noires.

Alors, il comprend soudain le sens de son propre destin, il se voit, foulant les fleurs de givre glacées, aller et venir dans le lit de la rivière. Des bancs d'anguilles, pareilles à des nouilles, glissent dans l'eau en tous sens, il les repousse avec force et tombe dans une pièce d'un émail noir tout luisant. Un petit vent du nord souffle sans façon par les trous de rat, par le conduit de la cheminée et par les fentes des murs. Il regarde avec colère ce monde doré. La lumière hivernale qui filtre par le papier de la fenêtre va illuminer le tas de sable fin sur le *kang*. Tout gluant, il tombe sur le sable dont les grains roulent sur son corps. Il pleure très fort à cause de la froideur qui règne en ce monde. Le père lui dit : « Braille ! Allez, braille ! Dès la naissance, on braille de misère ! » En entendant ces mots, il sent le froid s'infiltrer en lui, toujours plus loin. Son corps, tel un ver à soie crachant son fil, se rapetisse, se ratatine.

Hier après-midi, au même moment, il était appuyé tout tremblant contre le mur en torchis de la cour, il regardait son père s'avancer pas à pas. Le soleil couchant éclairait la haute silhouette du père, le visage tourmenté du père. Il le voyait, un pied chaussé, l'autre nu, s'avancer d'une démarche bancale. Le père tenait à la main gauche une chaussure, tandis que, de l'autre main, il l'avait saisi par le cou et l'avait soulevé doucement avant de l'envoyer valser au sol avec violence. Pour la troisième fois, il s'était senti voler dans les airs. Il s'était relevé péniblement, tout étourdi, le père lui avait paru plus grand encore, son ombre démesurée emplissait toute la cour. Le père et l'aîné semblaient des ombres chinoises s'agitant dans la lumière sanglante du couchant. Au premier coup porté à sa tête par la savate à semelle épaisse confectionnée par sa mère, son cou s'était presque enfoncé dans son thorax. Les coups pleuvaient sur son dos avec un rythme irrégulier, tandis que la semelle se faisait de plus en plus mince et que des morceaux de boue en jaillissaient.

« Même si tu devais en crever, sale petit bâtard, je ne me sentirais pas soulagé pour autant, tant il est vrai qu'entre un père et un fils on ne saurait parler de haine ! » avait dit le père, le cœur brisé, tandis que sa main ne chômait pas et que la savate amincie touchait le dos poisseux avec un bruit de plus en plus sonore. La rage de l'enfant était telle qu'il ne pouvait plus la contenir, son cœur était aussi dur qu'un boulet de canon. Un désir fou de parler le tenaillait, ce désir s'était exaspéré avec les coups du père. Il s'était entendu hurler à en perdre la voix : « Espèce de merde ! »

Le père en était resté interloqué, la savate avait glissé sans bruit à terre. Il avait vu son père : des larmes de cruauté emplissaient ses yeux, les veines de son cou se tortillaient comme des lombrics verts. Entre ses dents, il avait lancé de nouveau à la face du père : « Sale merde ! » Ce dernier avait proféré un gémissement sourd, avait arraché de sous l'auvent une corde de chanvre bien dure, l'avait plongée dans la saumure de la jarre à légumes, l'avait élevée avec précaution, avait étendu le bras tandis qu'une eau trouble gouttait de la corde. « Baisse-lui son caleçon ! » avait-il dit à l'aîné. Celui-ci, tremblant de tout son corps, s'était avancé en flottant dans la lumière glauque puis s'était arrêté devant lui. S'il n'osait pas le regarder dans les yeux, en revanche, il regardait le père. Il avait balbutié : « Père, ne lui ôte pas… » Le père l'avait interrompu d'un geste catégorique de la main : « Ôte-le-lui, j'te dis, faut pas gâcher le caleçon. » Le regard de l'aîné avait effleuré rapidement le visage pétrifié de l'enfant, son torse squelettique, avant de se fixer sur le caleçon. L'aîné s'était penché. L'enfant avait senti un grand froid lui passer entre les cuisses, tandis que le caleçon s'envolait comme un nuage pour tomber à ses pieds. L'aîné lui avait saisi la cheville gauche, avait retiré une des jambes, puis il avait fait de même pour l'autre cheville afin d'ôter complètement le vêtement. L'enfant avait eu l'impression d'être écorché vif. Tout en regardant la silhouette de l'aîné qui se retirait, craintif, à reculons, il avait crié une fois encore : « Sale merde ! »

Le père avait brandi la corde. L'objet voltigeait, zigzaguait dans les airs. En s'abattant sur ses fesses, la corde s'était raidie soudain en produisant un son clair. L'enfant avait grogné. Le juron devenu familier s'était échappé de ses dents serrées. Le père l'avait fouetté quarante fois de suite, il avait juré de même. Quand la corde était tombée pour la dernière fois sur ses fesses, elle ne s'était pas raidie, mais avait zigzagué, sans force. Sa voix à lui aussi avait zigzagué, sans force, dans une plainte de douleur. Le père avait jeté au sol la corde blanchie et était entré tout essoufflé dans la maison. La mère et l'aîné étaient entrés à leur tour. La mère, furieuse, avait dit au père : « Allez, roue-moi de coups moi aussi, et que j'en crève ; de toute façon, je n'ai plus goût à la vie. Tue-nous tous, pendant que tu y es, la mort est plus douce que la vie. Tout ça, c'est la faute à ton étourdi de père ! Il savait bien, pourtant, que les communistes allaient venir. Il a fallu pourtant qu'il achète ces vingt *mu*[1] de terrain inondable où les lapins ne trouveraient même pas d'endroit où faire leurs crottes ! Et nous voilà classés paysans moyen riches, et cela fait trois générations qu'on vit comme des parias… » L'aîné lui avait demandé : « Alors pourquoi tu t'es mariée à un paysan moyen riche ? C'étaient pourtant pas les paysans pauvres qui manquaient ? » La mère avait laissé libre cours à ses larmes, le père aussi s'était mis à pleurer et à se lamenter bruyamment. Au beau milieu de tous ces pleurs, la corde se tortillait comme un ver de terre, prenant la forme d'un tortillon ou d'une spirale. L'enfant avait eu brusquement la chair de poule, ses muscles s'étaient contractés, s'étaient dessinés. Profitant de cette énergie, il s'était mis debout, après avoir réfléchi quelques secondes au milieu de la cour baignée confusément par les lueurs du soir, il avait bondi vers le portail à claire-voie, s'était faufilé au-dehors dans l'entrebâillement.

Avant l'aube, il reprend une fois de plus connaissance. Il n'a déjà plus la force de relever la tête pour regarder la lune, la rivière blême. Sur la digue résonnent les appels déchirants de sa mère : « Tigre ! Tigre ! Tigre ! Ô tigre ! Ô… Mon pauvre enfant, né sous une

1. Un *mu* équivaut à un quinzième d'hectare.

mauvaise étoile !... » Ces cris perçants blessent, excitent les parties encore sensibles de son corps. Il nage dans la félicité : il tient sa vengeance ! Il rassemble toute son énergie pour lancer un cri. Sa poitrine le brûle, quelque chose comme du papier sec qu'on déchire vibre dans sa conscience et, immédiatement, il est envahi par un froid insupportable. Il entend même le bruit de sa propre chute dans le trou glacé. L'eau qui est presque prise en glace fait jaillir quelques glaçons avant de l'emprisonner définitivement.

Dans l'instant même où le soleil écarlate va se lever, il est réveillé par un chant d'une intense barbarie ; pareil au hurlement de l'ouragan dans les forêts antiques, le chant roule dans le lit de la rivière tarie, charriant branches et feuilles mortes ainsi que des immondices et de l'eau sale. L'ouragan est suivi d'un silence insolite, pesant. Et c'est alors que, lentement, le soleil émerge, tandis qu'une douce musique s'élève et vient caresser ses fesses zébrées de cicatrices, allumant une flamme dans son cerveau, flamme jaune, flamme rouge, qui devient verte, minuscule, et qui après quelques rougeoiements et sursauts s'éteint.

Quand les gens le trouveront, il sera mort déjà... Ses parents, avec leurs yeux vides comme ceux des poissons, les villageois, avec leur face aussi morne que le désert, contempleront ses fesses inondées de lumière... Ils les contempleront comme si c'était un beau visage d'enfant, comme si c'était moi...

L'abri aux sandales de paille

Par-delà la dizaine de troncs de saule et de sophora, la couche épaisse de tiges de maïs et celle, non moins épaisse, de lœss, au-dessus de nos têtes régnait la nuit d'un noir de corbeau, celle du vingt-huitième jour du dernier mois du calendrier lunaire. Je venais de chez moi, après avoir foulé la neige durcie ; quand j'arrivai ici, le ciel était déjà complètement sombre, la neige accumulée sur le sol éclairait les ténèbres sur une hauteur d'environ un mètre à un mètre cinquante ; sous les arbres étaient tombés des bouts de branches qui saillaient hors de la neige, formant un graphisme étrange. Ce que je désigne par « ici » était l'endroit où travaillaient ceux qui confectionnaient des sandales de paille ; nous appelions cet endroit : « l'abri aux sandales de paille ». Nous l'avions creusé, mon père et moi, aidés des deux fils Yuan, Cinquième Oncle et Sixième Oncle. L'abri avait la forme de l'idéogramme représentant le mot « convexe », la partie saillant au-dessus de la terre étant l'accès. On avait édifié là une hutte triangulaire à l'aide de tiges de sorgho, la hutte s'embouchait sur l'entrée du puits, recouverte d'une natte épaisse tissée avec des tiges de massette. Sur la voûte, on avait laissé une lucarne protégée d'un plastique gris foncé. Notre abri était très grand, il attirait quelques oisifs qui venaient s'y réchauffer. Parmi eux, il y avait un certain Yu Dashen, qui avait été tireur de pousse autrefois à Qingdao, il en avait gardé des jambes agiles de coureur. Il pouvait rattraper des veaux lancés au galop. Il y avait aussi Zhang Qiu, un petit forgeron, habile à réparer marmites et plats, dont le surnom était Roue – c'est le surnom que nous donnons ici à tous les forgerons, on le fait précéder du nom de famille. Comme Zhang Qiu était de petite taille, on l'avait appelé Petite Roue ; quant à l'orthographe du mot « roue », je ne suis pas très sûr de moi, en effet, alors que je venais juste de terminer ma quatrième année de primaire, le maître m'avait expulsé. Ce maître était un vrai voyou, les gens l'appelaient Gros Coq. J'avais éparpillé une centaurée sous ses draps, je fus renvoyé pour cette petite broutille. Plus tard, en lisant une bande dessinée, j'appris que ce que j'aurais dû faire, c'était pisser dans sa théière, malheureusement l'occasion ne devait plus se présenter. Je me dirigeai de la maison vers l'abri, la neige durcie crissait sous mes pas.

Derrière l'abri, je pissai avec bruit, j'aperçus vaguement le liquide jaunâtre tomber sur la neige durcie, la cribler de trous noirs, plus ou moins grands. En resserrant ma ceinture, je levai la tête pour lancer un regard vers le ciel, les étoiles là-haut étaient si vertes qu'on aurait dit des feux follets. Je n'ai jamais vu de feux follets ; Petite Roue disait, lui, en avoir vu. Un jour, alors qu'il était rentré en retard, après avoir enfilé rues et ruelles, il s'était retrouvé dans la campagne, encerclé par des foules de feux follets. « Si tu veux les rattraper, avait dit Petite Roue, il faut ôter tes chaussures, mettre les orteils à la place du talon et courir sur la pointe des pieds, les feux follets tombent dans le panneau, ils arrivent au-devant de toi et tu peux alors les écraser sous ton pied. Car enfin, que sont-ils, sinon de vieux bouts de tissu, de vieux morceaux de ouate, des os des morts et autres choses du même genre. » Petite Roue était toujours par monts et par vaux, il avait vu beaucoup de choses, en connaissait pas mal. Il avait dit qu'il avait vu également des « peaux vivantes ». Ce sont des animaux plus petits que des belettes, avec une gueule noire, une queue blanche, ils parlent le langage des humains, leur voix n'est pas forte, on dirait une petite trompette. Par la suite, comme je lui demandais de me raconter en détail cette histoire, il devait me dire qu'il n'en avait jamais vu de ses propres yeux, mais que son père, oui. Une année où ce dernier s'était rendu à la foire, il avait rencontré un ami de cœur, ils étaient allés à la taverne et avaient beaucoup bu. Il était rentré chez lui en titubant. Parvenu au bout du village, c'était déjà l'heure où l'on allume les lampes, de loin en regardant le mur en terre qui menaçait de s'ébouler, une petite « peau vivante », qui portait une petite veste molletonnée aussi rouge que le rouge d'une chandelle, s'était mise debout comme un être humain sur le faîte du mur et avait fait les cent pas tout en criant : « Zhang le Troisième, Zhang le Troisième, je peux marcher sur deux jambes, je peux marcher ! » Zhang le Troisième est le nom du père de Petite Roue. Il était ivre, mais avait encore tous ses esprits, il savait que c'était là une garantie pour une « peau vivante » (il suffisait qu'un être humain garantisse le fait et dise : « Tu peux marcher », pour que la chose puisse marcher effectivement). Il s'était penché, avait ramassé un morceau de brique, l'avait lancé avec violence en même temps que cette injure : « Marcher, toi ? Le c… de ta mère, oui ! » La brique avait fait s'ébouler le mur. La « peau vivante » avait crié « Maman ! » et avait détalé sur ses quatre pattes. Par la suite, tous les jours à la tombée de la nuit, cette « peau vivante », suivie de bien d'autres, criait sur le mur éboulé : « Ô Ciel, ô Terre, de l'ouest arrive Zhang Le Troisième, ô Père, ô Mère, d'un coup de brique il fait s'ébouler le muret ! » Cinquième Oncle Yuan avait dit que, lorsqu'il était petit, il lui semblait bien avoir chanté cette chanson.

Je descendis dans l'abri, Cinquième Oncle et Sixième Oncle étaient déjà là. Cinquième Oncle était occupé à faire les semelles des sandales. Il avait ôté sa veste ouatée et portait une veste doublée, une corde était nouée à sa taille, ses pieds reposaient sur des cales, il tressait la corde. Sixième Oncle était sourd comme un pot, il parlait fort ; parfois les autres le taquinaient, quand ils le voyaient, ils bougeaient leurs lèvres plusieurs fois de suite, et lui de dire à la file : « J'ai mangé, j'ai mangé », croyant que l'autre lui avait demandé s'il avait mangé ou non[1]. Sixième Oncle prit une botte de tiges de massette qu'il peigna pour les effiler, en vue de tresser les empeignes.

Cinquième Oncle et Sixième Oncle étaient deux tresseurs de sandales réputés dans le village, ils travaillaient vite et bien. Ils pouvaient tresser toutes sortes de sandales et même tresser la devise suivante : « Beauté éternelle du paysage ». Ils avaient gagné un peu d'argent et pris femme quelques années auparavant. Au début,

1. En Chine, quand on se rencontre, en guise de « bonjour », on demande : « Tu as mangé ? »

il semblait bien qu'elle était destinée à Sixième Oncle, mais, par la suite, on raconta que l'autre frère dormait aussi sur le *kang* de la femme. Cette dernière avait mis au monde une fille qui suivait les hommes jeunes en criant « Père ! ». Je l'avais appelée pendant un moment Sixième Tante, puis Cinquième Tante. Petite Roue, quant à lui, disait : la Cinq Fois Six Trente ; comme elle se nommait Année, les gens du village, qui étaient de mauvaises langues, l'appelaient La Trentaine Passée. Je l'appelais Tante Trentaine. Elle était de haute taille, très corpulente, avec une grosse face tout aplatie, de larges fesses aplaties de même, tous les jeunes hommes du village s'entendaient pour dire qu'elle avait un cœur d'or.

Ils affluaient dans sa chambre, elle trônait parmi eux tel un calorifère auprès duquel ils venaient se réchauffer. Cinquième Oncle et Sixième Oncle en avaient pris leur parti ; après le dîner, ils descendaient dans l'abri pour tresser des sandales et ne rentraient chez eux qu'au premier chant du coq. Quand Le Cinquième rentrait, son frère restait alors dormir dans l'abri et vice-versa. Les deux frères ne se parlaient pratiquement pas.

Mon père n'était pas doué pour ce métier, aussi m'avait-il demandé d'apprendre auprès d'eux. J'étais assis en face des deux frères. En relevant la tête, je pouvais voir leur visage bienveillant et, en baissant un peu la tête, leurs doigts qui grouillaient, véloces. Si je n'avais pas appris à lire à l'école, je me révélai habile au tressage ; en un hiver, je surpassai mon père, que ce fût en rapidité ou en qualité. Père se préparait à changer de métier : il allait vendre des azeroles caramélisées ou des figurines en terre, il semblait ne pas supporter d'être dépassé par son fils. Je venais tout juste d'avoir onze ans.

Un rai de lumière filtrait par la fine membrane en plastique du toit, des gouttes d'eau scintillantes restaient accrochées aux tiges de maïs parsemées de moisissure blanche, jamais elles ne tombaient. Un jour, Père s'était rendu au marché pour prospecter les prix des marchandises. Il avait compris que l'on gagnait plus facilement de l'argent en vendant des azeroles caramélisées ou des figurines en terre qu'en tressant des sandales en paille. Il avait décidé que nous changerions tous les deux de métier, fini de tresser. Je ne parvenais pas à me résoudre à quitter l'abri bien chaud, ni l'atmosphère animée qui y régnait. Mais Père en avait décidé ainsi, je n'avais pas droit à la parole. Père avait pris froid au marché, il avait de la fièvre et mal à la tête. Grand-Mère lui avait concocté une soupe de boulettes de farine blanche, avec du gingembre cru et des oignons, cette soupe avait une vertu sudorifique. Sur la soupe nageaient des feuilles vertes de ciboule et des gouttes d'huile grosses comme des pièces de monnaie. Je n'espérais qu'une chose : que Père, par manque d'appétit, ne finît pas sa soupe. Mais ce n'avait pas été le cas, il l'avait bue avec force bruits. La soupe finie, du bout de la langue, il avait léché l'assiette pour ne pas en perdre une goutte. Il avait le visage écarlate. Il m'avait dit de me rendre à l'abri pour finir la paire de sandales pointues, afin d'aller le lendemain à la foire de Madian y vendre les trente paires déjà prêtes. J'étais sorti sans broncher.

Je m'assis à ma place habituelle, le dos contre la paroi en terre, tout humide ; je restai là à contempler les volutes de fumée noire qui s'échappaient toutes droites de la lampe, les visages émaciés de Cinquième

Oncle et de Sixième Oncle, comme oints de cire jaune. Je pris les sandales tressées à moitié, je me sentais très malhabile, c'était la dernière nuit que je passais dans l'abri. À partir du lendemain, je devrai porter une palanche d'azeroles caramélisées d'un beau rouge, ou de figurines en terre bariolées et, à la suite de mon père, aller par les rues et les ruelles tout en criant ma marchandise. Je considérais ce nouveau travail comme une tâche vile, on y gagnait sa croûte au bon cœur du client et non grâce à son habileté, comme c'était le cas pour les tresseurs de sandales. Père en était arrivé là parce que c'était un incapable, quant à moi, j'avais caressé l'espoir de devenir le meilleur tresseur de sandales du coin, et ce projet était brisé par le droit de veto paternel.

Le store en paille de l'entrée de l'abri bougea, je savais qu'il s'agissait à coup sûr de Petite Roue. Peu de temps après, ce fut au tour de Yu Dashen.

Petite Roue était célibataire, certains disaient qu'il approchait de la quarantaine, lui prétendait n'avoir que vingt-huit ans. D'autres racontaient qu'il dépensait une partie de l'argent qu'il gagnait pour une veuve du Village de l'Ouest, il ne s'en défendait pas. À ceux qui lui conseillaient de l'épouser, il disait : « Les fruits défendus sont les meilleurs. » Quand l'hiver arrivait, il ne s'éloignait guère, vendant sa marchandise dans les villages avoisinants, le soir il venait se mettre à croupetons dans le nôtre. Il n'aurait pu vivre sans cet abri, l'abri sans lui aurait été tristounet. Je redoutais la journée, car il n'y avait que Père, si sévère, le timide Cinquième Oncle et Sixième Oncle, sourd comme un pot. Parfois il arrivait que nous eussions la visite de quelque oisif, aucun n'avait le piquant de Petite Roue ou de Yu Dashen. J'attendais donc le soir avec impatience.

Yu Dashen était un petit marchand ambulant qui vendait de la pâte de crevettes, d'où l'odeur pestilentielle qui le suivait partout. Sa palanche était longue et large, d'un beau rouge foncé, luisante comme un miroir. Son affaire reposait sur ses jambes de coureur qu'il avait exercées quand il tirait le pousse et sur cette palanche de bonne qualité. Il était de taille moyenne, pas très robuste, on racontait qu'il pouvait cependant parcourir de nuit soixante-quinze kilomètres avec une palanche de cent kilos de pâte de crevettes. Un gaillard, tout fringant qu'il soit, ne peut se mesurer à un porteur de palanche. La palanche de Yu Dashen vibrait bien, elle vibrait comme des ailes, une palanche vous force à suivre son rythme. Il ne descendait pas aussi souvent que Petite Roue dans l'abri. Quand il avait vendu une palanche, il lui fallait aller de nuit à Beihai pour en charger une autre. Il ne vendait jamais sa marchandise aux gens du coin, si on s'offrait à en acheter, il répondait : « Ne va pas manger ces saletés-là, de la merde, de la pisse, il y a de tout là-dedans. » Certains disaient que cinquante kilos de pâte de crevettes pouvaient être vendus pour le double en ajoutant de l'eau et du sel. Si les gens du canton ne pouvaient y goûter, c'était sans doute parce qu'il ne voulait pas les rouler. En fait, cela revenait au même, les gens du canton achetaient de la pâte de crevettes tout aussi frelatée à des colporteurs venant d'autres cantons.

Yu Dashen avait dépassé la cinquantaine. Dans sa jeunesse, il avait survécu tant bien que mal sur les quais de Qingdao. Parfois, dans l'abri, il nous contait ses virées dans les bordels là-bas ; ses récits hauts en couleur fascinaient Petite Roue, l'eau lui en venait à la bouche. J'écoutais, la tête baissée, inquiet de perdre le moindre mot, inquiet que les autres ne sachent que j'écoutais et que, de plus, je comprenais tout. Parfois Père intervenait dans ces débats sur les choses du sexe, il employait des mots obscènes qui me faisaient honte et me dégoûtaient tout à la fois, j'avais l'impression d'être très malade, à la dernière extrémité. Je refusais de reconnaître certains faits cruels. Quand je pensais aux femmes des autres familles, je les voyais belles parfois, mais quand je pensais aux femmes de ma famille, quand je repensais que tout être humain suit le même parcours, de la grossesse à l'accouchement, j'avais le sentiment que les notions de sacré, de dignité, étaient fausses.

Quand j'étais ainsi plongé dans mes réflexions, Père, à mes côtés, me tançait avec sévérité : « Qu'est-ce que t'as encore à rêvasser ? Allez, tresse ! »

C'est que Yu Dashen nous avait conté une histoire des plus piquantes. Une année qu'il s'était rendu à Xiazhuangzhen vendre de la pâte de crevettes, dans la ruelle de la famille Song, à l'est du bazar aux objets en bois, avait surgi une femme dont les pieds, par leur taille, indiquaient qu'ils avaient été bandés un certain temps. Elle était de haute stature, avait les yeux relevés, le visage fardé et poudré ; ses vêtements étaient d'une propreté irréprochable, au premier coup d'œil, on voyait qu'il ne s'agissait pas de quelqu'un de bien. Comme la femme voulait acheter de la pâte de crevettes, il avait avancé sa palanche. La femme avait soulevé le couvercle du seau, avait pris un peu de pâte, l'avait sentie, elle avait dit : « Hé, le vendeur, t'aurais pas pissé dans le seau par hasard ? Ça pue trop ! » Des gens, alentour, avaient pouffé de rire. Yu Dashen, qui ne savait pas encore qu'il avait affaire à forte partie, avait juré : « Cette bonne femme ! C'est dans ta bouche que je vais pisser, oui. » Le visage de la femme était devenu cramoisi sous la poudre blanche, dans ce masque cramoisi étaient enchâssés deux yeux pleins de lueurs bleues, elle avait déversé un torrent d'injures. Dans la ruelle avait afflué une foule de badauds venus voir la scène, personne n'avait osé s'avancer pour calmer la femme. Yu Dashen avait compris alors qu'il était tombé sur un adversaire de taille, il aurait bien voulu se montrer conciliant, mais il ne voulait pas non plus perdre la face pour autant, aussi lui avait-il répondu par des insultes tantôt modérées, tantôt vives. Le nombre de badauds augmentant, la femme avait montré encore plus d'allant. Quand elle avait été chauffée à bloc, nous avait dit Yu Dashen, cela avait été terrible ! En un tour de main, elle avait dénoué sa ceinture, l'avait mise sur son épaule, elle avait baissé son pantalon ; pour le coup, les badauds n'avaient plus osé regarder. La femme avait relevé la croupe et avait pissé dans chacun des seaux. Après son départ, Yu Dashen en était resté abasourdi. Quelqu'un s'était alors approché et lui avait tapoté l'épaule en disant : « Hé, petit gars ! Tu vas t'attirer de gros ennuis ! Tu sais qui c'est ? C'est la fameuse Grosse Oie Blanche, tous les gros bonnets du bourg grimpent sur son *kang* ! Si elle veut te faire du tort, tu n'auras que tes yeux pour pleurer. » Yu Dashen, effrayé, avait changé de couleur. L'homme lui avait dit : « Mon garçon, pas de panique, j'ai un plan : suffit que tu sois prêt à perdre la face, je garantis que tu t'en sortiras indemne, et même que la chance sera avec toi. » L'homme avait collé sa bouche contre l'oreille de Yu Dashen et lui avait expliqué de quoi il s'agissait.

Ce jour-là, arrivé à ce point de son récit, Yu Dashen, comme s'il se réveillait brusquement, avait dit : « Oh, je parle, je parle, et j'en oublie l'heure, c'est que cette nuit, je dois aller à Beihai pour charger une palanche de pâte de crevettes ! »

Et tous de le retenir.

Petite Roue avait dit : « Mon vieux Yu, ne fais pas durer le suspense, vite, raconte la suite ! »

Cinquième Oncle avait dit posément : « Vieux Yu, termine, de quel plan s'agit-il ? »

Yu Dashen s'était dégagé de Petite Roue qui le retenait par son vêtement et avait dit sur un ton suppliant : « Petite Roue, ça suffit, lâche-moi, cette histoire est embrouillée, je ne pourrai pas achever de la conter avant minuit. Si je pars en retard, je ne serai pas à l'heure, tu ne connais pas les usages de Beihai, les vendeurs de pâte de crevettes y sont légions, si je ne me dépêche pas d'entrer en ville avant les lueurs rouges du soleil levant, il me faudra rester trois jours là-bas. Et c'est pas un endroit où on peut s'attarder longtemps. »

Sixième Oncle avait arrêté son ouvrage et demandé d'une voix à ébranler ciel et terre : « Vous autres, de quoi vous discutez ? Allez, racontez-moi ! »

Nous en avions été saisis, croyant qu'il se mettait en colère, toutefois, devant l'expression de son visage, nous avions compris immédiatement et nous nous étions mis à rire bêtement. Sixième Oncle, le sourd, qui ne voulait pas en rester là, avait approché son oreille de ma bouche et avait demandé d'une voix forte : « De quoi discutez-vous ? » J'avais crié : « De pisser dans la pâte de crevettes ! » Sans savoir s'il m'avait entendu ou non, mais sans doute avait-il entendu clairement, j'avais détaché ma bouche de son oreille ; il avait opiné du bonnet à plusieurs reprises, tout sourire, ses pupilles d'un brun-jaune avaient le doux éclat de l'or. Il avait dit : « Vieux Yu, ce type-là, il ne vaut pas l'eau qu'il boit. »

Petite Roue avait dit : « Vieux Yu, je te laisse partir, mais la prochaine fois que tu reviens, faudra continuer. »

Vieux Yu avait dit : « Mais oui, c'est promis. »

Vieux Yu, le dos courbé, avait marché vers l'entrée, au bout de quelques pas, il s'était retourné : « Petite Roue, raconte-leur donc tes ébats avec la petite veuve du Village de l'Ouest, les nuits d'hiver sont si longues. »

Petite Roue avait dit : « Espèce de vieux manche puant, qui sonne creux et est prêt à tout, va-t'en donc à Beihai retrouver ta maîtresse. »

Père avait dit en toussant : « Petite Roue, la petite veuve a des biens, tu devrais la serrer de plus près, prends garde, un autre te la chipera. »

Petite Roue avait soupiré longuement.

« Vieux Père, comme si moi, ton neveu, avec mon bec pointu et mes joues avalées, je pouvais faire partie des chanceux… Elle va se remarier.

– Avec qui ?

– Mais avec ce vieux Chai, ce bâtard de chienne !

– Il a plus de cinquante ans et il va épouser une petite veuve de vingt-cinq ans ? »

Père avait quelque doute.

« Qu'est-ce qu'il y a d'extraordinaire ? Elle a peur de ses oncles qui la maltraitent ; en se mariant avec le vieux Chai, elle ne craindra plus rien de ce côté-là, le fils Chai a été promu chef de district », avait dit Petite Roue.

Père avait dit : « C'est qu'elle a sans doute sa petite idée. Le fils est chef de district, le vieux Chai est donc le père du chef de district, en se mariant avec lui, elle devient la mère du chef de district, et qu'il y ait ou non une parenté réelle, elle aura quand même ce statut. »

Cinquième Oncle avait dit : « C'est tout à fait ça. Les femmes, c'est comme les chiens, elles suivent ceux qui les nourrissent le mieux. » Père avait dit : « Roue, les anciens disaient : "On peut dissuader quelqu'un de jouer au jeu, mais pas de courir la gueuse" ; toutefois, tu dois être conscient d'une chose : tu as eu des relations intimes avec cette femme, tu t'es roulé avec elle sous la couette, quand tu la quitteras, ton cœur ne sera pas mort. Si elle se remariait avec un homme ordinaire, tu pourrais encore la voir en cachette, mais quand elle sera mariée au père du chef de district, elle aura une position sociale, si tu vas voir en cachette la mère du chef de district, tu entretiendras des relations adultères, que ce dernier vienne à l'apprendre… Tu dois faire très attention, mon petit gars ! »

Petite Roue avait baissé la tête.

Cinquième Oncle avait entrepris de le consoler : « Tu n'as que vingt-huit ans, tu finiras bien par trouver chaussure à ton pied ; dans ce genre d'histoire, faut pas se précipiter, c'est pas comme tresser des sandales de paille : les sandales, si on se presse, on peut en venir à bout. »

Petite Roue avait dit : « On est bien, aussi, sans femme, on n'a pas de soucis, quand on mange à sa faim, comme on est à soi-même sa propre famille, pas de soucis à se faire non plus de ce côté-là. »

Père avait dit : « Si tous les gens étaient comme toi, le monde irait à sa perte ! »

Petite Roue avait dit : « Ça vaudrait mieux, non ? J'attends que la terre et le ciel se pulvérisent ensemble, broyant tout par la même occasion. »

Cinquième Oncle avait dit : « Et nous, dans l'abri, nous survivrons. »

Petite Roue avait dit : « Survivre ? Tu te réjouis trop vite. Le Ciel verrait cette proéminence dont le tenon est dans l'abri, et il te laisserait vivre ? »

Cinquième Oncle avait dit : « C'est vrai, si le Ciel a décidé de te faire mourir, tu auras beau courir te réfugier quelque part, tu ne lui échapperas pas. »

Père avait ri. Sixième Oncle, voyant tout le monde rire, s'était mis à rire lui aussi.

Puis Petite Roue avait retrouvé son entrain et s'était mis à nous conter des histoires fantastiques. Il avait raconté qu'à Nanxiang, dans la région de Gaomi, une femme de plus de quarante ans, l'année précédente, en plein été, était allée avec ses deux filles âgées de dix-sept ans prendre le frais sur la digue de la rivière. Il s'agissait de jumelles, qui se ressemblaient comme deux gouttes d'eau, avec leurs grands yeux à la paupière supérieure double, leur bouche si petite qu'on n'aurait pu y mettre que la partie blanche d'une ciboule. Les deux jeunes filles, fatiguées de leur journée, s'étaient allongées sur des nattes dépliées sur la digue ; la petite brise qui soufflait était agréable, leur mère maniait l'éventail pour les protéger des moustiques, elles s'étaient endormies profondément. Les mouvements de la femme s'étaient ralentis peu à peu, elle était restée là, somnolente. On avait entendu alors deux voix masculines dans les airs. L'une avait dit :

« Deux belles fleurs ! » ; l'autre : « Cueillons-les. » L'une avait dit : « Réglons d'abord l'affaire, nous les cueillerons au retour. » La femme avait entendu deux tornades venues du ciel qui se dirigeaient droit vers le nord. Elle avait eu une peur bleue, elle avait vite secoué les deux jeunes filles pour les réveiller et les ramener à la maison. Elle était vraiment maligne : sur chaque natte, elle avait posé un balai et l'avait recouvert d'un drap. Elle s'était cachée assez loin pour observer en douce ce qui allait se passer. Au bout d'un moment, elle avait entendu dans les airs deux bruits secs, puis plus rien. Le lendemain matin, la femme s'était rendue sur la digue. Ô Ciel ! Sur les draps, il y avait deux gros tas de petites araignées qui avaient la taille de grains de riz. Sans l'astuce de la femme, c'en était fini des deux jeunes filles…

Dès que Petite Roue et Yu Dashen descendaient dans l'abri, je retrouvais mon entrain. Cinquième Oncle suspendait son travail, sortait du papier, du tabac pour s'en rouler une. Quand il avait roulé sa cigarette, il touchait du doigt Sixième Oncle, celui-ci relevait la tête, ahuri, puis l'inclinait, avec reconnaissance, à l'adresse de son aîné, il prenait la cigarette, la mettait au coin de sa bouche, l'approchait de la lampe pour l'allumer. Il faisait un signe à Yu Dashen, puis à Petite Roue. Cinquième Oncle se roulait à son tour une cigarette et commençait à fumer. Petite Roue et Yu Dashen s'y mettaient aussi.

Cette nuit-là, j'aurais bien voulu fumer avec Cinquième Oncle. Ce dernier me dit : « Dès que ton père ne t'a plus à l'œil, tu suis le mauvais exemple. » Je dis : « Fumer, c'est suivre le mauvais exemple ? Alors, et vous autres ? » Cinquième Oncle dit : « La fumée empêche les petits enfants de grandir. » Petite Roue dit : « Ne dis pas n'importe quoi, plus on avale de la fumée, plus ça fait grandir, tiens, fume ! » Cinquième Oncle me tendit le papier et le tabac. Je ne savais pas rouler une cigarette, la poudre de tabac tombait à terre. Cinquième Oncle dit : « Tu crois que j'ai du tabac à te donner à gaspiller comme ça ? » Il m'arracha papier et tabac, m'en roula une. Je l'allumai à la lampe en tirant dessus, ma toux éteignit la lampe. Cinquième Oncle la ralluma, Sixième Oncle dit tout haut : « Avale de toutes tes forces et tu ne tousseras plus. » Ce que je fis, effectivement, je ne toussai plus, mais, tout de suite, la tête me tourna. La lampe vacillait dans la fumée, les visages grossissaient.

Quand Père n'était pas là, j'avais comme l'impression d'être délivré de mes liens, je lançai : « Grand-Père Dashen, tu ne nous as pas encore raconté ton plan merveilleux ! »

Dashen dit : « Regardez-moi ce gamin ! Quand ton père n'est pas là, tu te manifestes, quand il est là, t'es sage comme une image ; et où il est, ton père ? »

Cinquième Oncle dit : « Son père a l'intention de partir faire fortune ! »

Dashen dit : « Oh là là, faire fortune ! Et comment ? »

Je dis : « Mon père va faire des azeroles caramélisées, il ne tressera plus des sandales en paille. »

J'avais l'impression de perdre complètement la face ; pour moi, Père n'était pas quelqu'un de bien.

Dashen dit : « Pourquoi pas, on ne peut pas se cantonner toute sa vie dans le même métier, il faut en changer souvent, un arbre déplacé crève, un homme déplacé revit. »

Je dis : « Parle-nous vite de ton plan merveilleux,

quand la femme a eu pissé dans tes seaux, que s'est-il passé ? Au moment où elle pissait, elle n'a pas eu peur de se faire éclabousser les fesses avec la pâte de crevettes ? »

Dashen dit : « Petit salopiaud, je ne te laisserais pas dormir sur mon *kang*. »

Petite Roue dit : « Mais c'est que sa question est tout à fait fondée, l'urine des femmes est grossière, si vraiment elle s'était éclaboussée jusque dans son truc, pour le coup, cela aurait été salé.

– Salé de c… ! jura Dashen.

– C'est justement là où ça doit être salé ! » dit Petite Roue en roulant des pupilles.

Cinquième Oncle dit : « Pas trop de cochonneries en présence des enfants. Dépêche-toi de reprendre où tu en étais resté l'autre jour ! »

Dashen dit : « L'autre jour, je disais que quelqu'un me donnait un plan merveilleux, en fait, c'était très simple, le type avait dit : "Le gars, trouve d'abord un endroit où mettre ta palanche de pâte de crevettes, puis va acheter un kilo de douceurs dans une boutique, tu te rendras chez elle, tu te mettras à genoux et te frapperas le front contre le sol en l'appelant 'mère adoptive'. Elle acceptera de te considérer comme son fils adoptif !" Tout compte fait, ça ne me coûtait rien de lui donner du "mère adoptive". J'étais donc allé acheter les douceurs et, mon sac à la main, m'étais enquis de l'endroit où habitait la Grosse Oie Blanche. J'étais entré, avais posé les douceurs sur la table, m'étais laissé choir bruyamment à genoux et, d'une voix sonore, l'avais appelée "mère adoptive". Elle était là, à fumer le narguilé ; à me voir à genoux, lui donnant du "mère adoptive", elle avait gloussé, jeté sa pipe et était venue me relever, elle m'avait caressé le menton en disant : "Mon fils, relève-toi, ta mère adoptive va te préparer des raviolis." Les raviolis mangés, elle m'avait dit d'aller chercher la palanche de pâte de crevettes. "Mon fils, ne t'inquiète pas, ta mère adoptive va t'aider à vendre ta marchandise." Elle m'avait fait faire le tour des gros bonnets du bourg. Quand nous arrivions chez l'un d'eux, elle criait : "Allez vite chercher un récipient, mon fils adoptif a apporté de la pâte de crevettes toute fraîche de Beihai, je vous en réserve un peu à vous aussi." Qui aurait refusé d'en acheter ? Les deux seaux avaient été répartis en un rien de temps. La pâte de crevettes vendue, elle avait dit : "Fils, si tu as un souci, viens trouver ta mère." Ce jour-là, finalement, j'ai gagné une petite fortune.

– L'histoire est finie ? demanda Petite Roue.

– Mais non, par la suite, quand elle rencontrait un acheteur de pâte de crevettes, elle demandait : "Ça avait quel goût ?" L'acheteur, chaque fois, ne manquait pas de dire que la pâte était bonne, qu'elle était salée, alors elle disait en riant : "C'est que vous avez bu ma pisse !"»

Et nous de partir d'un rire bizarre.

Petite Roue demanda : « Quand t'as eu fini de manger tes raviolis, tu es allé tout de suite vendre ta pâte de crevettes ? Non, mais non, entre-temps il y a eu certainement des vues stéréoscopiques. Raconte, allez, raconte, vieux Yu, ta mère adoptive ne t'a pas entraîné sur le *kang* ? »

Yu Dashen dit : « C'est clair comme de l'eau de roche, non ? »

Cinquième Oncle dit : « Vieux Yu, la dernière fois

que tu es allé à Beihai, est-ce qu'il t'est encore arrivé quelque chose d'extraordinaire ? »

Vieux Yu dit : « Mais oui, dans le golfe de Bohai un gros bateau avait chaviré, il y avait eu beaucoup de morts. Sur la grève s'était échouée une énorme baleine, c'est une jeune fille, pêcheur à pied, qui l'a aperçue la première, elle est rentrée chez elle pour chercher des gens, avec des couteaux, des haches, des scies, ils ont pillé le poisson dont il ne devait plus rester que l'énorme squelette, il était aussi haut, aussi long qu'une maison de cinq pièces. »

Cinquième Oncle manifesta son étonnement en tirant une langue grande comme ça, il dit : « C'est vraiment grand ! »

Petite Roue dit : « Tu n'as même pas pris une arête pour la rapporter ? »

Vieux Yu dit : « J'y ai bien pensé, mais quand j'y suis allé, on avait déjà dépêché des gardes en faction auprès du squelette, un à chaque coin, le cran de sûreté du fusil ôté.

– Les soldats voulaient en faire quoi de ce squelette ? demanda Cinquième Oncle.

– C'est intéressant pour eux ! dit Yu Dashen, certaines pièces détachées des avions sont faites en os de baleine exclusivement ; on ne peut même pas mettre de l'or à la place, cela ne marcherait pas, le monde entier essaie de s'en procurer.

– Oh, en ce cas, cela n'a rien d'étonnant ! dit Cinquième Oncle qui venait de comprendre le pourquoi de la chose.

– Oh, ça va, ne blague pas ! » dit Petite Roue en se levant.

Cinquième Oncle demanda : « Tu n'es pas là depuis longtemps, et tu repars déjà ? »

Petite Roue dit : « Non, je vais pisser. »

Comme il sortait de l'abri, un souffle de vent glacé s'engouffra à l'intérieur et fit vaciller la lampe. J'avais déjà terminé les sandales inachevées. Derrière la place de Père était posé le fruit de notre labeur à tous les deux pour la dernière quinzaine : une trentaine de paires de toutes tailles. Père m'avait demandé de me rendre le lendemain à la foire de Madian, je ne savais pas si Cinquième Oncle y allait ou non : au fond, je n'avais pas trop envie de m'y rendre avec lui, car en y allant seul, je pourrais « grappiller » quelques centimes sur la vente des sandales. Cette année, au Nouvel An, je tenais à acheter quelques-uns de ces « pétards géants » qui explosent avec bruit dans toutes les situations, qu'on les jette, les compresse, les écrase ou les brise ; on peut aussi les ficher dans des patates douces bien mûres que l'on jette aux chiens, ces derniers, en les mordant, les font exploser avec bruit et se retrouvent avec tous les crocs cassés. Li Dong, le fils du maître d'école, venait d'une famille aisée, il en avait toujours plein les poches. Un jour de l'hiver précédent, alors que j'étais encore à l'école et que la cloche annonçait la fin du cours, les dizaines de galopins que nous étions s'étaient collés au mur, pour former une rangée, chaque extrémité poussait vers le centre tout en criant : « Poussons, poussons, poussons… poussons, poussons, poussons… celui qui sera éjecté paiera un gueuleton ! » Nous poussions si bien que nous étions en nage. Ceux du milieu, une fois expulsés, couraient vers les deux extrémités et poussaient de nouveau vers l'intérieur. Nos vieilles vestes molletonnées crissaient sur le mur en briques. Les adultes s'opposaient avec vigueur à ce que les enfants jouent à « pousse-pousse ». Et que je te pousse, et que tu me pousses, soudain, on avait entendu une détonation venant du centre ; des poches de Li Dong, le fils de l'instituteur, était sortie d'abord de la fumée, puis du feu. Li Dong avait été projeté au sol par l'explosion. Après le jeu, nous étions retournés en classe, la salle de classe était aussi froide que de la glace, nos vestes ouatées étaient presque couvertes de givre.

Un autre courant d'air froid s'engouffra, la lumière vacilla, comme toujours, un moment. Petite Roue entra en nouant sa ceinture. Il soufflait, il dit : « Brrr, il fait frisquet ! »

Le store en paille couvrant l'entrée de l'abri bruissa, et, de nouveau, de l'air froid. Vieux Yu cria : « Qui vient ? Vite, remets le store, il n'y a déjà pas beaucoup de chaleur et elle est toute partie. »

Quelqu'un entra en se courbant, ses petits yeux semblaient deux pois noirs, il avait quelques poils jaunes qui se battaient sur le menton.

« Vieux Xie, tu viens encore nous saigner ? » dit Cinquième Oncle. C'était Xie le Mauvais, le vendeur de cacahouètes et de tabac. Il portait au bras un panier en bambou rempli à moitié de cacahouètes frites, avec aussi quelques paquets de cigarettes tout fripés. Dans le panier était placée encore une petite balance. Il dit : « Je vous ai apporté quelques douceurs, gagner de l'argent sans rien dépenser, c'est pas une vie ça ! Cinquième Oncle, Sixième Oncle, Petite Roue, Vieux Yu, je vous en pèse à chacun une demi-livre, pour vous régaler, c'est qu'on est à un jour du Nouvel An, il faut manger quelque chose de bon. » Il avait une voix criarde, comme celle d'une femme.

Xie le Mauvais prit les cacahouètes par poignées et les fit couler lentement dans le panier, elles se heurtaient avec un bruit de pétarade.

« Combien la livre ? demanda Cinquième Oncle.

– Toujours le même prix, cinquante centimes, dit Xie le Mauvais, aujourd'hui, j'ai bien vendu dans l'abri des Liu et dans celui des Er-ma, et même ce rapiat de Wang aux grosses paluches m'a acheté une demi-livre de cacahouètes et un paquet de cigarettes. Si je m'étais écouté, j'aurais déjà tout vendu, mais je vous ai gardé tout exprès ce demi-panier et ces quelques paquets. De tout le village, c'est le vôtre où l'on gagne le plus d'argent, Cinquième Oncle et Sixième Oncle ont des doigts en or, ils travaillent bien plus vite que quiconque, pour Vieux Yu les affaires sont favorables, quant à Petite Roue, c'est une évidence. »

Yu Dashen dit : « Ça suffit avec ton bagout, fais un prix et je t'en prendrai un peu. »

Xie le Mauvais, après maintes palabres, finit par fixer le prix à quarante-cinq centimes la livre. Vieux Yu sortit cinquante centimes, Xie le Mauvais lui pesa une livre et la lui versa dans son chapeau en disant qu'il n'avait pas de monnaie et qu'il lui rendait la différence avec cinq cigarettes, une pour chacun des présents. C'était la première fois que je recevais un tel traitement de faveur, j'en étais tout excité ; je fumais, m'efforçant de ne pas tousser. Vieux Yu, tenant son chapeau à deux mains, fit la distribution, et tous de déguster les cacahouètes sans trop savoir que dire.

Vieux Yu dit : « Xie le Mauvais, la nyctalopie de ta femme n'est pas encore guérie ? »

Vieux Xie dit : « À quarante ans, qu'est-ce qu'on peut faire ? »

Petite Roue demanda : « Vieux Xie, quand on est nyctalope, on ne voit plus rien ? »

Vieux Xie dit : « On distingue vaguement des formes humaines, mais on ne sait pas qui c'est. »

Cinquième Oncle dit : « Alors, même le soir elle ne peut pas faire de la couture ? »

Vieux Xie dit : « Qui parle de couture ? »

Vieux Yu dit : « Xie le Mauvais, le soir quand tu t'en vas, t'es rassuré ? Si quelqu'un se faufilait chez toi et imitait ta voix pointue, est-ce que ta femme ne se ferait pas avoir ? »

Vieux Xie dit : « Avoir ? Mais, à dix lieues, ma femme peut sentir mon odeur. »

Cinquième Oncle dit : « Achète-lui deux foies d'agneau, c'est bon pour la vue. »

Vieux Xie dit : « T'as déjà vu des paysans manger des trucs comme ça ? »

Cinquième Oncle dit : « T'y crois peut-être pas, mais les recettes de bonne femme, ça guérit les grands maux. J'ai entendu mon père dire que Guo, le chef du village de la famille Guan, avait eu une plaie sur le dessus du pied pour laquelle la Poudre miracle était restée sans effet ; un médecin ambulant était passé qui lui avait dit d'attraper dix sauterelles, d'en faire une pâte et de l'appliquer sur la blessure. Sans trop y croire, le chef Guo était allé attraper les dix sauterelles dans les champs et les avait appliquées sur la plaie après les avoir broyées entre deux pierres. Le lendemain, la plaie avait désenflé, le jour suivant elle se refermait. Le troisième jour, quand le médecin était revenu, le chef Guo l'avait invité à entrer boire un verre d'alcool ; tout en buvant, le médecin avait dit qu'il s'agissait d'une plaie "des cent plantes", les sauterelles se nourrissant de ces mêmes plantes, on soignait ainsi le mal par le mal et c'était efficace. »

J'avais entendu Cinquième Oncle raconter une histoire assez semblable : il avait dit qu'un type avait eu un abcès au cou, les démangeaisons étaient insupportables, la Poudre miracle n'avait aucun effet, alors était venu un médecin, qui lui avait collé de la bouse chaude sur la plaie ; immédiatement, d'innombrables petits bousiers étaient sortis de l'abcès, car c'était un « abcès de bousiers ». Cinquième Oncle ne se laissait pas souvent aller à conter des histoires, à moins d'être particulièrement mis en joie.

Xie le Mauvais dit de sa voix de fausset : « Allez, je vous laisse travailler, moi je vais faire un tour dans d'autres abris. »

Nous n'avions pas encore terminé nos cacahouètes, tout le monde s'y mit, en un rien de temps nous leur fîmes un sort ; les regards rivés sur les peaux entre nos doigts, nous ne pouvions nous faire à l'idée qu'il n'y en avait plus. Nous avions encore le goût dans la bouche. La lumière de la lampe, bien droite, éclairait avec une grande netteté la paroi humide, les gouttes d'eau accrochées sur les tiges de sorgho étaient comme des larmes qui jamais ne couleraient. Au-dessus de nos têtes, nous entendions le vent dans le silence de la nuit d'hiver, fort ou faible tour à tour, la couche de glace sur la rivière craquait avec bruit sous l'effet du gel.

Petite Roue dit : « À l'instant, quand je suis allé pisser, j'ai vu un chien viverin blanc… »

Tant de personnes en avaient rencontré dans notre canton, sans doute s'agit-il d'un animal proche de l'agneau ou du lapin, ses traces restent mystérieuses, il a de grands pouvoirs surnaturels, dans l'obscurité, sa blancheur éblouit. Si tu comptes le courser, tu peux toujours courir, il s'adapte à ton allure, c'est peine perdue.

Petite Roue ayant commencé, Cinquième Oncle, fait rare, raconta une histoire. Je supposai qu'elle était destinée à Yu Dashen qui avait déboursé pour les cacahouètes. Cinquième Oncle dit que dans la maison du vieux célibataire, Men Shengwu, qui venait de mourir dans notre village, il y avait une « demeure de l'au-delà ». Men Shengwu était intrépide en diable, il rentrait chez lui ivre tous les soirs. Un jour, il avait vu une femme, vêtue de satin rouge, qui l'attendait, debout sur le seuil ; il pouvait même entendre sa respiration haletante ; Men Shengwu avait voulu se précipiter pour la prendre dans ses bras, il s'était élancé mais, comme il fallait s'y attendre, il avait heurté la porte. Derrière lui, la femme avait gloussé. Quand il se fut endormi, il avait aperçu dans la pièce un petit garçon noir qui poussait devant lui, en frappant des talons, un petit âne. Cinquième Oncle dit que, quelques années auparavant, des démons agissaient dans le coin ; c'est ainsi que, derrière la digue, il y avait une démone aux gros seins, qui lançait des ricanements au beau milieu de la nuit.

Yu Dashen dit : « Moi, il m'est arrivé personnellement l'histoire suivante : une année, je me suis entaillé le pouce et le majeur en coupant du bois, j'ai essuyé le sang sur une espèce de balai que j'ai jeté. Quelques mois passèrent. Une nuit, je suis sorti pisser, c'était par un beau soir de lune, le sol était comme couvert de givre, j'ai vu une petite chose qui sautait au pied du mur, je me suis dit que ce devait être une belette, j'ai fait quelques pas pressés en avant et lui ai mis le pied dessus, devinez ce que c'était ? C'était le balai sur lequel j'avais essuyé le sang de mon majeur ! J'ai fait du feu pour le brûler, il grésillait tout en suintant du sang mousseux. Rappelez-vous bien cela : le sang du majeur ne doit jamais être essuyé sur n'importe quoi car il prend leur quintessence au soleil et à la lune et, au bout de quarante-neuf jours, il devient un esprit malin. »

Yu Dashen conta plusieurs histoires qui lui étaient arrivées personnellement. Quand il eut fini, Petite Roue avait disparu. Je dis : « Petite Roue aurait-il été emporté par un esprit ? »

Yu Dashen dit : « Ce fils de pute, quand a-t-il filé ? »

Cinquième Oncle dit : « Il n'a pas de chance, il aurait pu tout à fait épouser la veuve, si ce vieux Chai ne lui avait pas cassé du sucre sur le dos. »

Yu Dashen dit : « En route. Demain tu vas à la foire de Madian, Vieux Cinquième ? »

Cinquième Oncle dit : « Allons-y, demain on va faire des affaires, il fait si froid.

– Qu'est-ce que t'attends encore ? » demanda Yu Dashen.

Cinquième Oncle jeta un coup d'œil à Sixième Oncle, il rangea ce qui était à proximité, secoua la terre sur ses vêtements, se leva. Sixième Oncle travaillait la tête baissée, il ne souffla mot. Je savais que Sixième Oncle allait dormir cette nuit dans l'abri.

Je dis : « Cinquième Oncle, je reste ici dormir avec Sixième Oncle, demain matin, quand tu pars, tu m'appelles, mon père m'a demandé d'aller vendre les sandales. »

Cinquième Oncle acquiesça et partit avec Yu Dashen.

L'espace, dans l'abri, se trouva d'un coup élargi, Sixième Oncle et moi étions assis face à face, la lumière de la lampe éclairait les yeux de Sixième Oncle, ses prunelles de nouveau étaient d'un jaune pareil à de l'or.

Sixième Oncle dit : « Va dormir ! J'encule sa grand-mère ! »

Sur ce, il se leva et chanta très fort : « Je t'insulte, Liu Biao la grosse tête, ton père a quinze ans, ta mère en a seize, en une nuit, la moitié de l'huile de la lampe y est passée, tout ça pour t'avoir toi pauvre bougre… »

Je retenais depuis longtemps une forte envie de pisser, j'en avais mal au bas-ventre, mais je n'osais pas sortir me soulager. Après avoir chanté cet air d'opéra, Sixième Oncle se mit sous sa couverture. M'armant de courage, la tête bourdonnante, je me dirigeai vers la sortie. Serrant les dents, je soulevai le store et me glissai hors de l'abri. J'avais la chair de poule, comme si je m'étais jeté nu dans de l'eau glacée ; je n'osais pas regarder autour de moi, mais j'entendais le bruit des sabots du petit âne, les ricanements de la femme aux gros seins, le martèlement du balai, les paroles de la « peau vivante »… Je le sortis et pissai, le vent glacial me soufflait dans le cou. Je faisais des efforts pour pisser, levant la tête par hasard, je vis débouler une ombre immense, noire, tandis que sur la neige se faisaient entendre des bruits de piétinements. Je poussai un cri d'effroi, me détournai et pris la fuite. Je ne sais comment je retombai dans l'abri, la lampe à huile lutta contre le vent que j'avais soulevé mais ne s'éteignit pas. J'appelai à haute voix Sixième Oncle, celui-ci dormait comme une souche, je m'égosillai : « Sixième Oncle, un revenant ! »

C'était bien un revenant. Venue de la bouche sombre

de l'entrée, la chose énorme se jeta à l'intérieur, elle avait la tête et le visage en sang, une fois dans l'abri, elle trébucha. Mes cris d'effroi finirent par réveiller Sixième Oncle. Il se leva, prit la lampe à deux mains pour éclairer la chose qui était tombée. Malgré le sang qui lui couvrait le visage, nous reconnûmes Petite Roue.

Nous devions apprendre plus tard que Petite Roue, se faisant passer pour Xie le Mauvais, s'était glissé sous les couvertures de la femme nyctalope ; à peine avait-il commencé sa besogne que la femme brusquement s'était rendu compte de la situation. Elle avait pris sous la natte du *kang* des ciseaux et, sans état d'âme, elle en avait frappé Petite Roue au front.

1985

Le bébé abandonné

Je venais juste de la relever et de la prendre dans mes bras dans le champ de tournesols, quand j'avais eu soudain la sensation d'avoir le cœur engorgé d'un sang noir épais, je l'avais senti lourd, pesant comme une pierre glacée ; du coup, dans mon esprit tout n'avait plus été que grisaille, cela faisait penser à une rue balayée par un vent glacé. Puis ses pleurs sonores, pareils aux coassements d'une grenouille, m'avaient sorti de mon trouble. Je ne savais si je devais la remercier ou la haïr, si j'avais commis une bonne ou une mauvaise action. À ce moment-là, j'avais regardé avec appréhension son visage jaune pâle, tout ridé, long et aplati comme un melon, les deux larmes vert pâle dans ses yeux et sa bouche édentée, pareille à une caverne. Les pleurs qui en sortaient étaient mouillés, tristes ; mon sang, de nouveau, s'était réfugié dans mes membres et dans ma tête. Mes bras semblaient ne pas pouvoir porter ce bébé, enveloppé dans de la soie rouge vif.

Le bébé dans les bras, le cœur navré, j'étais sorti en trébuchant du champ de tournesols. Les feuilles rugueuses, pareilles à de ronds éventails, bruissaient, leur duvet blanc frottait mes bras et mes joues. Une fois sorti du champ, je m'étais mis à transpirer de tout mon corps, sur ma peau, les endroits coupés par les feuilles portaient des balafres rouges, boursouflées, comme faites par un fouet. Cette impression, cette même impression de douleur que si j'avais été mordu par un serpent venimeux. Mais la douleur la plus forte, je la ressentais au fond de moi. Sous la lumière éclatante, la soie rouge qui enveloppait le bébé était un feu ardent, elle brûlait mes yeux, elle brûlait mon cœur, elle le brûlait tant et si bien qu'il s'y formait une mince couche de glace blanche. Il était midi, les champs n'étaient plus qu'immensité vide. Une route blanchâtre. Les herbes folles qui proliféraient sur les bas-côtés s'entortillaient comme des serpents ou des lombrics. Le vent d'automne était frais, la lumière forte, on ne savait plus trop s'il fallait se plaindre du froid ou du chaud, en tout cas, il s'agissait d'un vrai midi d'automne, en tout cas, les villageois s'étaient terrés dans le village et n'en sortaient pas. De chaque côté de la route étaient plantés pêle-mêle soja, maïs, sorgho, tournesols, patates douces, coton, sésame. Les tournesols étaient en pleine floraison, leurs fleurs formaient un nuage jaune qui flottait parmi la verdure recouvrant la campagne. Seules quelques abeilles sauvages, ocres, volaient dans le subtil parfum des fleurs ; les criquets, tapis sous les feuilles, lançaient leurs cris plaintifs, les sauterelles volaient, les hirondelles attrapaient leurs proies pour se nourrir. Sur les fils téléphoniques qui s'incurvaient, accrochés dans les airs au-dessus des champs, des martinets s'étaient posés. Le cou rentré, ils regardaient certainement le cours d'eau gris qui coulait sans heurt dans la campagne verte. J'avais senti la forte odeur de la vie, sa viscosité pareille à celle du miel. Une vitalité se dégageait de l'univers entier, la situation était grandement bonne, c'était le cas de le dire, et le mot n'était pas trop fort[1]. Cette vitalité se manifestait dans la chaude moiteur qui montait du déferlement des herbes folles et de la prolifération des céréales. Le ciel était d'un bleu surprenant, où les nuages blancs, amarrés solitaires, semblaient autant de jeunes filles pures. Elle pleurait toujours, comme si elle était victime d'une grande injustice. Je ne savais pas encore qu'il s'agissait d'une petite fille abandonnée. Ma pitié bon marché s'était appliquée à elle et il n'était pas sûr qu'elle en tirerait un grand bienfait ; pour moi, cela constituait une extrême souffrance. J'en viens à me dire, à présent encore, que si la bonté de cœur n'est pas récompensée, c'est peut-être pour répondre à une loi générale de l'univers. Alors que tu penses sauver quelqu'un d'un grand danger, les autres s'imaginent que tu as cherché à porter atteinte à sa vie pour s'emparer de ses biens. Je me dis que, dorénavant, je n'accomplirai plus de bonne action, pas plus que de mauvaise, cela va de soi. Ce bébé me cause bien du tourment, je ressens cela depuis que je l'ai recueilli dans le champ de tournesols.

Le bus délabré conduit le passager solitaire que je suis jusqu'aux Trois Saules. Une demi-heure plus tard, je ramasserai le bébé dans le champ. Assis dans le bus, je goûte réellement, pleinement, les bienfaits du système social, c'est ce que dit aussi la contrôleuse dont le visage, moucheté de taches de son, fait penser à un œuf de moineau. Sans doute manque-t-elle de sommeil

1. Expression employée par Mao Zedong : « La situation est grandement bonne, pas seulement bonne. »

après avoir batifolé la veille avec son amoureux car elle n'a cessé de bâiller depuis que j'ai pris place dans le bus ; de plus, après chaque bâillement, elle tourne sa tête respectable pour me lancer un regard furieux, comme si je venais de lui cracher dessus, comme si j'avais mélangé de la chaux à son flacon de crème Flocon de neige. J'ai vaguement l'impression que ses yeux, eux aussi, sont pleins de taches de son, que les regards chargés de hargne qu'elle m'adresse ont déjà balayé mon visage avec la grenaille de ces taches de rousseur. J'en suis terrifié, j'ai l'impression d'avoir de grands torts envers elle, aussi, chaque fois qu'elle me regarde, lui offré-je mon sourire le plus sincère. Elle finit par me pardonner. Je l'entends dire : « C'est un bus spécial pour vous ! » Mon bus a dix mètres de long, sur vingt de ses vitres, dix-sept sont brisées, le revêtement en skaï noir est boursouflé comme une galette. Le car « spécial », dont les pièces en métal sont toutes couvertes de rouille, file le long de l'étroite route de terre en vibrant de toute sa carcasse ; les céréales vertes sur les bas-côtés sont rejetées vers l'arrière du véhicule. Mon car « spécial » semble un bateau de guerre prenant le vent, brisant les vagues. Mon chauffeur, sans se retourner, me demande : « T'as fait ton service où ? » « À X », dis-je surpris de faire l'objet de tant de faveurs. « C'était une position stratégique ? » « Oui, oui. » Ce n'est pas du tout le cas, mais je sais que mentir a ses avantages (un menteur-né m'a contaminé sur ce point). Les dispositions du chauffeur à mon égard s'améliorent immédiatement, bien qu'il ne tourne pas la tête, je devine de la cordialité sur son visage. Sans aucun doute, ai-je réveillé de nombreux souvenirs, ceux de sa vie de militaire. Je fais chorus avec lui, m'en prends avec lui à ce voyou-né qu'était le vice-chef d'état-major au visage simiesque. Il me dit qu'un jour il avait conduit ce dernier, assis à l'arrière avec la femme du commandant du 38e régiment. Il avait vu, dans le rétroviseur, le vice-chef d'état-major toucher la poitrine de la femme ; en grimaçant, il avait tourné le volant, et la jeep était allée percuter un arbre… Il s'esclaffe. Je l'imite et dis : « Cela se comprend, c'est humain, le vice-chef d'état-major est un être humain, lui aussi. » « Une fois rentré, on m'a demandé de rédiger une autocritique. J'ai donc écrit : "J'ai vu le chef peloter la poitrine de la femme, cela m'a déconcentré, j'ai provoqué une collision, j'ai commis une faute." Quand l'autocritique est arrivée aux instances supérieures, notre instructeur politique m'a donné une tape derrière la tête en m'injuriant : "Enculé de ta mère ! A-t-on jamais vu une autocritique comme la tienne, retourne en faire une autre !"» « Et tu l'as refaite ? » « Mon cul ! C'est l'instructeur qui l'a rédigée et je l'ai recopiée. » Je dis : « Votre instructeur, il était pas mal avec toi. » « Mon cul ! Je lui ai apporté cinq kilos de coton, tout ça, pour des prunes ! » « Personne n'est parfait en ce monde ! Et puis, ça s'est passé pendant la Révolution culturelle, c'était la faute à la Bande des Quatre. » « Qu'est-ce que ça donne, ces derniers temps, à l'armée ? » « C'est pas si mal, non, pas si mal. »

Le bus arrive aux Trois Saules, ma contrôleuse m'ouvre la porte, elle voudrait tant m'expédier d'un coup de pied jusque sous le car. Mais je suis devenu le « compagnon d'armes » du chauffeur et je n'ai pas peur d'elle. Je jette un paquet de cigarettes de la marque 9.9 sur le tableau de bord, du tabac fort. Le bus est déjà loin que le chauffeur est encore à jouer du klaxon pour me remercier.

Descendre du bus. Avancer. Un sac de sucre sur l'épaule, une caisse de vin à la main. J'aurai à supporter le soleil qui me tapera sur le crâne pendant tout le trajet de sept à huit kilomètres, sur cette route en terre non carrossable au milieu des champs, afin de rendre visite à mes parents, à ma femme et à ma fille.

J'avais aperçu, de loin, le champ de tournesols. J'avais couru tout droit jusqu'aux tournesols. J'avais couru jusqu'aux tournesols après avoir vu le message sur le saule. J'avais volé jusqu'aux tournesols après avoir lu les mots écrits sur le message.

Sur le message étaient tracés des idéogrammes tout biscornus : « Allez vite porter secours à quelqu'un dans le champ de tournesols !!! »

Le champ m'avait semblé tout à coup si lointain, on aurait dit un nuage flottant sur la terre, la séduction exercée par ce jaune, par cette douceur, par ce parfum suffocant m'attirait irrésistiblement. J'avais jeté tout mon chargement et volé littéralement jusque là-bas. Comme je me pressais, dévoré d'anxiété, un souvenir que je ne parvenais pas à oublier me revint à l'esprit. Cela s'était passé en été, deux ans auparavant, sur le chemin qui me conduisait chez moi. Attiré par un chien blanc, j'avais rencontré par hasard Nuangu, une amie que je n'avais pas revue depuis longtemps. Cette rencontre devait donner naissance à toute une série d'histoires, lesquelles, après remaniement, ont constitué un récit intitulé *La Balançoire du chien blanc*, que je considère, à ce jour, comme ma meilleure œuvre. Chaque fois que je rentre au village, je découvre des choses nouvelles, qui m'amènent à dénier mes connaissances sur le passé. La riche vie de la campagne est pareille à une œuvre immense, la lire en entier et la comprendre n'est pas chose aisée ; de là, j'en viens à me dire que les hommes de lettres sont peu intéressants, bien superficiels. Cette fois-ci, qu'allais-je découvrir de singulier ? D'après les révélations du message sur le saule, pour employer un aphorisme prisé par un érudit de je ne sais quel cénacle, le programme allait être « plus radical, plus saignant ». Les tournesols, le champ jaune de tournesols était le lieu des rendez-vous galants des amants du roman *Le Don paisible*, de Cholokhov ; c'était un doux paradis du libertinage qui vous faisait perdre la tête. Arrivé en face du champ, j'étais hors d'haleine. Les feuilles grossières des tournesols bruissaient sous le souffle léger du vent d'automne, les grillons et les criquets y allaient de leurs cris allègres et plaintifs à la fois ; le bébé qui devait devenir pour moi la cause de tant d'ennuis vagissait. Ses pleurs constituaient le motif principal de cette symphonie de sons propre au champ de tournesols, le rythme en était court, tendu, impérieux.

Je n'avais jamais vu tant de tournesols à la fois, habitué à les voir pousser clairsemés le long des haies et des murs des cours, hauts, solitaires, comme prêts à vous écraser. Or, l'impression qui se dégageait de ce carré était faite de douceur, de familiarité, d'entraide, on pensait à un suave océan tout ondulant d'amour. Au pays, la culture des tournesols, de disséminée qu'elle était, s'était intensifiée, manifestation vivante des grands changements intervenus dans la vie économique des campagnes. Quelques jours après, je devais me rendre compte de façon plus aiguë à quel point le bébé abandonné dans ce beau carré de tournesols était une drôle de chose, un concentré de contradictions, car l'avoir abandonné n'était pas une solution meilleure que l'avoir gardé. À ce stade d'évolution auquel est parvenue l'humanité, ce qui la sépare du monde animal se réduit à la minceur d'une feuille de papier ; oui, la nature humaine est bien une fragile feuille de papier, à peine y pose-t-on le doigt qu'elle se déchire.

Les tiges des tournesols étaient vigoureuses, verdâtres ; sur leur partie inférieure, elles avaient perdu toutes leurs feuilles, on distinguait vaguement les traces de leurs anciennes attaches. Plus j'avançais, plus l'exubérance des plantes cachait la lumière. Les feuilles devenaient plus foncées, perdaient de leur lustre. Les disques des fleurs, dont le diamètre avait celui d'un bol, faisaient ployer les tiges souples qui les portaient ; on aurait dit autant de têtes humbles et respectueuses. Je m'étais faufilé dans le champ, me laissant guider par les pleurs ; le pollen doré pleuvait sur mes cheveux, sur mes bras, dans mes yeux, sur la terre nivelée par les pluies, sur la soie rouge qui enveloppait le bébé, sur les trois fourmilières en forme de pagode qui se trouvaient à côté d'elle. Les fourmis noires grouillaient, s'affairaient à la construction de leurs forteresses. J'avais brusquement ressenti un désespoir farouche : le labeur des fourmis n'avait d'autre sens que d'offrir au genre humain des informations météorologiques. Sous une pluie qui tombe à verse, ces énormes fourmilières peuvent à peine prétendre résister une demi-minute. En quoi la situation de l'homme dans l'univers est-elle meilleure que celle des fourmis ? Ce n'est partout que terreur, guets-apens, duperies, mensonges, c'est à qui sera le plus malin, on va même jusqu'à cacher des bébés rouges dans les tournesols. J'avais pensé l'abandonner à mon tour et poursuivre mon chemin, mais c'était un choix impossible pour moi. Le bébé était comme soudé à mon bras. J'avais eu beau formuler à plusieurs reprises l'intention de l'abandonner, mon bras n'avait pas écouté mes injonctions.

J'étais retourné aux Trois Saules pour étudier les mots sur le message. Les idéogrammes me regardaient avec un air féroce. C'était toujours cette même immensité de champs vides, les cigales, fort dépourvues à l'automne, poussaient leurs cris plaintifs sur les branches des saules, la lumière dorée qui inondait le chemin de terre sinueux menant à la ville du district faisait mal aux yeux. Un chat sauvage, tout galeux, chassé d'une maison, s'était faufilé hors de la forêt de tiges de maïs, m'avait jeté un coup d'œil, avait miaulé une fois avant de se glisser paresseusement dans un champ de sésame. J'avais regardé les lèvres enflées et transparentes du nouveau-né, avais mis mon sac sur mon dos, avais pris la caisse d'une main puis, soutenant de l'autre le bébé, j'avais marché en direction de la maison.

Chez moi, on se montra agréablement surpris de mon apparition inopinée, mais stupéfait devant le bébé que je tenais dans mes bras. Chacun manifesta sa réaction à sa façon : mes parents se mirent à vaciller, les épaules de ma femme s'affaissèrent soudain, seule ma fille, âgée de cinq ans, se montra extrêmement enthousiaste à sa vue. Elle cria : « Un petit frère, un petit frère, Papa a ramassé un petit frère ! »

Je savais bien sûr que ce violent intérêt manifesté par ma fille pour un « petit frère » était le fruit d'un long dressage perpétré par mes parents et par ma femme.

À chacun de mes retours, l'enfant me cassait les pieds pour que je lui donne non seulement un, mais deux petits frères. À ces moments-là, je sentais les regards de mon père, de ma mère, de ma femme fixés sur moi, sans indulgence, pleins de douceur ou pleins d'attente, selon le cas, on aurait dit qu'ils me jugeaient sévèrement. Un jour, pris de panique, j'avais attrapé un poupon rose en plastique dans mon sac de voyage, l'avais tendu à ma fille qui me faisait une scène pour avoir un petit frère. Elle avait pris le baigneur, lui avait donné une claque sur la tête qui avait fait « boum ». Elle avait jeté le poupon à terre et s'était mise à pleurer. Tout en pleurant, elle disait : « J'en veux pas, il est mort… Je veux un petit frère qui parle… » J'avais ramassé le poupon en plastique, avais lu dans les grands yeux, un peu trop proéminents, une expression de raillerie surhumaine, j'avais poussé un soupir pesant. Mon père et ma mère avaient fait de même de leur côté. J'avais relevé la tête et j'avais vu le visage de ma femme, comme laqué de noir, sur lequel coulaient deux ruisseaux de larmes d'un jaune sale.

Ma fille mise à part, les miens me fixaient tous avec un regard indifférent, je fis de même. Comme pour me libérer, je ris d'un rire forcé, ils firent de même, sans bruit. Je voyais l'expression liquide, figée, qu'avait prise leur visage et qui les faisait ressembler à des statues en terre.

« Papa ! Je voudrais voir le petit frère ! » cria ma fille qui gambadait devant moi.

Je leur dis : « Je l'ai ramassé, dans un champ de tournesols… »

Ma femme me dit avec colère : « Je suis capable d'en faire un ! »

Je dis, l'oreille basse, d'une voix morne : « La mère, pouvais-je l'abandonner à la mort ? »

Ma mère dit : « Tu as bien fait, oui, tu as bien fait ! »

Père ne dit rien.

Je posai le bébé sur le *kang*, il pleurait, le visage crispé.

Je fis remarquer qu'il avait faim. Ma femme me lança un regard furieux.

Ma mère dit : « Défais-le, qu'on voie ce que c'est. »

Père ricana, s'accroupit, sortit sa pipe et se mit à tirer dessus.

Ma femme s'approcha à la hâte, dénoua la bande de tissu en soie rouge qui emmaillotait le bébé, elle déroula le tissu, au premier regard, elle avait reculé, consternée.

« Je veux voir le petit frère ! Je veux voir le petit frère ! » Ma fille s'était faufilée et avait déjà empoigné le bord du *kang* pour grimper dessus.

Ma femme se baissa, lui flanqua une bonne claque sur les fesses. Ma fille poussa un cri perçant, fila jusque dans la cour où elle se mit à pleurer jusqu'à s'égosiller.

Le bébé était une fille. Elle braillait tout en remuant ses petites jambes fripées, toutes couvertes de traces de sang. Elle avait une constitution vigoureuse, des traits réguliers ; ses pleurs étaient sonores, sans aucun doute, il s'agissait d'un enfant d'exception. Elle avait un gros tas de selles noires au derrière, je savais qu'il s'agissait des « selles du nouveau-né ». Car ce bébé qui gigotait sur la soie rouge et qui faisait penser à un mollusque était un nouveau-né.

« Une fille ! dit ma mère.

– Si ce n'était pas une fille est-ce qu'on s'en serait

séparés comme ça ? » dit mon père d'une voix sombre en frappant fortement le fourneau de sa pipe contre le sol.

Ma fille pleurait dans la cour, on aurait dit qu'elle chantait.

Ma femme dit : « Rapporte-la où tu l'as trouvée ! »

Je dis : « La rapporter, n'est-ce pas la condamner, en toute connaissance de cause, à une mort certaine ! Il s'agit d'une vie humaine, ne me pousse pas à commettre un crime ! »

Ma mère dit : « On va la nourrir, oui, et puis on se renseignera pour savoir chez qui un enfant a disparu. Quand on entreprend quelque chose, faut aller jusqu'au bout, ne pas s'arrêter en chemin. Pour cette bonne action, à la prochaine grossesse, vous aurez un fils, c'est sûr. »

Ma mère, non, tous les miens voulaient mordicus que ma femme et moi concevions un héritier mâle, afin que j'honore mes devoirs de fils et d'époux. Cette exigence se faisait de plus en plus aiguë au fur et à mesure que ma femme et moi prenions de l'âge, la crise était sur le point d'éclater. Ce désir, tel un venin, empoisonnait le moral de toute la famille ; chacun, de son regard, lacérait mon âme au crochet d'une balance. J'ai pensé maintes fois capituler, pourtant, je ne l'ai jamais fait. À présent, chaque fois que je me retrouve dans la rue, je suis terrorisé. Les gens me toisent d'un air bizarre, comme si j'étais un malade mental ou bien un monstre sous des apparences humaines, tombé d'une autre planète. Je lançai un regard peiné à ma mère qui venait de formuler pour moi ce vœu avec tant de ferveur, je n'avais même plus la force de soupirer.

Je trouvai un demi-rouleau de papier de toilette pour essuyer les fesses du bébé. Des essaims de mouches, attirés par l'odeur, s'envolèrent des cabinets, de la porcherie, de l'étable pour converger en un flux malpropre qui se mit à voler dans la pièce. Dans les coins sombres sous le *kang*, les puces sautaient comme de la mitraille. Les selles étaient collantes, on aurait dit du goudron fondu ou un emplâtre chauffé. La puanteur était sans pareille. Je frottai énergiquement, j'avais un peu envie de vomir.

Ma femme dit, de la pièce de devant : « Tu te soucies si peu de ta propre fille qu'on dirait qu'elle n'est pas de toi, alors que tu torches la fille des autres comme si c'était la tienne. Qui sait d'ailleurs, oui, qui sait si tu n'as pas quelqu'une à l'extérieur, qui t'aura donné cette petite… »

Les propos de ma femme, mêlés au bourdonnement du tourbillonnement des mouches, me mettaient la tête en bouillie. Je rugis de façon hystérique : « Assez ! Xiansheng ! »

Elle ne dit plus rien. Je fixai son visage déformé par la colère et la peur, j'entendis ma fille qui s'amusait avec la fille des voisins dans la ruelle. Une fille, encore une fille, partout ce n'étaient que petites filles mal acceptées.

Malgré toutes mes précautions, j'avais du caca sur la main. Je ressentis cela comme une très bonne chose : pouvoir essuyer les premières selles d'un bébé abandonné par ses parents représentait pour moi un honneur ; j'essuyai carrément avec la main et, de mon doigt recourbé, je grattai ce qui collait encore aux fesses du bébé. Du coin de l'œil, je vis que ma femme en restait bouche bée, sous le coup de la stupeur, alors je fus soudain submergé par une haine implacable contre le genre humain tout entier. Bien sûr, cette haine était encore plus forte envers moi-même.

Ma femme s'avança pour m'aider. Je ne fis rien pour lui faire savoir si j'acceptais ou si je refusais son aide. Elle s'approcha, d'une main experte arrangea le lange. Je reculai machinalement, puisai un peu d'eau pour me laver les mains. J'entendis ma femme dire : « De l'argent ! » Je me relevai, les bras ballants. Je la vis, qui tenait dans une main un papier rouge, dans l'autre une poignée de billets de banque en piteux état. Elle jeta le papier rouge, mouilla son doigt pour compter l'argent. Elle s'y reprit par deux fois, avant d'annoncer, sûre du compte : « Vingt et un yuan ! »

Je lus un peu de bienveillance sur son visage. Je dis : « Sors le biberon dont on se servait pour Shasha, nettoie-le, on va lui faire un peu de lait en poudre.

– T'as vraiment l'intention de la garder ? me demanda ma femme.

– On verra ça plus tard, ce qui compte avant tout, c'est de ne pas la laisser mourir de faim, dis-je.

– On n'a pas de lait en poudre à la maison !

– Va en acheter à la coopérative ! »

Je sortis de ma poche dix yuan et les lui remis.

« On ne va quand même pas prendre sur notre argent ! » Elle agita les billets crasseux qu'elle tenait à la main et dit : « On va prendre sur son argent à elle. »

Un grillon bondit du coin du mur humide, sauta sur le bord du *kang*, rampa en zigzag sur la soie rouge. Son corps, couleur café, semblait très austère sur ce rouge sombre. Je pouvais distinguer ses antennes qui frémissaient nerveusement. Le bébé sortit avec difficulté une grosse main de son lange et la porta à sa bouche pour la sucer ; sur sa paume, il y avait des desquamations blanches. Le bébé avait les cheveux très noirs, de grandes oreilles diaphanes.

Je ne sais à quel moment mon père et ma mère se trouvèrent derrière mon dos, à regarder le bébé téter son poing.

« Elle a faim, dit ma mère.

– L'homme doit tout apprendre, sauf apprendre à manger », dit mon père.

Je tournai la tête pour regarder ces deux vieillards, un flot brûlant envahit mon cœur. Ils avaient la même attitude de respect que moi, c'était comme si nous étions en face du Saint-Esprit ; nous admirions le visage souillé de sang de ce bébé qui deviendrait peut-être une héroïne sans pareille.

Ma femme revint avec deux sachets de lait en poudre et un de lessive. Je me mis à l'ouvrage, préparai un biberon et fourrai la tétine en caoutchouc, toute mordillée par ma fille, dans la bouche du nourrisson. Elle secoua un peu la tête avant d'attraper avec agilité la tétine ; déjà on entendait des glouglous dans sa gorge.

Le biberon terminé, elle ouvrit les yeux. Des yeux noirs, pareils à des têtards. Elle me regardait avec effort, avec indifférence.

Je dis : « Elle me regarde. »

Ma mère dit : « Un nouveau-né, ça ne voit rien. »

Mon père la contredit, furieux : « Qu'est-ce que t'en sais ? Elle te l'a dit au téléphone ? »

Ma mère, tout en reculant, dit : « Je ne vais pas me chamailler avec toi, qu'elle voie ou non, après tout, c'est comme elle voudra. »

Ma fille revint en courant de la ruelle et lança : « Maman, il tonne, il va pleuvoir. »

Effectivement, de la pièce, on pouvait entendre au

nord-ouest le roulement continu du tonnerre, pareil au bruit que fait une meule en pierre. Au travers du papier huilé[1] percé de trous de la fenêtre de derrière, je vis que la moitié du ciel était recouverte par des nuages noirs duveteux.

Après midi, il plut à torrents, la pluie semblait un rideau grisâtre suspendu à l'auvent sous les tuiles, au bruit de la pluie étaient mêlés les coassements des grenouilles. Une dizaine de carpes bâtardes, grosses comme des socs de charrue, sautaient avec de grands « plouf ! » dans l'eau accumulée dans la cour. Ma femme dormait profondément, notre fille dans les bras, mon père et ma mère respiraient fort. Je déposai le bébé dans un tamis en bambou et le portai sur un tabouret au milieu de la pièce principale. Je restai assis à côté du tamis à regarder la pluie déchaînée, ou le bébé qui dormait et ronflait paisiblement. L'eau de l'auvent coulait sur un seau retourné avec un bruit rapide, tantôt sonore, tantôt étouffé. Le ciel était sombre, la pièce était baignée d'une lueur d'un bleu obscur. Le visage du bébé avait vraiment la couleur de la peau d'orange. J'avais peur qu'elle n'eût faim, je m'emparai du biberon, comme j'aurais fait d'un extincteur, et, chaque fois qu'elle ouvrait la bouche pour pleurer, je lui fourrai la tétine entre les lèvres, afin de tuer ses pleurs dans l'œuf. Et ainsi jusqu'à ce que le lait coule de sa bouche ; je pris alors brusquement conscience que si le bébé pouvait mourir de faim, il le pouvait aussi d'indigestion. Je cessai de la nourrir, essuyai avec une serviette le lait

1. En Chine, le papier huilé remplace souvent les vitres aux fenêtres.

qui avait coulé dans ses yeux et dans ses oreilles. Je regardais avec impatience la pluie dont l'ardeur ne diminuait pas. J'avais la profonde impression que le bébé était déjà devenu pour moi très encombrant. Si elle n'avait pas été là, j'aurais dormi sur le *kang* pour récupérer de la fatigue d'un voyage avec de nombreux changements. À cause d'elle, je devais rester assis sur ce tabouret dur, à admirer le déluge monotone. Sans moi, elle aurait peut-être déjà été noyée dans ces trombes d'eau, ou elle serait morte de froid. Peut-être aurait-elle été emportée par le courant impétueux jusque dans le fossé où les bandes de poissons affamés auraient déjà commencé à sucer ses yeux.

Dans la cour, une carpe blanche s'était échouée sur le passage en briques foncées. Elle était à plat, fouettant le sol de sa queue, faisant scintiller un halo d'argent sombre. Finalement, d'un bond, elle retourna dans l'eau accumulée plus bas que le passage. Elle donna un coup de reins, son dos foncé fendit l'eau tel un soc de charrue. J'avais bien envie de braver la pluie pour aller l'attraper, ainsi mon père aurait eu un mets délicieux pour accompagner l'alcool qu'il buvait. Si je me retins de le faire, ce ne fut pas seulement parce que la pluie aurait mouillé mes vêtements.

En cet après-midi où la pluie tombait dru comme des flèches, supportant le harcèlement des moustiques, je me pris à réfléchir à l'histoire de l'abandon des bébés au pays natal. Je n'eus pas besoin de recourir à de quelconques sources pour mettre au jour une piste claire. M'aidant du bec acéré de ma mémoire, je creusai un tunnel sombre dans l'histoire poussiéreuse. Je traversai le tunnel, mes mains et mes pieds touchaient les ossements blanchis et glacés des bébés abandonnés.

Je divisai les enfants ainsi abandonnés en quatre catégories, distinction très approximative, car certains cas relevaient de circonstances croisées.

Dans le premier cas, en raison des difficultés du foyer, les parents ne sont pas en mesure d'élever le bébé, ils le noient dans le seau hygiénique ou l'abandonnent au bord d'une route. De tels faits se sont passés le plus souvent avant la Libération, avant les mesures prises pour le planning familial. Ce type d'abandon semble avoir été répandu dans le monde entier. Je me souviens de deux romans japonais intitulés l'un *L'Enfant de neige*, et qui est l'œuvre de Mizukami Tsutomu, l'autre, *Les Marionnettes de Michinoku*, dont j'ai oublié qui l'a écrit, mais il me semble qu'il s'agit de l'auteur du célèbre ouvrage *La Ballade de Narayama*. Ces deux récits tournent autour d'une histoire d'abandon de bébé. Dans le premier, le bébé est jeté dans la neige où il meurt de froid (ceux qui sont dotés d'une tenace vitalité peuvent vagir toute une nuit dans leur fosse de neige, ces bébés-là sont souvent ramenés à la maison et on les garde). Le mode d'abandon du bébé dans le second roman consiste, juste à la naissance, avant le premier cri, à le jeter la tête la première dans de l'eau chaude pour le noyer. On pense que le bébé, avant son premier cri, n'a pas de sensation et que le noyer n'est pas contraire au principe d'humanité. Mais dès que l'enfant a crié, on se doit de l'élever. Ces deux modes d'abandon ont eu cours dans mon village, et leurs causes ont été celles qui sont mentionnées ci-dessus, et sur lesquelles s'appuie mon essai de classification. Je suis certain que, pendant longtemps, dans mon pays, on a noyé les bébés dans les seaux hygiéniques, ce mode d'infanticide semble encore plus sale et plus inhumain que celui du Japonais en vigueur à Michinoku. Bien naturellement, en cherchant à interroger sur ce point toutes les personnes très âgées du village, il m'a été difficile d'obtenir une réponse irréfutable sur l'existence de tels infanticides. Mais en repensant à ces vieilles gens, se reposant assis, les yeux clos, à l'ombre d'une haie ou d'un pan de mur, je me disais que l'expression de leur visage pouvait être celle d'un infanticide, que, parmi eux, certains avaient certainement noyé leur propre enfant dans le seau hygiénique, ou l'avaient abandonné sur le bord de la route, le vouant à mourir de faim et de froid (ces enfants-là, personne ne les ramasse). Un tel mode d'abandon, au bord d'une route ou à un carrefour, semble plus humain que la noyade dans le seau hygiénique, mais, en fait, ce n'est qu'une façon, pour les braves gens dans le dénuement, de se consoler. La survie de ces enfants abandonnés est vraiment incertaine, la plupart, je le crains, ont calmé la faim de chiens sauvages.

Les nourrissons abandonnés relevant de la deuxième catégorie sont ceux qui offrent une malformation congénitale ou sont des fœtus anormaux. Ceux-là n'ont même pas le droit au seau hygiénique. La plupart du temps, le père, avant le lever du soleil, cherche un coin retiré pour enterrer le bébé vivant. Quand il le recouvre de terre, il doit placer sur le ventre du nouveau-né une brique neuve pour empêcher toute réincarnation future. Mais il y a aussi des exceptions : juste après la Libération, dans notre village, le chef de district, l'illustre Li Manzi, avait un bec de lièvre congénital.

Le troisième cas d'abandon de bébé concerne les

enfants adultérins. « Bâtard » est une insulte terrible en chinois, quand une jeune fille de mon village est en colère, elle s'en sert d'injure contre son ennemi. « Bâtard » désigne l'enfant mis au monde par une fille-mère. Les enfants relevant de cette catégorie sont le plus souvent beaux et intelligents, car les jeunes gens qui se livrent aux amours clandestines ne sont pas des imbéciles. Les chances de survie de ce type de bébés sont assez grandes, les couples en mal d'enfants en adoptent volontiers et, souvent, avant l'abandon, les deux parties sont déjà entrées en relation. Le moment venu, le père du bébé, de nuit, le dépose à la porte de la famille d'adoption. Certains abandonnent leur enfant dans un lieu fréquenté où on le remarquera facilement. Dans les langes du bébé adultérin sont souvent placés quelques biens. On peut trouver des bébés mâles dans cette catégorie, ce qui est rarement vrai dans les deux premières, sauf en cas de malformation congénitale grave.

Après la Libération, avec les progrès de la vie économique et l'élévation des conditions d'hygiène, les abandons d'enfant avaient beaucoup diminué. Le phénomène devait réapparaître dans les années quatre-vingt, dans des conditions bien plus complexes. On ne trouve aucun bébé mâle parmi ceux qui sont abandonnés. En apparence, on pourrait penser que les mesures prises par le planning familial semblent contraindre certains parents à se comporter comme des bêtes, mais, après une réflexion plus approfondie, je devais comprendre que nos traditions, qui accordent de l'importance aux garçons et déprécient les filles, étaient le grand criminel dans tous ces infanticides. Je savais qu'on ne pouvait pas critiquer de façon trop sévère les abandons de bébés pratiqués dans cette ère nouvelle. Je savais que si j'avais été un paysan, j'aurais peut-être été un père qui abandonne sa propre fille.

De tels phénomènes existent bel et bien, même s'ils portent atteinte au prestige de la République populaire et, de plus, on ne les éradiquera pas aisément à court terme. Nos campagnes sont si nauséabondes que même un sabre précieux en diamant y rouillerait. Je commence seulement maintenant à prendre quelque peu conscience de tout cela.

La pluie torrentielle dura toute la nuit, à l'aube, les nuages noirs se dispersèrent pour laisser filtrer un rai de lumière moite et mouillée, d'un rouge vif. Je portai le bébé près de ma femme sur le *kang*, la priant de s'en occuper, puis, marchant dans l'eau trouble, je traversai à gué la rivière pour aller demander de l'aide à l'administration du canton. En enfilant la ruelle, je vis que la haie, formée de tiges de sorgho, avait été mise à bas par la tempête tandis que les volubilis luxuriants qui l'ornaient baignaient dans l'eau de pluie. Les fleurs violettes ou roses se soulevaient dans l'eau, comme pour conter quelque fait mélancolique au ciel qui s'éclaircissait. La barrière renversée ne jouait plus son rôle d'obstacle ; un bataillon de poulets, aux plumes non encore étoffées, s'était engouffré par là et picorait avec frénésie les choux dont le diamètre atteignait celui d'un bol. La rivière était en crue, le petit pont, fait de longs blocs de pierre, laissait voir vaguement la surface de l'onde. Un bruit d'eau qui déferle montait des vagues écumantes en lisière des pierres. En sautant sur le pont, je me tordis le pied, j'en boitillai même pendant quelques mètres, alors que j'escaladais la digue.

Je me dis que ce n'était pas de bon augure, même en me rendant à l'administration du canton, il n'était pas sûr du tout que je puisse me débarrasser du bébé ; je n'en continuai pourtant pas moins de me presser vers le pâté de maisons aux toits de tuiles rouges, je marchais clopin-clopant, mais avec vivacité.

Les fortes pluies avaient ravivé les matériaux des bâtiments : briques rouges, tuiles vertes, perches de bambou à l'écorce bleutée miroitaient. Pas le moindre bruit de voix dans la cour. Un petit chien bâtard de chien-loup, aux oreilles dressées et à la queue coupée, était allongé sur une marche en ciment, il me regarda un moment les yeux ronds, avant de les plisser lentement de nouveau. Tout en me repérant aux pancartes en bois clouées sur les portes, je trouvai le bureau, frappai. Au troisième coup, j'entendis soudain derrière moi un déplacement de vent, tandis qu'une douleur aiguë me saisissait au mollet. Comme je tournai précipitamment la tête, le petit chien qui m'avait mordu alla de nouveau s'allonger à son aise sur sa marche en ciment. Il resta là, toujours aussi silencieux, sortit sa langue rouge pour se lécher les babines, puis me gratifia d'un sourire amical. J'éprouvai de la sympathie pour lui, bien qu'il m'eût mordu, je ne lui en voulais pas du tout. Je pensais que c'était quelqu'un, ce chien. Je me mis à réfléchir : pourquoi m'avait-il mordu ? Ce n'était pas un geste gratuit, car en ce monde, il n'y a pas d'amour sans raison, et il en va de même pour la haine. S'il m'avait mordu, c'était pour que ma souffrance me conduise à me rendre compte de quelque chose. Le vrai danger venait de derrière, non de devant, le vrai danger ne venait pas d'un aboiement féroce, mais d'un doux sourire à la Monna Lisa. L'ignorance nous garde de la peur. Merci, le chien, avec ton museau pointu et ton petit côté artiste !

Quelque chose de visqueux, de chaud collait à mon pantalon, peut-être était-ce le sang qui coulait. Quand je me saigne pour les autres, ceux à qui cela profite m'injurient sur-le-champ : « Ton sang pue ! Dégage ! » Ce bébé abandonné dira-t-elle la même chose ?

La porte, dont la peinture verte s'écaillait, s'ouvrit brutalement, un grand gaillard pareil à un pylône noir se dressait devant moi. Il me toisa à plusieurs reprises et me demanda : « Tu cherches qui ? »

Je dis : « Je voudrais voir le responsable cantonal. »

Il dit : « C'est moi. Entre t'asseoir. Oh, mais tu saignes, qu'est-ce qui s'est passé ? »

Je dis : « C'est votre chien qui m'a mordu. »

Le grand gaillard noir blêmit et dit avec colère : « Oh là là, quelle histoire ! Désolé ! Tout ça, c'est l'œuvre de Su-Balafre à l'Œil. Ici, c'est l'administration populaire, pas la demeure d'un propriétaire foncier, alors pourquoi ce chien de garde ? Est-ce que l'administration populaire aurait peur du peuple ? Est-ce qu'un chien féroce devrait briser les liens de chair et de sang qui nous unissent au peuple ?

– En fait de briser ces liens, il s'agirait plutôt de les instaurer », dis-je en montrant ma jambe blessée.

Le sang coulait du mollet jusqu'au talon, et de là sur la chaussure, puis sur le sol en brique rouge. Mon sang avait imbibé un mégot assez long, de la marque Qianmen, j'avais bien vu la marque. Ce tabac à fumer avait la couleur jaune des chrysanthèmes.

Le grand gaillard noir cria : « Petit Wang ! Petit Wang ! » Ce dernier répondit, tout en accourant, les mains ballantes, attendant les ordres. Le grand gaillard dit : « Tu vas accompagner ce camarade de l'APL jusqu'à l'infirmerie et lui faire désinfecter sa plaie. Tu demanderas une note de frais. À ton retour, tu iras voir Xia, le responsable du Centre de gestion des céréales, pour lui emprunter un fusil de fortune et tu me tueras ce chien ! »

Je me levai et dis : « Responsable, ce n'est pas pour cela que je suis venu, je dois vous informer d'une affaire importante. Cette blessure à la jambe, je la soignerai moi-même, laissez le chien en vie, il est très gentil, et je lui suis reconnaissant.

– Peu importe ce que tu éprouves pour lui, tôt ou tard, il nous faudra l'abattre ! C'est incroyable ! Tu ne le sais pas, mais il a déjà mordu vingt personnes ! Tu es le vingt et unième ! Si on ne l'abat pas, d'autres seront mordus, dit le grand gaillard noir. Il y a suffisamment de pagaïe comme ça sans qu'on en rajoute ! »

Je dis : « Responsable, ne le tuez surtout pas, s'il mord, c'est qu'il a ses raisons.

– Bon, bon ! » Le grand gaillard noir agita la main et me dit : « Quelle affaire t'amène ? »

Je m'empressai de sortir une cigarette et la lui tendis avec respect, il secoua la main catégoriquement et dit : « Je ne fume pas ! »

Un peu confus, j'allumai ma cigarette et dis avec circonspection : « Responsable, j'ai ramassé une petite fille… »

Dans son regard brilla un éclair, il émit un grognement interrogatif.

« Hier à midi, dans le champ de tournesols à l'est des Trois Saules, un bébé fille, enveloppé dans de la soie rouge, il y avait dans le tissu vingt et un yuan.

– Et voilà, ça continue ! dit-il avec agacement.

– Je ne pouvais pas la laisser mourir sans la secourir ! protestai-je.

– Est-ce que j'ai jamais dit une chose pareille ? J'ai dit : "Et ça continue ! Et ça continue !" Si tu savais la pression qui est mise sur nous dans ce canton. Depuis que la terre leur appartient, les paysans sont libres, et ils le sont si bien qu'ils peuvent même élever autant de gosses qu'ils le veulent ; et je t'en fais un, et encore un, et que je te récidive, jusqu'à avoir un garçon !

– N'applique-t-on pas le principe de l'enfant unique ? »

Il eut un rire forcé.

« Unique ? Ils en ont deux, trois, quatre, voire cinq ! Un milliard d'habitants, c'est trop de modestie, on en est déjà probablement à un milliard deux cents millions ! Dans quel canton n'y a-t-il pas des centaines d'enfants clandestins ? En tout cas, la viande pourrira dans la marmite, ils ne pourront jamais sortir de Chine !

– N'y a-t-il pas une politique d'amendes ?

– Oh que si ! Deux mille yuan pour un deuxième, quatre mille pour un troisième, huit mille pour le quatrième ! Mais tout ça ne sert à rien ! Ceux qui ont de l'argent s'en moquent, quant à ceux qui n'en ont pas, ils craignent encore moins les amendes. Tu es de Dongcun, non ? Alors tu connais Wu Erya ? Il a eu quatre enfants, il n'a pas de terre, rien qu'une maison délabrée de trois pièces, une marmite, une jarre à eau, une table à trois pieds, alors pour l'amende, tu peux t'asseoir dessus ! Il dit : "Je n'ai pas le sou, payez-vous en nature sur les gosses, un, deux, prenez ce que vous voulez, ce sont des filles." Alors dis voir un peu, qu'est-ce qu'on peut faire ?

– Imposer la ligature des trompes… N'y a-t-il pas eu des cas semblables ? demandai-je avec précaution.

– Oh oui, ces derniers temps, on a même mis le paquet ! Mais ils ont plus de flair qu'un chien, dès qu'ils en ont entendu parler, ils ont filé au nord-est pour se cacher pendant un an et revenir au début du printemps, avec un bébé dans les bras. Il me faudrait tout un régiment pour y arriver, merde ! Toutes ces couillonnades, c'est pas humain. Le soir, je n'ose même plus m'aventurer sur les routes, c'est là qu'on peut recevoir une pierre cachée ! »

Ma jambe mordue tressauta.

Il eut un rire moqueur.

Par la porte ouverte, je vis le petit chien-loup, couché paisiblement sur la marche en ciment. Je savais qu'il n'avait rien à craindre pour sa vie, car chez Xia, le responsable du Centre de gestion des céréales, il n'y avait pas de fusil.

« Que faire du bébé que j'ai recueilli ?

– Rien ! dit le gaillard noir. Puisque tu l'as recueilli, elle est à toi, tu n'as plus qu'à l'élever.

– Responsable, c'est tout ce que vous trouvez à me dire ? Ce n'est pas mon enfant, en quel honneur devrais-je l'élever ?

– C'est peut-être à moi de le faire par hasard ? L'administration cantonale n'est pas une crèche.

– Je ne marche pas. Je ne peux pas l'élever.

– Alors dis-moi qu'est-ce qu'il faut faire ? Tu l'as recueillie de ton propre chef, l'administration cantonale ne t'a pas obligé à le faire.

– Je vais la rapporter là où elle était.

– Libre à toi, mais si elle meurt de faim dans le

champ de tournesols, si elle est dévorée par les chiens, tu seras coupable d'infanticide ! »

Je m'étranglai, toussai, en eus les larmes aux yeux. Le grand gaillard noir me regarda avec sympathie, il me versa une tasse de thé ; la crasse sur la tasse avait quelques millimètres d'épaisseur. Je bus une gorgée, tout en le regardant.

Il dit :

« Va te renseigner, voir si par hasard il y aurait une veuve seule qui voudrait l'adopter, sinon, tu n'auras plus qu'à l'élever bien gentiment. Ta famille est à la campagne ? Tu as un enfant ? Élève-la, si tu veux qu'elle ait une carte de séjour, ce sera comme si tu avais deux enfants, deux mille yuan d'amende !

– Salaud ! » J'élevai ma tasse bien haut, puis la reposai doucement. Les larmes aux yeux, je dis : « Responsable, en ce monde, y a-t-il encore quelque justice ? »

Le responsable rit, montrant des dents jaunes bien solides.

Ma jambe me démangeait d'une façon insupportable, à la vue de l'eau de pluie accumulée au sol, je fus pris de frissons. Je me dis, à tous les coups j'ai attrapé la rage. Mes gencives aussi me démangeaient : j'avais une telle envie de mordre ! Le grand gaillard noir me lança derrière le dos :

« T'en fais pas, il y aura bien quelqu'un qui en voudra, au canton, on va t'aider à trouver une solution. »

Je n'avais qu'une envie : mordre.

Trois jours passèrent, le bébé avait terminé un sac de lait en poudre, avait fait six selles, et avait fait pipi une dizaine de fois. J'avais mendié quatre couches en tissu à ma femme et je les lavais au fur et à mesure. Ma femme me les avait prêtées à contrecœur. Ces couches, elle les destinait à son futur fils, elle les avait lavées, pliées bien comme il faut, comme des mouchoirs, en avait fait des piles dans la malle. Quand je lui avais pris les couches des mains, j'avais lu sur son visage une expression lourde de reproches.

Le bébé avait un excellent appétit, ses pleurs étaient sonores et vigoureux, on n'aurait jamais dit un nouveau-né. Quand je la nourrissais, accroupi près du tamis, quand je voyais sa petite bouche qui avalait toute la tétine, quand je voyais l'expression féroce qui se dessinait sur son visage, alors qu'elle engloutissait ainsi avec frénésie, mon cœur s'emplissait d'un froid couleur de grisaille. Ce bébé me faisait peur, sans aucun doute elle était déjà devenue mon étoile de malheur. Parfois je me demandais pourquoi il avait fallu que je la recueille. Je me gourmandai, avec les mêmes termes qu'employait ma femme dans ses sermons : « Ses propres parents ne s'occupent plus d'elle, qu'est-ce qui te prend de jouer les philanthropes ? Tu crois que tu vas pouvoir attraper une tortue avec un balai ? » Accroupi près du tamis occupé par le bébé, je repensai souvent à ce champ de tournesols d'un jaune lumineux, à ces têtes grosses comme un bol qui retombaient lourdement et qui, de façon mécanique, tournaient maladroitement autour de leur tige, au pollen qui roulait à terre comme des larmes, allant jusqu'à submerger les fourmilières…

Je sentais une odeur de pourriture qui commençait à monter de la morsure à ma jambe, les mouches tournaient autour. Les mouches, avec leur abdomen plein de larves, faisaient penser à des bombardiers lestés de bombes. Je me disais que ma jambe allait peut-être pourrir, comme une courge gelée. Quand j'aurai été amputé et que, oscillant comme un pendule, je m'appuierai sur une canne en bois, que penserait le bébé ? Pouvais-je attendre d'elle qu'elle me témoignât de la gratitude, qu'elle me vénérât ? C'était peu probable, moins que probable. Chaque fois que je me suis sacrifié pour quelqu'un, je n'ai obtenu que haine implacable et injures perfides. J'ai été blessé jusqu'au fond de mon être, transpercé. Quand j'offre à quelqu'un mon cœur mariné dans la sauce de soja, les autres pissent dessus. Je voue une haine mortelle à cette humanité hideuse, y compris à ce bébé qui est un assez gros mangeur. Pourquoi a-t-il fallu que je vienne à son secours ? Je l'entendais me demander des comptes avec colère : pourquoi es-tu venu à mon secours ? Tu crois que je vais te remercier ? Sans toi, j'aurais quitté depuis longtemps ce monde dégoûtant, espèce d'abruti qui s'enfonce dans son erreur ! Il faudrait que ce chien te morde encore une fois.

J'étais là à rêvasser, quand je m'aperçus soudain que le visage du bébé repu s'épanouissait en un sourire mature. Son sourire avait la douceur d'un sirop de betterave. Sur chaque joue, il y avait une fossette grande comme un pois ; le bébé pelait entre les sourcils, son crâne allongé rétrécissait, s'arrondissait. Tout prouvait que c'était une jolie fillette, vigoureuse. Devant cette vie chaleureuse, resplendissante comme un tournesol (je repensai une fois de plus au champ de tournesols dorés), je reniai les pensées saugrenues qui m'étaient venues. La haine est peut-être une erreur, alors autant se mettre à aimer les autres ! La philosophie m'adressait cette mise en garde : l'amour et la haine pures sont éphémères, il faut aimer et haïr tout à la fois. Fort bien, je me donnerai pour consigne de vouer une haine implacable au genre humain, tout en l'aimant du fond du cœur.

Des vingt et un yuan trouvés dans le lange, il ne restait que de quoi acheter un sachet de lait en poudre ; mes recherches pour trouver un nouveau foyer au bébé n'avançaient pas. À longueur de temps, ma femme me saoulait les oreilles avec ses médisances. Mon père et ma mère semblaient des statues en terre ou en bois, ils ne disaient souvent rien de toute une journée. Cela faisait un sacré contraste avec ma femme qui avait des potentialités linguistiques très développées. Ma fille se montrait vivement intéressée par le bébé que j'avais recueilli, elle me tenait souvent compagnie, assise près du tamis, absorbée dans la contemplation admirative du nourrisson. Nous la regardions comme si nous avions affaire à un curieux poisson exotique.

Si je ne parvenais pas, dans un bref délai, à régler le cas du bébé, avant que les vingt et un yuan donnés par ses parents ne fussent épuisés, je savais ce qui m'attendait. Je me mis en route, traînant ma jambe blessée. Je parcourus la dizaine de villages du canton, me rendis dans chaque famille sans enfants, pour recueillir pratiquement la même réponse : nous ne voulons pas de fille, nous voulons un garçon. J'avais toujours cru que mon pays natal était une contrée merveilleuse où habitaient des gens hors pair, en quelques jours de démarches tous azimuts, j'étais revenu sur mes impressions. J'avais vu tant de garçons laids, qui m'avaient fixé de leurs yeux tout ronds de poisson mort, ils avaient le crâne sillonné de rides profondes et, sur le visage, l'expression d'amertume et de haine propre aux valets de ferme pauvres. Ils avaient tous le geste lent, le dos courbé et toussaient comme des vieillards. J'avais ressenti, une fois de plus, à quel point l'espèce humaine est dégénérée. Cette race humaine, qui prouvait clairement qu'elle méritait d'être totalement exterminée, se trouvait représentée tout entière dans mon village, comme autant de trésors inestimables préservés là. J'étais inquiet pour l'avenir du village, je n'osais imaginer quelle descendance engendreraient ces représentants de l'espèce humaine, vieux avant l'âge.

Un beau jour, alors que je revenais de faire du démarchage pour le bébé, je rencontrai un camarade de primaire. Il devait avoir trente-deux ou trente-trois ans, mais il en paraissait cinquante. Comme on venait à parler de notre situation familiale, il me confia avec amertume : « Je suis toujours célibataire, c'est fichu pour toute la vie ! » Je demandai : « N'es-tu pas riche maintenant ? » « Oui, c'est vrai, mais il n'y a pas assez de femmes. Si au moins j'avais une sœur, je pourrais la monnayer contre une épouse, mais je n'en ai pas. » Je dis : « Selon ce qui est stipulé dans les lois cantonales, ce type d'échange n'est-il pas formellement interdit ? » Il me regarda avec un air dubitatif. « C'est quoi ces lois ? » Je hochai la tête, me mis à lui parler du bébé que j'avais recueilli et de tous mes déboires, il écoutait, apathique, sans manifester la moindre compassion, se contentant de tirer de toutes ses forces sur la cigarette que je lui avais donnée. Le bout rougeoyait avec un léger grésillement, mais on ne voyait de fumée sortir ni de ses narines, ni de sa bouche, il semblait avaler cette fumée âcre.

Cinq jours plus tard, il vint me trouver. Après un bon moment d'embarras, il me dit : « Et si… si tu me donnais la fillette… je l'élèverais jusqu'à ses dix-huit ans… »

Je regardai, peiné, ce visage encore plus peiné que le mien, attendant la suite.

« Quand elle aura dix-huit ans… je n'en aurai que cinquante… qui sait si je ne pourrai pas…

– Allons, mon vieux ! Ne va pas plus loin… »

Je pris sur mon argent pour acheter deux sachets de lait en poudre pour le bébé, ma femme en jeta au sol un bol ébréché. Elle me dit, avec une grande franchise tout en pleurant : « J'en peux plus de cette vie, tu entends ? J'en peux plus. Et toi non plus, d'ailleurs, t'as pas l'intention de continuer. Moi, je me serre la ceinture pour faire des économies, j'ai rien à me mettre sous la dent et ne chie pas de grosses crottes et tout ça, pour quoi en fin de compte ? Tu crois que c'est pour que t'achètes du lait en poudre pour la fille des autres ? »

Je dis : « La mère, ne me tourmente pas ! Tu ne vois pas combien je me démène à longueur de journée pour lui trouver un acquéreur ?

– T'aurais pas dû la recueillir.

– Oui, oui, je sais, mais puisque je l'ai recueillie, on ne peut quand même pas la laisser mourir de faim.

– Quel grand cœur !

– Mal récompensé, n'est-ce pas ? Nous sommes époux depuis longtemps, alors arrête ton caquet et si t'as une idée, donne-la-moi, assemblons nos forces pour placer l'enfant.

– Et quand on l'aura placé, on en fera un à nous ! dit ma femme sur un ton câlin, avec une petite moue.

– On en fera un !

– On fera un garçon !

– On en fera un !

– Le mieux serait d'en faire deux d'un coup !

– Va pour deux !

– Tu vas aller à l'hôpital voir ta tante, pour qu'elle nous aide à trouver une solution. Il y a souvent en ville des veuves seules et âgées qui viennent lui demander des enfants. »

C'était le dernier combat. Si ma jeune tante, qui travaillait à la section d'obstétrique à l'hôpital, ne pouvait nous aider à placer l'enfant, il y avait neuf chances sur dix pour que je devienne le père adoptif du bébé. Un tel résultat serait pour moi comme pour elle une catastrophe sans fin. La nuit, allongé sur le *kang*, alors que je supportais les assauts des puces, écoutais ma femme grincer des dents en rêve, écoutais le bruit de ses lèvres et ses ronflements sonores, je sentis mon cœur se glacer. Je me levai furtivement pour aller marcher dans la cour et regardai longuement le ciel parsemé d'étoiles mélancoliques, comme si, finalement, j'avais trouvé en elles l'âme qui me comprendrait. La rosée mouillait mon dos et mes bras, mon nez était tout endolori, je compris soudain que je devais me ménager ; j'avais jusque-là vécu pour les autres, dorénavant, je devais également me réserver une part d'amour. De retour dans la pièce, j'entendis la respiration régulière du bébé ; je cherchai à tâtons la lampe électrique, mis la plus faible puissance, éclairai le tamis. Elle avait encore fait pipi, le liquide coulait entre les mailles du tressage jusque sur le sol. Je lui changeai sa couche, en me disant que, avec la protection et la bénédiction du Ciel, c'était peut-être la dernière fois que j'accomplissais ce geste.

Ma tante venait juste de terminer un accouchement, vêtue d'une blouse blanche, la tête en sueur, des taches de sang partout, elle était assise, immobile, et reprenait son souffle. Je ne l'avais pas revue depuis un an, elle avait beaucoup vieilli. Quand elle me vit entrer, elle se redressa pour me souhaiter la bienvenue. Dans la pièce du fond, l'infirmière An rangeait les instruments, un nouveau-né vagissait sur le lit de travail.

J'étais assis, en face de ma tante, sur le siège de l'infirmière An, celui sur lequel j'avais déjà pris place l'an passé. Le cours d'obstétrique couvert de sparadrap se trouvait toujours sur le bureau de l'infirmière.

Ma tante me demanda sur un ton indolent : « Tu viens encore pourquoi ? L'an passé, après ta visite, tu as trouvé le moyen d'écrire un livre, qui m'a déshonorée, moi ta tante, comme c'est pas possible ! »

Je ris, gêné, et dis : « C'était mal écrit. »

Ma tante dit : « Tu veux encore entendre des histoires de renardes ? Si j'avais su plus tôt que ça pouvait faire un livre, je t'en aurais raconté des wagons. »

Sans s'occuper de savoir si j'avais envie de l'écouter, ni se soucier de sa fatigue après cette intervention, elle se mit à conter avec volubilité. Elle dit que, l'hiver passé, à Nanxiang, au district de Jiao, un vieillard qui ramassait des bouses de vache au petit matin avait rencontré un renard à la patte cassée, il l'avait porté sur son dos jusque chez lui et l'avait soigné. La blessure était pratiquement guérie quand le fils du vieillard était revenu à la maison. Il était chef de bataillon, c'était un petit gars, avec une tête d'ahuri. Quand il avait vu que son père élevait un renard, sans hésiter, il avait sorti son fusil et, d'un coup, avait tué le renard. Mais il ne s'en était pas tenu à cela. Il avait écorché la bête, avait cloué la peau au mur pour la faire sécher. Le vieillard était effrayé, le fils, quant à lui, ne s'en faisait pas, il chantonnait, l'air dégagé. Le lendemain, vers midi, il avait coupé de la viande de bœuf pour faire des raviolis, le fils avait lui-même mis la main à la pâte ; il avait haché la farce, avec des tiges de coriandre, des cœurs de ciboule, du blanc d'oignon, y avait versé de l'huile de sésame, de la sauce de soja, du poivre, du glutamate, inutile de dire que toutes les saveurs y étaient. La pâte fut faite avec de la farine blanche de premier tamis, luisante comme de la porcelaine. Une fois les raviolis confectionnés, il avait fait bouillir de l'eau, et « plouf ! » les avait fait tomber dans la marmite. La vapeur s'était élevée, un, deux, trois bouillons pour une cuisson parfaite. Le fils avait pris la passoire en bambou, l'avait plongée dans la marmite, il en avait remonté du crottin d'âne ; il avait replongé de nouveau la passoire et avait encore remonté du crottin, et toujours de même. Le fils avait eu une frousse ! Une vraie poule mouillée ! La nuit, toutes les portes et les fenêtres de la maison avaient claqué ensemble, le fils avait sorti son fusil, mais il n'avait pas pu appuyer sur la détente ; à court d'expédients, il avait dû organiser un grand cortège funèbre pour le renard.

Avec toutes les histoires de renard qu'elle avait dans le ventre, ma tante aurait pu parler trois jours et trois nuits sans pouvoir les raconter toutes. Ses récits étaient datés, ils se passaient dans un lieu précis, elle avait des preuves irréfutables, si bien que vous étiez forcé de la croire sur parole. Il est dommage qu'elle n'ait pas composé une *Suite aux Contes du Pavillon du loisir*[1].

1. Récits fantastiques écrits par Pu Songlin (1630 ?-1715).

Après ce long moment passé à raconter son histoire, ma tante avait retrouvé toute son énergie. Le bébé vagissait dans la salle de travail. L'infirmière An fit irruption dans la pièce et dit, furieuse : « A-t-on jamais vu une mère pareille ! Elle met au monde un enfant, lui tapote les fesses et prend la poudre d'escampette ! »

Je lançai à ma tante un regard interrogateur.

La tante dit : « C'est une femme du village Heishuikouzi, elle a trois enfants, trois filles ; cette fois, elle a tout fait pour avoir un garçon, quand le bébé est né, c'était encore une fille. Dès que son mari l'a su, il s'est sauvé avec la voiture à cheval. Difficile de trouver en ce monde un père comme celui-là. Quand la femme a vu que son mari avait pris la fuite, elle a sauté de la table de travail, a remis son pantalon et est partie en pleurant, sans même vouloir le bébé. »

Je suivis ma tante dans la salle de travail pour voir le bébé abandonné. Elle était si maigre, si petite, qu'on aurait dit un chat séché au vent[1], elle n'était pas aussi grande et forte que celle que j'avais recueillie, son visage n'était pas aussi beau, ni ses pleurs aussi sonores. Ce fut pour moi une maigre consolation.

Ma tante pointa son doigt sur le ventre du bébé et dit : « Espèce de paresseuse, tu aurais pu grandir un peu plus ! Tu aurais été un petit trésor à croquer, chétive comme tu es, t'es repoussante comme de la merde de chien. »

L'infirmière An dit : « Qu'est-ce qu'on va en faire, ils l'ont laissée là, et nous, qu'est-ce qu'on va en faire ? »

La tante me regarda et dit : « Le Troisième, tu vas l'adopter ; j'ai vu les parents, ils sont normaux, bien

1. Les Chinois font sécher au vent toutes sortes d'aliments.

bâtis. Cet enfant n'est pas si mal, elle fera une belle jeune fille. »

Je n'attendis pas la fin de sa phrase, je pris la poudre d'escampette.

Je suis assis, pétrifié, dans le champ de tournesols. La boue humide a ankylosé mes fesses et mes jambes, mais je n'ai pas pour autant envie de me lever. Sur les disques des fleurs, les pétales pareils à des cils ont noirci, se sont recourbés, d'innombrables graines noires me fixent, comme autant d'yeux noirs. Il n'y a pas de lumière car le ciel est couvert de nuages noirs semblables à de la vieille ouate. Les fleurs de tournesols sont comme frappées de stupeur, elles inclinent, en désordre, leurs têtes désolées. Sur le sol boueux, tassé, des fourmis noires reconstruisent leurs forteresses, plus grandioses que celles que j'avais vues auparavant. Elles ne savent pas que la prochaine pluie d'orage les rasera très aisément, même si la construction de leur antre s'avérait être la plus brillante de toutes celles de l'histoire du royaume des fourmis. Il n'y a pas un souffle de vent, le champ de tournesols est une véritable étuve, et moi je suis un canard à la chair exquise qu'on ferait cuire à l'intérieur. Je repense à cette belle histoire qui s'est passée dans une ville : une douce et charmante jeune femme a tué des jeunes hommes. Elle a fait cuire les cuisses en sauce, les fesses à la vapeur, accommodé le foie et le cœur avec du vinaigre blanc et de l'ail cru. Cette femme a mangé de nombreux hommes, et a pu ainsi garder sa jeunesse. Je repense à la lointaine histoire de mon pays natal. Elle raconte qu'il y avait autrefois un grand cuisinier appelé Yiya, qui avait fait cuire son propre fils pour le donner à manger au tyran Qi Henggong[1]. On rapporte que la chair de ce fils était exquise, surpassant en saveur l'agneau le plus dodu. Je comprends mieux la fragilité de la vertu d'humanité, fragilité plus grande encore que celle d'une mince feuille de papier. Le vent se lève, les rudes feuilles des tournesols me frottent rudement le visage avec un bruit rude. Les feuilles rudes, pareilles à du papier émeri, polissent mon cœur tout biscornu de chagrin ; je ressens alors une impression de bien-être inconnue jusque-là. Le vent s'arrête, tous les insectes capables de chanter émettent les sons les plus exquis à mon intention. Une grosse sauterelle, portant sur le dos une plus petite, est appuyée contre une tige de tournesol. Elles copulent. En un certain sens, elles ne diffèrent pas des humains, elles ne sont pas moins viles qu'eux, l'espèce humaine n'est pas plus noble qu'elles. Finalement, l'espoir emplit le champ de tournesols. Les disques innombrables des fleurs inclinées, comme autant de visages de bébés, me regardent fixement, avec affection. Ils me consolent, me donnent la force de percevoir et de connaître le monde, malgré les grandes souffrances qui accompagnent cette perception et cette connaissance. Je repense soudain à la fin du roman *Les Marionnettes de Michinoku* : après avoir expliqué la coutume en vigueur à Michinoku, qui consiste à noyer les bébés, l'auteur, avant de rentrer à Tokyo, entre par hasard dans une épicerie et voit que les rayonnages sont remplis de nombreuses marionnettes en bois, les yeux fermés et les mains jointes, recouvertes de poussière. Il identifie alors ces marionnettes à tous ces bébés

1. Habitant du royaume de Qi pendant l'époque des Printemps et Automnes (722-481 av. J.-C.).

morts noyés dans l'eau bouillante avant d'avoir eu le temps d'ouvrir les yeux et de pleurer… Je n'arrive pas à trouver un symbole comme celui-ci, capable de porter toute ma tristesse et qui terminerait mon récit. Les fleurs de tournesol ? Les fourmis ? Les grillons ? Les lombrics ? Tout cela est par trop extravagant, ne relève pas d'un vécu. Dans le tunnel que j'ai creusé, je touche les os blanchis des bébés abandonnés, et je me dis qu'il ne faut pas en conclure que ces parents n'étaient ni bons, ni honnêtes, ni sympathiques. Je profère un son dont je ne saurai dire si c'est un rire ou un sanglot. Les bébés de Lu'ao font déjà partie de l'histoire sans doute, non ? Les préservatifs, les stérilets, les pilules contraceptives, la ligature du canal déférent ou des trompes, l'avortement provoqué, sont des moyens efficaces pour faire disparaître ces cas inhumains de noyades de nouveau-nés à Michinoku. Mais, ici, sur cette terre où s'épanouissent les fleurs jaunes, la question est tellement plus complexe. Les médecins, l'administration cantonale auront beau unir leurs efforts pour ligaturer de force les jeunes gens des deux sexes en âge de procréer, qui aura le pouvoir secret de ligaturer la mentalité des paysans de mon pays natal, mentalité si profondément enracinée en eux que même dix buffles ne parviendraient pas à la faire bouger d'un pouce ?

Le dirigeable

La mère nous réveille toujours très tôt, ma sœur aînée et moi. Un matin du douzième mois lunaire, le sol est crevassé par le froid, les branches mortes de l'abricotier dans la cour grincent. Le vent acéré s'infiltre par les fentes du mur. J'ai du givre sur le visage : les engelures de mes joues suppurent, il en sort chaque nuit quelque chose comme de la poudre, on dirait vraiment du givre.

« Debout, allons, debout, Lanman et Jindou ! crie ma mère irritée, mieux vaut être en avance qu'en retard. »

La mère nous presse, ma sœur et moi, d'aller mendier à Nanshan. Je ne me rappelle plus de la date. J'ai six ans, ma sœur aînée en a dix-huit. Être allé mendier à Nanshan avec elle constitue l'épisode le plus mémorable de ma carrière.

Quand le dirigeable était tombé du ciel et avait piqué du nez dans la digue bordant la rivière à l'est de notre village, c'était un matin du dernier mois de l'année lunaire. Lorsque je me souviens du froid exceptionnel qu'il faisait en ce temps-là, comparé au climat qui est le nôtre maintenant, j'en ai les pensées en déroute. Quand je parle, quand j'écris à présent, tout ce qui me vient est sans queue ni tête, une phrase par-ci, une autre par-là ; je parle d'une chose tout en pensant à une autre, c'est un défaut contracté pour m'être trop gelé dans mon enfance, et je crains bien qu'il soit difficile à corriger.

À cette époque, tous les enfants du village allaient mendier à Nanshan, et pas seulement les enfants, les vieilles femmes y allaient aussi, et les grandes jeunes filles.

Le soleil commence à peine à émettre des lueurs rouges que la puissante armée de mendiants de notre village se met en route pour Nanshan. Si, à la sortie du village, nous formons un groupe, au bout de quelques centaines de mètres, nous nous égrenons, comme des crottes de mouton, la route est couverte de mendiants. Ma sœur et moi sommes toujours en tête. Nous courons, courons pour résister au froid, car si nous ne courons pas, notre sueur va sécher et notre veste ouatée grincera comme une cuirasse. Il fait froid, Dieu qu'il fait froid ! Le froid nous enrage, nous lui vouons une haine farouche. Et moi de jurer : « Froid, hé, froid !, j'encule ta mère ! » Ce qui fait rire les collègues.

La femme de Septième Grand-Père Fang dit en montrant ses dents dans un rire féroce : « Ce gamin, quel chaud lapin, enculer la mère du froid, mais tu vas te geler le bout du zizi ! »

Et tous de rire de plus belle, de souffler, la goutte au nez.

Une troupe d'enfants de mon âge entonne en chœur avec moi : « Froid, froid, froid, on encule ta mère ! »

Nous vociférons nos injures, déclarons la guerre à ce froid extrême. Nous sommes pratiquement comme ces chiens qui aboient frénétiquement à la lune. Puis le froid finit par céder un peu de terrain, la lumière d'un rouge doré qui illumine nos joues et nos oreilles engourdies nous pique de la chaleur de ses innombrables aiguilles chauffées au rouge.

J'ai expérimenté tant de fois les souffrances du dégel ! Le froid commence par faire prendre mon visage et mes oreilles en bloc de glace, puis le soleil fait fondre ces blocs. Je redoute moins de geler que de dégeler. Quand on gèle, cela fait un peu mal au début, mais cela ne dure guère plus de dix minutes, après, on ne sent plus rien, on oublie qu'on a des joues et des oreilles. Le dégel, lui, est insupportable, certes cela fait un peu mal, mais le pire c'est que ça démange, que ça démange terriblement, c'est cent fois moins supportable que la douleur ! Par la suite, j'en suis venu à me dire que tous ces supplices qui ont cours par le monde : amputation des pieds, écartèlement, petits bouts de bambou pointus sous les ongles, marche sur des tôles circulaires chauffées au rouge, balle entre les côtes, écorchage vif, ou encore port du deuil… supplices dont l'énumération a de quoi vous couper le souffle, vous faire frissonner, restent supportables, car, en ce qui concerne la douleur, si l'on parvient à endurer les premières ondes de souffrance, on peut supporter la suite. Il en va tout autrement des démangeaisons, c'est une guerre des nerfs incessante qui peut conduire à la folie. Il est dommage qu'à l'époque les espions du Centre de coopération sino-américain, qui avaient inventé tant de supplices, n'aient pas eu recours à celui de l'extrême chatouillement !

Sous le soleil, mon visage, mes mains, mes oreilles dégèlent de concert, un liquide jaune coule en gargouillant, l'odeur de la chair putréfiée se répand dans l'air frais, j'ai l'impression que des milliers de fourmis grimpent sur les plaies de mes engelures, s'infiltrent dans les crevasses. Je crois que, si j'avais un couteau acéré sous la main pour racler complètement la chair de mon visage, cela serait certainement très agréable ; bien sûr, il faudrait procéder de même pour le dessus des mains, tandis que les doigts de pieds devraient être piqués avec une aiguille pour les faire saigner. Comme ma main se lève pour gratter mon visage, ma sœur me crie d'une voix rude :

« Jindou ! Tu ne dois pas te gratter, si ça s'infecte, tu garderas des cicatrices violettes ! »

Ma sœur a, elle aussi, des engelures au visage, mais elles ne suppurent pas encore, cela lui fait comme des pois rouges, violets, par dizaines, sur les joues ; le visage de ma sœur fait penser à une patate douce en train de s'avarier.

Cela démange terriblement et il n'est pas question de se gratter, ma sœur n'a pas besoin de me le rappeler, je ne peux pas me gratter, je le sais. Mon visage est comme une aubergine pourrie, ou une tomate décomposée. Je gambade tel un singe débordant de vie. Je pourrais pleurer en fait, mais pour émouvoir qui ? Chez nous, un proverbe dit : « Plutôt voir une chienne pisser qu'un homme pleurer. »

Dans notre troupe de mendiants, je ne suis pas le seul à avoir des engelures au visage. Tous les garçons sont comme moi, quand nous souffrons du dégel, nous nous mettons à crier et à gambader comme une horde de singes débordants de vie.

Après avoir fait reculer le froid à coups d'injures, à présent nous nous en prenons au chaud.

Comme toujours, c'est moi qui commence, puis tout le monde développe en chœur.

« Chaud, chaud, chaud, j'encule ton père ! »

« Chaud, chaud, chaud ! Chaud, chaud, chaud, on encule à mort ton père ! » crient à tue-tête mes amis avec moi.

« Froid, froid, froid, on encule ta mère ! Chaud, chaud, chaud, on encule ton père ! » Tout en criant, nous courons en direction de Nanshan, à la rencontre du soleil ardent.

La vieille mère Fang la Septième dit de sa bouche édentée : « Ces garnements, quand vous ne vous en prenez pas au froid, vous vous en prenez au chaud. Le Ciel n'a pas la partie facile avec vous ! »

La vieille mère Fang la Septième avait alors dépassé la cinquantaine. L'an dernier, quand je suis rentré à la maison pour une visite aux miens, j'ai entendu ma mère dire qu'elle était morte peu avant. Plus de vingt ans s'étaient écoulés depuis ce jour où le dirigeable avait piqué du nez sur la digue.

Autant que je m'en souvienne, elle a toujours porté cette grande veste chinoise noire, pleine des traces brillantes de sa morve et de celle de ses enfants. Cette veste était un trésor qui la protégeait, l'hiver, du vent glacé, l'été, de la pluie. De plus, j'ai l'impression de l'avoir toujours vue avec un enfant en âge de téter dans les bras, pareille à ces jouets en terre de mon pays, représentant une femelle singe portant un bébé singe. Fang la Septième était certes mal nourrie, trop peu vêtue, mais elle gardait pourtant une aptitude débordante à la procréation. Combien avait-elle eu d'enfants, il serait intéressant de rechercher si elle le savait elle-même.

C'était peut-être lié aux exigences du métier : mendier avec un enfant dans les bras attire la compassion. Le proverbe dit bien : « À chaque métier son lauréat », or Fang la Septième était la première dans la corporation des mendiants. Elle avait grandi d'aumônes, vieilli de même. Jamais elle n'était tombée malade.

En 1969, la brigade de production avait organisé des réunions de plaignants. « Le ciel est plein d'étoiles, le croissant de lune brille, la brigade de production est réunie, les plaignants demandent réparation contre l'ancienne société criminelle ; cette haine, faite du sang et des larmes des pauvres gens, inextricable, inextricable, jaillit de mon cœur ; un flot sans fin de larmes amères emplit mon cœur. » Nous chantions à plein gosier ce chant qui avait fait fureur en son temps, avant de goûter au « repas en souvenir des souffrances ». J'attendais avec impatience ces réunions et ce festin qui comptaient pour le plus grand moment de joie parmi les maigres choses réjouissantes de mon adolescence. En fait, c'était l'occasion de rire car, tout au long de ces journées, l'atmosphère était à la gaieté, le « repas en souvenir des souffrances », sans aucun doute, était devenu une grande cérémonie dans le village.

En fait, ce repas était bien meilleur qu'un repas de fête pris à la maison.

À cette occasion, les femmes du village, sauf celles des propriétaires fonciers, des paysans riches, des contre-révolutionnaires, des mauvais éléments et des droitiers, étaient pratiquement toutes mobilisées. Elles lavaient à l'eau de la rivière les fanes de carottes et les feuilles de patates douces mises à sécher à l'automne, puis les hachaient menu. Les magasiniers sortaient des entrepôts des graines de soja, de blé, de maïs, et les broyaient ensemble à la meule de pierre. On mélangeait la farine ainsi obtenue aux légumes, on saupoudrait de sel, on versait de la sauce de soja et parfois quelques livres d'huile de soja, et on faisait cuire le tout à la vapeur au-dessus de grands chaudrons. Tandis que nous chantions la chanson en souvenir des souffrances, nous sentions la bonne odeur qui s'échappait des ustensiles.

À la fin des chants, le chef de brigade montait sur la scène et demandait à la vieille mère Fang la Septième de venir près de lui pour évoquer ses souffrances passées. Cette dernière, un marmot pareil à un singe vivant dans les bras, une manche cachant sa bouche, montait à son tour sur la scène, puis, pleurant et braillant, elle invoquait le Ciel et la Terre.

Les mots qu'elle employait dans sa dénonciation valaient leur pesant d'or : « Compatriotes, depuis que j'ai été mariée à Fang le Septième, je n'ai jamais mangé à ma faim ; il y a quelques années, quand on allait mendier à Nanshan, en une matinée, on rapportait un plein panier de courges séchées, ces dernières années, on en rapporte à peine un demi-panier… »

Le chef de brigade, au pied de la scène, toussotait.

« C'est qu'il y a trop de mendiants, cette troupe de petits bâtards ! À peine sortis du village, ils sont là à parler d'enculer la mère du froid, d'enculer le père du chaud, et à courir plus vite que des lièvres, si bien que, quand j'arrive là-bas, ils ont déjà raflé tous les poissons de la première pêche. »

Le chef de brigade disait : « La Septième parle de ce qui se passait avant la Libération ! »

Et elle de répondre : « Mais dire quoi, hein, dire quoi ? Avant la Libération, j'allais mendier à Nanshan, l'univers entier était gelé et même les pierres se fendaient. Un jour, la neige tombait à gros duvet d'oie, une petite bise, acérée comme des couteaux, soufflait ; traînant un mioche à chaque bras, un autre sur mon giron, je marchais vers la maison. On était le vingt-deux du douzième mois, on approchait de la "petite année[1]". Tous les ouvriers se pressaient de rentrer chez eux. Les enfants, gelés, ne faisaient que pleurer, et moi je n'arrivais plus à marcher. Arrivée à un village, j'ai trouvé un moulin où se reposer. Le toit était pratiquement à ciel ouvert. Les enfants ne pleuraient plus. J'ai sorti du sac à farine des patates douces séchées et on a grignoté à belles dents. Dans la seconde moitié de la nuit, j'ai eu mal au ventre, j'ai dit aux deux grands d'aller arracher une poignée de foin sec à des meules, les mioches n'étaient pas revenus que j'avais accouché du cinquième. Les enfants, à la vue du sang qui me couvrait, se sont mis à brailler de peur. Un brave homme s'est approché pour voir ce qui se passait, il est revenu avec un plat de soupe chaude pour les enfants et pour moi. Je lui ai dit : "Frère aîné, je n'oublierai jamais votre bonté…" »

Arrivée à ce point de son récit, Fang la Septième ne manquait pas de pleurer en se bouchant le nez, et les femmes au cœur tendre qui se trouvaient au pied de la scène de geindre en chœur.

Le chef de brigade brandissait le bras et hurlait : « Nous n'oublierons pas les souffrances de classe ! Que la haine à cause du sang et des larmes versés reste à jamais présente dans nos mémoires ! »

Une fois lancée sur son accouchement dans le moulin, Fang la Septième était intarissable, et de recommencer

1. Le 23 (ou le 24) de la douzième lune.

dans tous les sens son récit. La bonne odeur du « repas en souvenir des souffrances » chatouillait nos narines, j'en avais l'eau à la bouche. Je ne sais pas ce que ressentaient les autres, mais moi je ne pensais qu'à une chose : je regrettais de ne pas avoir un fusil pour dégommer Fang la Septième de la scène et lui couper ce caquet interminable.

Le chef de brigade, lui aussi, était visiblement à bout de patience, il interrompait cette rengaine et disait : « La Septième, raconte ce qui s'est passé après ! »

Fang la Septième levait la manche de sa veste pour s'essuyer les yeux, remontait d'un coup l'enfant qui glissait sur son giron et disait, le regard vague : « Après, c'était comment donc ? Après c'était comment ? Après, tout est allé pour le mieux, après les communistes sont arrivés, et une fois qu'ils ont été là, on a partagé les biens, les femmes, les maisons et les terres… »

Alors le chef de brigade courait jusque sur la scène, la soutenait par le bras et disait : « La Septième, la Septième, descends donc te reposer un peu, et puis tu mangeras le "repas en souvenir des souffrances". »

Fang la Septième, disait, le regard mauvais : « C'est bien parce qu'il y a ce "repas en souvenir des souffrances", sinon, qui perdrait son temps à jacasser ainsi et à dire tant de fariboles ! Toute cette attente, c'est bien pour ce repas ! »

Lorsqu'on ôtait le couvercle des gros chaudrons, tout le monde s'agglutinait autour.

Le chef de brigade et le magasinier, tenant chacun une grosse pelle, mettaient le « repas en souvenir des souffrances » dans les bols. La vapeur brûlante obligeait le chef de brigade à fermer les yeux à demi. Il disait : « Frères qui avez souffert, mangez, mangez, et en mangeant, repensez aux souffrances passées… »

Nul besoin de telles recommandations, le chef de brigade le savait fort bien, sinon, quel besoin aurait-il eu de répartir personnellement les louchées ?

Fang la Septième avait des lueurs bleues dans les yeux, comme en ont les chiots innocents. Elle avait deux manies : sucer ses cheveux et laper le pétrole.

Le matin où le dirigeable avait piqué du nez contre la digue, la mère nous avait réveillés très tôt ma sœur et moi. Pour aller mendier à Nanshan, il nous fallait partir de très bonne heure. Nanshan était une appellation globale pour un ensemble de villages situés à une vingtaine de kilomètres au sud du nôtre. Allez savoir pourquoi, la prospérité régnait là-bas et, comparé à notre coin, c'était un paradis. Les gens de Nanshan mangeaient des patates douces séchées.

Avant d'aller mendier à Nanshan, ma sœur faisait des préparatifs complexes.

Elle se coiffait, se débarbouillait, se regardait dans le miroir. Face au miroir, elle raclait le tartre de ses dents avec des ciseaux, tant et si bien que ses gencives en saignaient. Elle se passait aussi de la crème Flocon de neige sur le visage. Je devais reconnaître que, une fois arrangée ainsi, mon aînée était une très jolie fille. La mère, souvent, la gourmandait : « Quel besoin t'as de t'arranger comme ça, tu vas mendier, pas voir de la famille ! » Je partageais le point de vue de la mère. Grande Sœur répliquait : « Et alors ? Si tu y vas sale et mal peignée, qui te donnera quelque chose ? » Je partageais le point de vue de ma sœur.

À peine sortis du village, nous voyons le dirigeable voler en provenance du sud. Le soleil vient tout juste de se lever, il a la forme de ces grandes corbeilles servant à récolter les céréales ; sa couleur rouge sang teinte la ligne d'horizon et les nuages bas. Les tiges d'herbes séchées sont hérissées de frimas poudreux. Le chemin est crevassé, lignes qui s'entrecroisent. Le dirigeable, au loin, émet un grondement qui roule sur les champs, pareil à celui du tonnerre. Comme il s'approche des maisons, le bruit soudain cesse. À ce moment précis, nous sommes debout à l'entrée du village sur le chemin grisâtre qui mène à Nanshan. Notre panier de mendiant au bras, appuyés sur un bâton à frapper les chiens (pour leur faire peur, car il n'est absolument pas question de frapper les chiens d'autrui), nous voyons le dirigeable, d'un gris argenté, tomber soudain d'une altitude de plusieurs centaines de mètres ; à une cinquantaine de mètres du sol, il incline ses ailes, continue de voler avec force vibrations. Il ne vole pas, il plane ! J'entends le ventre du dirigeable pétarader, une fumée noire, épaisse, sort de derrière chaque aile, s'étire en deux longs appendices. Le dirigeable frôle le faîte des peupliers blancs bordant la route, fonce droit sur le village. Bien que la machine ne fasse pas de bruit, on entend pourtant un sifflement aigu ; les branches mortes des peupliers bruissent, dans les arbres, les pies et les corbeaux, effrayés, s'envolent de concert. Un souffle violent agite nos guenilles. Fang la Septième oscille d'avant en arrière, on dirait qu'à tout moment elle risque d'être renversée. Le dirigeable passe comme une ombre immense, l'ombre immense du dirigeable passe en rase-mottes. Nous sommes épouvantés, chacun montre son visage le plus hideux. Même le minois de ma sœur, enduit pourtant de crème Flocon de neige, fait peur à voir. Elle a la bouche grande ouverte de surprise et d'effroi, son front est barré de rides en tous sens. J'espérais que le dirigeable tomberait sur notre village, mais non ; au départ, pourtant, il piquait droit dessus. Voilà que son ventre entraîne et brise la cime d'un peuplier blanc de chez Sixième Grand-Père Fang, tandis qu'un truc adorable, aussi gros qu'un rouleau compresseur en pierre, noir et brillant, avec des reflets bleutés et, au cul, une petite aile, tombe sur l'aire de battage de notre brigade de production. Nous devions apprendre par la suite qu'il s'agissait d'une énorme bombe. Le dirigeable brise un arbre, redresse le nez, prend un virage en grinçant, oscille, tremble, on dirait un ivrogne, il fait demi-tour et arrive maintenant de l'est. Ses ailes luisent de lumière, elles sont comme ruisselantes de sang. À cet instant, il vole encore plus bas, plus vite, sa taille est encore plus grande, on voit très distinctement les trois personnes qui ont pris place à bord, leur visage est rouge sang. Les ailes énormes, pareilles à des épées tranchantes, passent au-dessus de nos têtes, nous couvrons nos crânes de nos mains, vu les circonstances, personne ne se sent en sécurité.

Fang la Septième sent ses jambes se dérober, elle tombe assise par terre. L'enfant qu'elle a contre elle pousse une espèce de miaulement. Peut-être est-ce moi qui ai commencé, ou ai-je simplement suivi les autres, nous avons pris nos jambes à notre cou. De nos bouches, malgré nous, sortent des sons bizarres, si l'on voulait faire une description exacte de la scène, il faudrait dire : une troupe de mendiants en guenilles, sous des ailes noires, sous les ailes noires de la Mort, poussent, comme de beaux diables, des cris perçants et lugubres. Certains tiennent encore leur panier au bras, d'autres l'ont jeté aux orties ; certains traînent derrière eux leur bâton, d'autres s'en sont débarrassés. C'est alors que nous entendons, derrière nous, un bruit énorme.

Fang la Septième, les yeux écarquillés, voit le dirigeable piquer du nez sur la digue. À deux cents mètres à l'est du village se trouve une grande et haute digue en sable et en gravier ; sur la digue poussent des mûriers dont l'écorce a été arrachée par les gens affamés. Le dirigeable, à peine sorti du village, pique du nez, les hurlements aigus du vent, pareils à ceux de loups enragés, soulèvent la couche légère de lœss. Le dirigeable est peint pour une moitié en bleu, pour l'autre en rouge. Fang la Septième voit de ses propres yeux la tête de l'engin aller se ficher lentement dans la digue. La digue se soulève brusquement, des parcelles de terre noire jaillissent, on dirait un envol de corbeaux.

Même si elle a vu la tête du dirigeable s'enfoncer dans la digue, Fang la Septième devait se montrer incapable de décrire la scène avec précision. Toutefois, d'après ce qu'elle devait en dire, et l'expression de son visage pendant cette relation, expression où la surprise et l'effroi le partageaient avec le mystère, on pouvait se représenter ce qui s'était passé.

J'ai l'impression d'avoir vu tout cela moi-même, de mes propres yeux : la grosse tête ronde du dirigeable, lentement, mais avec force, s'enfonce dans la digue comme le coup d'un poing, plein d'énergie, mais qui viendrait mourir dans de la boue, d'un maître en arts martiaux. Le soleil, à cet instant même, est grand et rouge, la tête du dirigeable brille d'un éclat majestueux ; au moment où elle se fiche dans la digue, celle-ci fait immédiatement le dos rond, l'espace d'un instant, on voit comme un pont voûté en sable. La digue arque le dos, tel un énorme serpent. Puis des morceaux de vase de toutes tailles semblent voler très lentement, alors qu'en fait ils sont propulsés à grande vitesse, ils s'envolent en ligne droite avant de retomber en suivant une courbe.

Je vois de mes propres yeux l'explosion du dirigeable. Un bruit formidable se fait entendre, immédiatement nous nous retournons ou relevons les yeux pour regarder la digue. Le dirigeable n'a pas encore explosé, la vase, heurtée par la tête de l'engin est en train de retomber, les énormes ailes et la queue redressée de l'appareil sont secouées frénétiquement. Tout de suite après, c'est l'explosion.

Nous voyons d'abord une boule de vive lumière, d'un vert émeraude, émerger de la digue, d'un vert si agressif que même les rayons rouges du soleil en sont tout tordus. Suite à l'émergence de la lumière verte, la digue se courbe sur sa moitié. Des tonnes de terre noire se soulèvent. Alors seulement nous entendons un grondement sourd, le bruit n'est pas si fort, on dirait, venu d'une lointaine campagne, le rugissement d'un lion. Je devais comprendre plus tard ce que signifie l'expression : « Le grand son produit un bruit léger[1]. » Le bruit de l'explosion a été entendu à vingt kilomètres à la ronde, je ne sais combien de fenêtres ont eu leur papier huilé déchiré par les vibrations. Pratiquement en même temps que le grondement, je sens la terre vibrer sous mes pieds. Les branches des peupliers blancs en bordure de la route bruissent, Fang la Septième saute, bondit comme une sorcière en transe.

Les paniers que nous avons jetés roulent sur la

1. Laozi, Daodejing, chapitre XLI.

route, je vois notre troupe de mendiants fauchée au sol comme du millet ; j'ai alors la sensation, dans le même temps, que ma poitrine est comme enfoncée par un énorme poing invisible. Je vois vaguement flotter dans le ciel qui s'étend à perte de vue la couleur des iris, belle, singulière, douce.

Quelques minutes après, je rampe derrière des bosquets de sophoras à efflorescences pourpres. Le sol est saupoudré de lœss, auquel sont mêlés des débris du dirigeable, noirs, gris argenté, rouge sombre ; le bruit qu'ont fait le lœss et les débris frappant les branches et le sol tourbillonne encore dans l'air, sans vouloir s'évanouir. Sur l'emplacement de l'impact brûle déjà un grand brasier qui s'élève sur plusieurs dizaines de mètres. Le cœur des flammes est incandescent, leur pourtour doré ; une colonne de fumée noire s'élance hardiment, très haut dans le ciel. L'air est plein de l'odeur suffocante du kérosène et de celle des objets et des corps carbonisés. Le soleil en devient tout mince, tout pâlot, on le croirait en papier découpé, délavé par les intempéries.

Nous nous relevons, abattus, restons là, à regarder, hébétés, ce grand brasier ; même la digue brûle, je sens l'odeur de la terre brûlée. Les mûriers, devant cet écran de feu incandescent, remuent, on dirait des pattes de poulet s'agitant avec frénésie. Nous autres, les garçons, avec nos engelures, sommes entrés plus tôt encore dans la phase de dégel, un liquide jaune coule abondamment de nos joues et de nos oreilles, différent des larmes, supérieur aux larmes. Mais nous ne nous soucions plus de la souffrance. Nous ne pensons même pas à vomir des insultes contre le père du chaud.

Une fois l'incendie terminé, non, après que le dirigeable se fut enfoncé dans la digue, nous autres les petits mendiants devions composer notre chant de marche. Nous le chantions tout en filant comme le vent vers Nanshan, vers Nanshan où nous allions mendier. Cela s'est passé il y a plusieurs dizaines d'années, je me souviens encore des paroles sans en avoir oublié un seul mot, tant les créations de l'enfance restent à jamais gravées dans la mémoire !

Froid, froid, froid, j'encule ta mère,
le dirigeable s'est fiché dans la digue !
Chaud, chaud, chaud, j'encule ton père,
le dirigeable s'est fiché dans la digue !
Le dirigeable s'est fiché dans la digue !
Il a brûlé des mûriers blancs.
Le dirigeable s'est fiché dans la digue,
Fang la Septième a eu le cœur brisé,
un morceau de fer de la couleur des tuiles
a frappé à mort le petit dans ses bras,
il a perdu beaucoup de sang
de cervelle,
Fang la Septième a eu le cœur brisé !
Dirigeable, dirigeable, enculé de ta mère !

Nous regardons de loin, debout, personne n'ose faire un pas en avant. Les flammes mugissent, des souffles brûlants nous assaillent par vagues, font presque sécher le liquide jaune sur nos visages.

Alors, tous les habitants accourent à l'entrée du village. L'unijambiste, le vieux Peau de Chien, appuyé sur ses béquilles, arrive en vacillant, mais en esprit il vole vers là-bas.

Le chef de brigade est debout devant la foule, la

lumière du feu lui irrite les yeux, le fait pleurer à chaudes larmes. Une demi-heure s'écoule sans que le brasier diminue, le chef de brigade crie à deux jeunes d'avancer avec lui en se courbant, les gens les regardent, épouvantés. Arrivés à quelque soixante-dix mètres du feu, ils s'arrêtent, observent attentivement. Leurs cheveux flottent sur leur crâne, pareils à de fins poils de buffle.

Le feu enfle, forcit, le sol vibre de nouveau. Dans l'air retentit le bruit effroyable d'un couteau raclant des bambous. Le tronc du peuplier blanc derrière moi produit un bruit métallique, sonore et strident, et tous de se retourner à la hâte pour voir un morceau d'acier bleuté, gros comme la paume de la main, fiché dans le tronc de l'arbre. Le morceau est brûlant, de l'écorce sèche et épaisse qui vient d'être carbonisée montent des filets de fumée blanche.

Nous devions apprendre par la suite qu'il s'agissait de la capsule de la bombe. Sous le dirigeable, il y avait deux grosses bombes, l'une était tombée sur l'aire de battage de la brigade de production, l'autre avait explosé. Elle avait pulvérisé la carcasse de l'engin et les débris s'étaient dispersés partout, plus ou moins gros, plus ou moins loin. Certains s'étaient fichés dans les champs où le blé d'hiver sortait ; sur les pousses, le givre étincelait, les feuilles noires étaient raidies, la terre des levées résonnait sous l'impact des débris. D'autres éclats avaient heurté la solide couche de glace bleutée de la digue, la glace crissait et fondait sous la brûlure.

Fut-ce lors de la première explosion ou de la seconde qu'un morceau de métal bleuté était allé frapper le front en pain de sucre du bébé que tenait dans ses bras Fang la Septième ? Cela restera un mystère qui ne pourra jamais être élucidé. Après l'explosion, des débris volaient partout, tout le monde était au sol, le chef de brigade s'était aplati entre deux rangées de terre dans le champ de blé, la tête entre les mains, les fesses en l'air, on aurait dit une oie sauvage en train de manger en cachette les pousses de blé. Nous étions tous restés longtemps sans bouger, tapis contre le sol, à écouter l'oiseau gris de la mort crier dans le ciel si bleu qu'il en était mélancolique, à écouter l'énorme planète tourner en grinçant autour de son axe rouillé. Quand tout le monde s'était relevé avec circonspection, tremblant de peur, quelqu'un, qui avait une vue perçante, avait remarqué le sang et la cervelle sur la veste déchirée, raide comme une cuirasse, de Fang la Septième.

« La Septième, ton gosse ! » avait dit la personne en montrant du doigt le bébé dans les bras de Fang la Septième.

Celle-ci avait baissé la tête et poussé un coassement, elle avait agrippé le pan de sa veste et l'avait secoué, le bébé, nu comme un ver, maigre comme un petit chat, était tombé sur le sol avec la lenteur d'une feuille. La veste de Fang la Septième s'était ouverte comme elle se penchait, était tombée jusque sur ses cuisses, laissant voir une partie de sa poitrine noire. Ses seins, longs d'une trentaine de centimètres, pareils à des lanières, lui tombaient jusqu'au nombril. La bouche tordue, les yeux écarquillés, elle avait poussé un hurlement sans pleurer et s'était mise à jurer : « Dirigeable, dirigeable enculé de ta mère ! »

Le bébé jeté à terre est bel et bien mort, un si gros morceau d'acier pour une si petite tête ! Fang la Septième s'agenouille sur le sol, ôte la ferraille de la tête du bébé et essaie, mais en vain, de refermer entre ses mains le crâne fendu ; de toute façon, ce n'est plus qu'une coquille vide. Elle n'en semble pas si chagrine. Tout en s'évertuant sur la tête, elle lance des bordées d'injures contre le dirigeable.

Le brasier s'est consumé, il ne reste plus que des flammes éparses qui brûlent dans les champs. Les trois gaillards intrépides, dont le chef de brigade, se relèvent ; le dos toujours courbé, ils continuent de s'approcher du dirigeable fiché dans la digue. Nous voyons alors le cratère tout noir, une des énormes ailes s'est enfoncée de biais, une fumée bleue s'élève en volutes du plan incliné ainsi formé.

Les trois hommes reviennent et disent d'un air grave et sévère : « Compatriotes, rentrez chez vous, mettez-vous à l'abri, ne sortez pas sans motif valable. Interdiction de toucher au dirigeable, c'est la propriété de l'État, malheur à qui y touchera. »

Fang la Septième dit : « Chef de brigade, et pour mon enfant, qui va m'indemniser ? »

Le chef de brigade dit : « Va trouver qui ça te chante. »

Quelqu'un donne une information : « La Septième, cet avion vient de l'aéroport de Madian, va prendre contact avec les forces aériennes de l'aéroport, l'assurance te rapportera bien plus qu'une seule virée à Nanshan ! »

Fang la Septième prend l'enfant dans ses bras, cligne ses yeux aux reflets bleutés, elle n'arrive pas à se décider.

Le Septième Grand-Père, sorti d'on ne sait où, dit sur un ton cinglant : « Qu'est-ce que tu fais à rester plantée là ? Rentre chercher une natte pour le rouler dedans et l'enterrer. À un ou deux ans[1], ça compte pour rien, c'est même pas un gosse. »

Fang la Septième hoche la tête comme une automate et suit son mari en direction du village.

La foule avec paresse se met à bouger, la moitié des gens rentrent chez eux, les autres restent à l'entrée du village dans l'espoir de voir quelque chose d'intéressant.

Ma sœur aînée me dit : « Jindou, on rentre ou non ? »

Je n'ai, bien entendu, aucune envie de rentrer, le soleil est à hauteur de deux perches, le dirigeable s'est fiché dans la digue, retardant notre marche pour Nanshan. Qu'est-ce qu'il y a d'intéressant à voir à la maison ? En restant à l'entrée du village, on peut regarder la fumée verte qui monte du dirigeable et l'aile de l'engin, dirigée obliquement vers le ciel comme le tube d'un canon. Qu'est-ce qu'il y a d'intéressant à voir à la maison ?

Le soleil est à trois perches de haut, quand de gros camions verts arrivent du sud. En sautent des soldats de l'armée de l'air, portant des vestes molletonnées jaunes et des bonnets de fourrure. Au mépris du danger, ils se précipitent vers l'aile du dirigeable.

Les habitants, au bruit des camions, ont tous afflué de nouveau à l'entrée du village.

Quelqu'un, qui semble être un officier, vient trouver le chef de brigade et échange quelques phrases avec lui.

Sans doute a-t-il posé des questions sur les circonstances de l'accident. Le chef de brigade ne peut lui donner une réponse claire. Il me traîne jusqu'à eux : « Cet enfant a tout vu. »

L'officier me demande avec gentillesse : « Petit,

1. En Chine, à la naissance, un bébé a déjà un an.

tu as vu comment le dirigeable s'est enfoncé dans la digue ? »

Je vois la dent en or qui brille dans sa bouche et, pour le coup, j'en oublie de parler.

L'officier repose sa question. Je dis : « Je l'ai vu, tous ceux qui allaient mendier à Nanshan l'ont vu. »

Ma sœur aînée me donne une tape par-derrière et dit : « Jindou, ne parle pas trop ! »

Le chef de brigade dit : « Mais laisse-le donc ! »

Je raconte alors à l'officier tout ce que j'ai vu le matin.

L'officier, pensif, hoche la tête, se détourne pour aller faire un rapport à un officier plus gros et plus grand.

Au bout d'un moment, l'officier avec la couronne en or vient de nouveau trouver le chef de brigade pour l'informer que son chef espère que les camarades membres de la commune vont l'aider à récupérer les débris. Le chef de brigade accepte sans hésitation.

Quelques dizaines d'hommes, conduits par le chef de brigade, se mettent à ramasser les débris éparpillés dans le champ de blé, dans la rivière gelée, avant de les jeter avec fracas dans les camions. Dégager l'aile fichée dans la digue devait demander beaucoup d'efforts, il en fut de même quand il fallut la porter jusque dans le véhicule.

On devait apprendre qu'il y avait trois hommes à bord du dirigeable, on ne retrouva d'eux, dans les débris, qu'un gros postérieur humain, carbonisé ; l'odeur de brûlé qu'il dégageait vous prenait à la gorge.

L'officier consulte le chef de brigade. On décide que ce dernier désignera huit hommes costauds pour fabriquer une civière et porter les restes humains jusqu'à l'aéroport. Le chef de brigade accepte de nouveau sans hésiter.

Septième Grand-Père Fang, qui a été brancardier pendant la guerre de Huaihai[1], sait fabriquer un brancard.

Les deux gros camions s'ébranlent lentement, la civière est prête. Avec précaution, les hommes placent le postérieur dessus, le recouvrent d'un drap.

Les porteurs suivent les ornières. L'officier à la dent en or marche derrière le brancard.

Notre horde de petits mendiants ne peut s'empêcher de suivre, pareils à des petits louveteaux affamés, que l'odeur de la chair humaine carbonisée aurait alléchés.

Comme nous approchons du pont en pierre sur la rivière Moshui, le chef de brigade nous chasse tous.

Debout sur la digue, nous suivons du regard les camions et la civière jusqu'à ne plus voir que des silhouettes pas plus grosses que des lièvres. Les camions et le brancard suivent la route en terre que nous prenons quand nous allons mendier à Nanshan.

Les hommes qui ont porté la civière ne reviennent que vers le soir, ils arborent tous un visage radieux, rotent tant et plus, leur ventre est tendu comme une outre, ils éprouvent quelque difficulté à marcher. Nous les écoutons, non sans amertume, raconter comment ils ont descendu un plein panier de pains à la farine blanche cuits à la vapeur, un plat de tofu au porc mijoté ; comme nous voudrions pouvoir leur ouvrir le ventre, pour en faire dégouliner toutes ces bonnes choses ! Dans les éructations du chef de brigade, je sens la bonne odeur de viande de porc, presque la même que celle qui se dégageait du postérieur, sur la civière.

1. Épisode de la guerre civile, en novembre 1948.

Le chef de brigade dit : « Compatriotes, selon le chef de l'aéroport, quiconque ramassera des débris du dirigeable et les leur rapportera ne manquera pas d'être récompensé par un bon repas. »

Je me souviens soudain de ce joli truc noir et brillant avec des reflets bleutés, aussi gros qu'un rouleau de pierre, doté d'une petite aile au cul, qui est tombé sur l'aire de battage quand le dirigeable se dirigeait tout droit sur le village. J'en ai le cœur tremblant d'excitation.

Je dis : « Chef de brigade, j'ai vu quelque chose ! »

Le chef de brigade dit : « Qu'est-ce que tu as vu ? »

Je dis : « Emmenez-moi d'abord manger des pains à la vapeur et du tofu au porc et je vous le dirai. »

Le chef de brigade a dit : « Je t'y emmènerai, dis voir ! »

Je dis : « Je trouve que c'est pas bien de se moquer des petits enfants ! »

Le chef de brigade dit : « Un gosse comme toi, tu ne vas pas me dire que tu as peur qu'on te roule ? Allons, dis vite ! »

Je dis : « Il y a une chose bleutée, grosse comme un rouleau compresseur en pierre qui est tombée dans l'aire de battage ! »

Et tous de déferler vers l'aire.

Au bord de l'aire, il y a bien une dizaine de ces rouleaux, mais pas le truc bleuté dont j'ai parlé. Les gens me regardent dubitatifs.

Je dis : « Je l'ai vu tomber, de mes propres yeux. »

Les gens poursuivent les recherches.

À l'ouest de l'aire sont dressées des centaines de bottes de paille de maïs, les gens les écartent une à une. À la longue, le gros truc bleuté sort en roulant. Alors que des impatients vont se ruer dessus pour s'en emparer, on entend Septième Grand-Père Fang hurler : « À plat ventre ! Ne bougez plus ! C'est une bombe ! »

Tout le monde se couche au sol en même temps et attend sagement l'explosion. Au bout d'un moment, il ne s'est toujours rien passé. Comme les têtes se relèvent, on entend un bruissement, on s'empresse de baisser la tête et de faire le mort. Encore un moment d'attente, le bruit continue. Certains braves redressent la tête et voient un rat qui court dans les tiges de maïs.

Les gens se mettent debout et reculent en foule.

Un gaillard, de ceux qui ont mangé des pains à la vapeur et du tofu au porc, demande : « C'est peut-être une bombe ratée ? »

Septième Grand-Père dit : « Non, elle est retenue par les tiges de maïs. C'est pourquoi elle ne fait pas de bruit. »

Le chef de brigade dit : « Septième Grand-Père, qu'est-ce qu'on fait ? »

Septième Grand-Père dit : « Faites comme bon vous semblera ! »

Le chef de brigade dit : « On va la porter jusqu'à l'aéroport, non ? »

Septième Grand-Père dit : « Que ceux qui veulent y aller y aillent, moi je n'en suis pas. J'en ai vu de ces engins-là pendant la guerre de Huaihai, ils sont fabriqués aux USA, quand ils explosent, ils font une grande flaque, et l'eau de la flaque est d'un bleu ! »

Le chef de brigade dit : « On fera attention. »

Septième Grand-Père dit : « Et comment ? Sur dix bombes américaines, une est à retardement, elles ont une minuterie dans le ventre, le moment venu, elles explosent. Aucune prévention possible ! »

En entendant cela, chacun a l'impression que le Roi

des Morts étend vers lui sa main couverte de poils verts, tous ont la chair de poule ; les gens commencent à reculer lentement, ils battent en retraite jusqu'au bord de l'aire, quelqu'un crie, et tous de courir ensemble, de peur d'être rattrapé par la capsule de la bombe.

Cette nuit-là, dans tout le village, avait résonné un bruit pareil à celui d'une minuterie en marche, tout le monde avait été sur le qui-vive, tout en attendant, le cœur plein d'espoir, une formidable explosion.

Octobre 1986

La faute

Un matin, j'emmène mon cadet Petit Bonheur sur la digue, voir la rivière en crue. C'est la première éclaircie après sept jours de pluie consécutifs. Comme nous enfilons la ruelle, nous voyons un dromadaire en train de ruminer. Mon petit frère et moi, debout à l'écart, regardons le dromadaire piétiner la fange de ses sabots fourchus tels ceux des buffles. Il balance avec vigueur sa queue aussi grêle qu'un serpent. Son cou arqué comme celui d'un poulet s'élève haut. Une bouche de cheval, charnue et impudique, une longue tête ovine mélancolique, un pelage terne roux foncé, une odeur aigrelette. À ses jambes d'échalas est collé du crottin jaunâtre.

« Grand Frère, me demande le petit, les dromadaires, ça mange les petits enfants ? »

J'ai deux ans de plus que Petit Bonheur et à moi aussi le dromadaire fait un peu peur, mais je ne sais pas trop s'il mange les petits enfants.

« Non, il y a beaucoup de chances pour qu'il n'en mange pas… dis-je au petit en évitant de répondre. On n'a qu'à se tenir à distance, viens, on va aller voir la crue sur la digue. »

Nous ne quittons pas du regard la tête longue et

mélancolique de l'animal sale et, tout en longeant le mur le plus éloigné de la bête, nous avançons prudemment vers le nord. Le dromadaire nous regarde du coin de l'œil. Quand nous approchons au plus près de lui la pestilence qui se dégage de son corps se fait difficile à supporter. D'où lui viennent ces longues pattes grêles ? De l'énorme sarcome sur son dos sortent quelques longs poils épars. Que peut-il bien y avoir dans cette bosse ? C'est la deuxième fois de ma vie que je vois un animal comme ça.

La première fois, c'était il y a deux ans. Une troupe de bateleurs était venue à la foire, tirant un chapiteau. Ils avaient vendu les billets du spectacle. Cinq centimes la place. Grande Sœur avait déniché dix centimes je ne sais où. Elle m'avait fait entrer sous le chapiteau pour voir le spectacle. Les figurants étaient nombreux. Il y avait un chameau à deux bosses, un petit singe, un porc-épic couvert de longs piquants, un ours noir enfermé dans une cage en fer, un coq à trois pattes et un homme pourvu d'une queue comme un animal. Le programme était simple. Dans le premier numéro, le singe caracolait sur le dos du chameau. Un vieil homme faisait résonner un gong en bronze. Un jeune gaillard avait hissé le singe sur le dos du chameau puis, tirant la bête, il lui avait fait faire deux tours de piste. L'animal ne semblait guère apprécier. Il avait cet air renfrogné qu'ont parfois les vieilles femmes. Le deuxième numéro était un combat entre le porc-épic et l'ours. L'ours avait été sorti de sa cage, on lui avait passé une chaîne en fer autour du cou, la chaîne était accrochée à une cheville en fer ancrée profondément dans le sol. Le porc-épic tournait prudemment autour de l'ours. Ce dernier enrageait, grognait, toutes griffes dehors, mais il ne parvenait pas à atteindre le porc-épic. Dans le troisième numéro, un homme tenait dans sa main un coq afin de montrer aux spectateurs la protubérance qui avait poussé entre les deux pattes de la bête. Personne ne distinguait cette « patte supplémentaire », malgré l'insistance et les affirmations réitérées de la troupe, mais personne non plus ne s'était élancé hors de la foule pour nier le fait. Le dernier numéro était le plus réussi. Des figurants étaient allés derrière le rideau et étaient revenus en portant un grand gaillard. Sa tête indolente retombait, son visage avait la couleur dorée d'une mandarine. Le vieillard au gong semblait très malheureux, tout en faisant résonner le gong en mesure il criait d'une voix mélancolique : « Mesdames, messieurs, petits et grands, jeunes et moins jeunes, c'est le moment d'ouvrir vos yeux, vous allez voir un homme avec une queue comme une bête ! » Tous les regards s'étaient portés sur le grand gaillard au visage doré, mais étaient restés sur son visage qui semblait taillé dans de l'or. Ils avaient hésité, on aurait dit qu'ils n'osaient pas descendre plus bas. Les figurants s'étaient arrêtés et avaient fait faire un demi-tour au gaillard qui ressemblait à un cadavre embaumé pour mettre son postérieur au niveau des spectateurs. L'un des bateleurs avait tapoté le dos du gaillard, celui-ci avait alors courbé l'échine dolemment et élevé son postérieur. Il faut noter qu'il portait un pantalon de costume officiel bleu. J'avais compris pourquoi il ne pouvait pas marcher : il portait son pantalon à l'envers, la braguette ouverte sur son postérieur comme une bouche béante. Le bateleur en avait retiré un morceau de chair rouge foncé de la grosseur du petit doigt et qui pouvait avoir une vingtaine de centimètres de long. Le bateleur soutenait de l'index cet appendice. La chose semblait sanguinolente, elle avait la couleur des piments mûrs et tremblotait. J'avais senti la main de ma grande sœur, toute chaude, toute moite. Elle transpirait de peur. « Dong ! Dong ! », le gong avait résonné et le vieux avait crié de sa voix triste : « Mesdames, messieurs, petits et grands, jeunes et moins jeunes, ouvrez vos yeux bien grands : un homme pourvu d'une queue comme un animal c'est chose rare en ce bas monde ! »

C'est la deuxième fois que je vois un animal comme ça.

Nous l'avons contourné et dépassé. Mon petit frère, partagé entre la crainte et la curiosité, se retourne pour regarder la bête. Moi aussi je me retourne. Sa queue aussi grêle qu'un serpent me fait repenser à l'appendice tremblotant de l'homme du cirque.

Mon petit frère et moi allons nus comme des vers. Le soleil nous a hâlés comme les poissons-chiens du gouffre.

Avant de prendre la digue nous marchons un moment le long d'une haie. Je vais derrière, mon petit frère marche devant. La haie est envahie par les volubilis et les doliques. Les volubilis ont refermé leurs trompettes, les fleurs de haricots s'épanouissent en grappes. Une cigale est allongée sur une tige de haricot. Je bondis, la détache pour ne découvrir qu'une coquille vide, la cigale s'est déjà envolée dans un arbre.

Les fesses du petit frère sont plus noires encore que son visage. Elles se trémoussent, bien fermes. Le petit frère n'a pas de queue comme un animal, ni moi non plus d'ailleurs.

L'eau de la rivière est sale, d'une couleur indéfinissable entre le jaune et le rouge. Au milieu le courant est fort. Des vagues se forment sans cesse. L'étendue d'eau est si vaste qu'on croit ne pas pouvoir distinguer l'autre rive, mais en fait on peut tout à fait la voir. En période d'étiage, on plante un peu de sorgho sur les champs de la grève. La crue a tout recouvert. Certains pieds restent debout, d'autres sont couchés. Des couleurs vives, des vapeurs lumineuses scintillent sur les champs de sorgho recouverts à demi. Les hirondelles vertes volent, rapides, à la surface de l'eau brillante et tumultueuse. Le bruit sonore de l'eau s'élève au-dessus des vagues. La digue en sable est mouvante. Au tournant, les troncs des saules ont été ployés, cassés en deux. La tête des arbres s'enfonce dans l'eau, formant des paquets d'écume blanche.

Petit Bonheur et moi suivons la digue en direction de l'est. Une odeur fraîche et nauséabonde monte de la rivière. Les mouches bleues nous harcèlent. Elles grimpent sur mon corps, cela me chatouille. Je coupe une branche de sophora pour les chasser. Les mouches grouillent sur le dos et les fesses de Petit Bonheur. Peut-être ne sent-il rien car il poursuit son chemin, impassible. Les yeux de Petit Bonheur sont d'un noir d'encre, sa bouche est vermillon. Les gens du village s'accordent tous pour dire qu'il est beau, et mon père a une secrète préférence pour lui. Il plisse les yeux pour regarder la lumière dorée qui a envahi la rivière jusqu'en sa profondeur. Son regard brille d'un éclat magique.

La surface de l'eau près de la digue est calme et lisse, pas une vague, quelques tourbillons se forment pour disparaître aussitôt. Souvent les herbes et les tiges de céréales qui flottent sont englouties dans les tourbillons. Je lance dans un de ces tourbillons la branche de sophora que je tiens à la main. Elle fait quelques tours au bord, pique droit dans le tourbillon et disparaît sans laisser de trace.

Petit Bonheur et moi avons entendu les grandes personnes dire que ces tourbillons sont provoqués par une tortue, et c'est précisément un esprit-tortue qui préside au destin de la rivière. Les tortues sont redoutables, surtout celles qui ont cinq pattes. Ces tortues à cinq pattes, pas plus grosses qu'un bol, peuvent, en moins de temps qu'il n'en faut pour fumer une pipe, ouvrir une brèche dans la digue.

Je n'ai pas encore compris à ce jour par quel sortilège une chose aussi minuscule pouvait faire une brèche dans la digue, ni comment un animal aquatique aussi sale, aussi repoussant que la tortue blanche, avait bien pu devenir l'objet d'une telle vénération dans mon pays natal.

Petit Bonheur détache son regard du tourbillon et me demande craintivement : « Grand Frère, c'est vrai qu'il y a une tortue ?

– Vrai ! »

Petit Bonheur lance un regard de travers en direction de l'eau impétueuse et se penche légèrement vers le sud.

Un ver rouge au cou blanc rampe sur le sable mouillé. Petit Bonheur va marcher dessus, il pousse un cri, fait un bond de côté et dit en se frottant les fesses : « Grand Frère, un ver de terre ! » Effrayé moi aussi je recule d'un pas et contemple le ver couvert de sueur qui avance en aveugle. Il laisse derrière lui une trace sinueuse.

Petit Bonheur me regarde.

« Pisse dessus ! On va le noyer dans la pisse ! »

Le lombric souffre, se débat dans l'urine chaude. Nous observons ses efforts. Ma gorge me gratouille.

« Grand Frère, qu'est-ce qu'on en fait ? » me demande Petit Bonheur.

Je réponds : « On le coupe ! » Je ramasse un morceau de verre rouge sombre au pied de la digue et coupe le ver en deux.

De l'abdomen du ver sort une boue jaune et du sang vert. Chaque moitié continue de ramper chacune de son côté. J'ai un peu peur. Les bestioles, les oiseaux peuvent devenir des esprits. L'esprit d'un lombric peut fort bien en vouloir à ma vie. C'est ce que j'ai toujours entendu dire par les adultes.

« On pourrait le laisser descendre dans la rivière ! dis-je à Petit Bonheur sur le ton de la consultation.

– D'accord, on le laisse descendre dans la rivière ! » approuve à son tour Petit Bonheur.

Avec des brindilles, nous pinçons le ver rouge et le lançons dans l'eau trouble et calme au bord de la digue. Il flotte dans l'eau. Une odeur pénétrante s'élève de la bestiole. Nous voyons briller un éclair argenté, les deux morceaux de ver ont disparu. Sur la surface de l'eau se forment des petites têtes pointues. Nous pouvons entendre monter des cris aigus. Mon petit frère recule, se met derrière moi et enfonce les ongles pointus de ses petites mains dans la peau de ma taille.

« Grand Frère, c'est la tortue ?

– Non ! » J'observe un instant l'eau avant de répondre avec assurance : « Non, ce n'est pas la tortue. Une tortue, ça ne mange que des hirondelles et des crapauds. C'est l'anguille blanche qui mange des vers de terre. »

Dans l'eau brille un éclair bleu, quelques fleurs d'écume se soulèvent puis plus rien.

Petit Bonheur et moi continuons notre marche vers l'est. On approche de la ruelle des Yuan. On raconte que là-bas il y a un gouffre appelé gouffre aux Tortues dont la profondeur serait insondable. Quand la rivière est tarie, l'eau du gouffre aux Tortues reste de ce bleu, couleur des tuiles de chez nous. On n'en connaît pas la profondeur et personne ne s'aventure à s'y baigner.

Je me rappelle une série d'histoires sur les esprits-tortues. C'est ainsi que mon troisième grand-oncle racontait qu'une nuit, sur la digue, il chassait le hibou. Il portait un fusil de fabrication locale chargé de poudre. Ce soir-là le ciel était tout à fait dégagé. Pourtant, arrivé à la ruelle des Yuan, le ciel s'obscurcit soudain. Il se mit à faire sombre, très sombre. L'eau était noire comme de l'encre. Le hibou dans les sophoras sur la berge hululait en battant des ailes. Grand-Oncle racontait qu'il en avait eu la chair de poule. Il était tapi sur la digue et n'osait plus bouger d'un pouce. Il savait qu'il allait y avoir du spectacle. Quel spectacle ? Qui vivra verra. C'était un de ces moments de l'été où la canicule se fait moins forte. Les fleurs de sophoras embaumaient. Embaumaient ? Oui, elles sentaient bon les pigeons frits dans l'huile de colza pressée au petit moulin. Peu de temps après le fracas des vagues se fit entendre sur la rivière. Une petite lanterne rouge surgit de l'eau. Puis ce fut le tour d'un grand gaillard tout noir, balourd, qui s'avança à grands bruits sur l'eau, comme s'il marchait sur un terrain plat. Il portait la petite lanterne. Il fit ainsi trois tours et replongea dans l'eau. Le gouffre étincelait. Il n'y avait pas une ride à la surface. Grand-Oncle s'efforça de rester patient, de ne pas bouger. Au bout d'un moment, il vit remonter le grand gaillard noir. Il resta debout au bord du gouffre, immobile, comme un grand pilier noir. J'avais demandé : « Est-ce qu'il tenait encore sa lanterne ? – Oui, avait répondu Grand-Oncle, naturellement. » Il avait vu une table octogonale en bois d'acajou monter lentement du milieu du gouffre. Des servantes habillées en rouge et vert apportèrent des plats et des bols, pleins de viandes de toutes sortes, qui exhalaient un fumet merveilleux. Les servantes replongèrent dans l'eau. Surgirent alors deux vieillards à barbe blanche, au crâne lisse, qui semblaient des puits de science. Ils s'assirent et trinquèrent, partagèrent les plats. Ils parlaient de choses et d'autres. Grand-Oncle était fasciné, ravi. Le cri lugubre de la chouette dans les sophoras lui fit retrouver ses esprits. Il s'empara de son fusil, le pointa en direction de la table. Le canon était glacé. Le cœur de Grand-Oncle était tout aussi glacé. Comme il allait faire feu, le vieillard au visage rouge arrêta le verre qu'il portait à ses lèvres et dit : « Il est plus facile de faire face à une attaque ouverte que d'éviter la flèche cachée. » Grand-Oncle en sursauta de peur, dans un état second il reposa son fusil et entendit un bruit infernal. La rivière n'était plus qu'une étendue noire comme de l'encre. L'univers entier semblait une marmite sous pression. Grand-Oncle entendit encore comme un bruit de plombs de chasse qui frappent l'eau. Puis un vent violent se leva, un vent tout blanc. Il roula avec lui l'eau glacée de la rivière et tomba en trombe sur les sophoras. Grand-Oncle enserra fermement un gros sophora, il évita ainsi d'être entraîné par le vent dans les eaux du gouffre aux Tortues. Le vent souffla pendant une bonne heure avant de s'arrêter. Grand-Oncle était trempé comme une soupe. Il était transi de froid et tremblait de tout son corps. Alors les étoiles pointèrent. Le ciel était bleu, très bas. Les fleurs blanches sur les sophoras semblaient des touffes de poils duveteux, désordonnés, accrochés à la base noire des feuilles. Elles exhalaient leur parfum violent. La chouette chantait allégrement parmi les fleurs. Grand-Oncle se leva dans l'intention de rentrer chez lui, mais ses dix doigts restaient entrelacés, impossible de les desserrer. Grand-Oncle en mordillait l'écorce de l'arbre d'énervement, ses lèvres furent toutes déchirées. Il finit tant bien que mal par dénouer ses doigts. De retour chez lui il but un demi-litre d'alcool et, malgré cela, il restait pris d'accès de tremblements qui montaient du plus profond de son être. Le lendemain matin il retourna au gouffre aux Tortues. Le vent était tombé, les vagues s'étaient apaisées, l'eau était d'un noir d'ébène, des brumes blanches formaient comme un voile de tulle. Une odeur de sang montait jusqu'à la digue. Grand-Oncle vit un gros poisson noir flotter sur le gouffre. Il faisait bien un mètre et demi de long et devait peser cent kilos. Ainsi décapité il pesait si lourd, était si grand, qu'en eût-il été avec la tête ? Grand-Oncle se rappela que son fusil était pointé sur le vieillard à la barbe et aux moustaches blanches. Le grand gaillard se tenait loin debout au bord du gouffre. « Oh ! » fit Grand-Oncle qui venait de comprendre après un bon moment de réflexion : le grand gaillard noir était l'éclaireur des esprits-tortues. Il avait failli à sa tâche et les tortues l'avaient décapité. Je sus alors que sur cette terre il n'y a pas uniquement le monde de la civilisation, mais que les poissons et les crustacés, les oiseaux et les quadrupèdes y ont aussi leur royaume, que les hommes, en fait, ne sont guère plus sages que la gent aquatique et que les représentants les moins évolués de l'espèce humaine ne valent pas les tortues les plus évoluées. À cette époque, je cherchais avec passion le secret des esprits-tortues. J'allais souvent au nord de la ruelle des Yuan et là, debout sur la digue, je restais pétrifié, absorbé dans la contemplation de l'eau du gouffre aux Tortues, noire à vous donner la chair de poule. Bizarrement, le gouffre se tenait au beau milieu de la rivière sans jamais être englouti par la vase. En période de crue, l'eau de la rivière est encore plus trouble que celle du fleuve Jaune. L'eau contient en suspension la moitié de son volume en terre et en sable, mais après la décrue, le gouffre reste insondable. L'eau limpide de la rivière glisse légèrement à côté du gouffre, au-dessus. La ligne de démarcation est franche, entre l'eau du gouffre et celle de la rivière. Les tortues sont redoutables, leur civilisation est très avancée. Grand-Oncle disait que les esprits-tortues du gouffre aux Tortues au nord de la ruelle des Yuan se rendent souvent à Pékin. Leurs descendants accèdent aux plus hautes dignités. Une jeune fille d'une riche famille avait été mariée à un lettré de talent, lauréat du plus haut concours mandarinal. Le troisième jour après les noces, lors de la visite réglementaire à sa famille, elle se plaignit de ce que le marié avait le corps plus froid que de la glace et que, à son contact, elle sentait ses poils se hérisser. Elle avait des doutes sur son appartenance au genre humain. Sa mère lui recommanda, une fois rentrée chez elle, d'observer avec attention ce qui se passerait. La jeune femme se rendit compte que le savant se baignait deux fois par jour dans une pièce retirée et qu'il lui fallait une énorme quantité d'eau. Pendant le bain, il restait sur le qui-vive et avait pris des dispositions pour empêcher quiconque de l'observer. Ce jour-là, comme le savant allait se baigner, sa femme s'approcha portant un paquet de vêtements propres dans ses bras. Elle fut arrêtée par un serviteur. Furieuse elle l'injuria : « C'est mon mari qui m'a demandé de les lui apporter ! » Le serviteur recula en prononçant le oui d'obéissance. Plus elle approchait, plus les bruits d'eau dans la pièce se faisaient sonores. La femme regarda par la fenêtre et vit une tortue grosse comme une large corbeille, à la carapace brillante, couverte de signes, en train de s'ébattre dans un grand bassin avec la vivacité et l'entrain d'un enfant. La femme fut prise de panique, hurla de frayeur, laissa là les vêtements et prit la fuite. Ses pieds bandés entravaient sa course et plusieurs fois elle tomba. De retour à la maison, elle ne put supporter la pensée d'avoir été déshonorée par un esprit-tortue. Elle dénoua sa ceinture et se pendit. Certes le style n'est pas celui de Grand-Oncle mais l'histoire est bien de lui. Grand-Oncle disait encore qu'à Pékin il y avait un endroit appelé « la ruelle des Démons ». Au cœur de l'hiver, fût-il rigoureux, on y trouvait des étals garnis de pastèques. En fait, on y trouvait de tout, même ce qu'il était impossible de se procurer au Palais impérial. Un homme rentrait au pays. Quelqu'un de la ruelle lui demanda de transmettre une lettre. Sur l'enveloppe était inscrit « Gouffre des Yuan, Canton du Nord-Est, Gao Mi. » Le messager avait cherché en vain dans tout le canton du Nord-Est ce gouffre de la famille Yuan. Son père lui dit : « C'est très probablement une lettre pour le gouffre aux Tortues, va là-bas et lance un appel, tu verras bien. » L'homme trouva une bicyclette et arriva au nord de la ruelle des Yuan. Il laissa son vélo sur la digue et se tint près de l'eau peu profonde au pied de la digue, face au gouffre d'eau noire. Il cria : « Y a quelqu'un ? C'est le courrier ! » Il lança trois fois son appel. Rien ne bougeait dans le gouffre. Il jura et s'apprêtait à partir quand il vit la surface de l'eau se fendre soudain, un jeune homme habillé de rouge en sortit d'un bond et dit : « Du courrier pour nous ? » L'homme tendit la lettre. L'autre la prit, y lança un coup d'œil et dit : « Ah, c'est de mon huitième oncle, attendez un instant, je vais avertir Grand-Père. » Le jeune homme en rouge entra dans l'eau avec aisance. L'homme recula d'un pas et s'assit sur la berge de la digue, encore tout ébaubi. Peu après l'eau se sépara de nouveau, le jeune homme en rouge amenait avec lui un vieillard vêtu de blanc. Le vieil homme avait un air bienveillant qui forçait le respect et l'affection. « Grand-Père, dit le jeune homme, voici la lettre que l'homme apporte. » L'homme se leva plein de déférence, ne sachant trop que dire. « Merci infiniment, dit le vieillard, venez vous asseoir un moment à la maison. » L'homme affolé regarda le gouffre vert et s'empressa de décliner l'invitation. Le vieillard en fait n'y tenait pas vraiment non plus, il fit un geste de la main et dit au jeune homme en rouge : « Rentre chercher un cadeau à la maison. » Le jeune homme obéit et entra dans l'eau. L'homme crut entendre comme le bruit d'une barre de porte que l'on pousse, des pas sur un escalier de pierre. Le jeune homme sortit de l'eau. Il portait un petit panier en osier tressé. Le panier était à demi plein de germes de haricots. Le vieillard prit le panier et dit : « Mon ami, vous vous êtes donné bien du mal pour parcourir une si longue distance et apporter la lettre jusqu'ici. Notre reconnaissance est infinie. Nous n'avons rien de bien extraordinaire à vous offrir, seulement ce panier de germes de haricots de notre production. Prenez, vous les ferez cuire chez vous. » L'homme accepta le panier avec force courbettes. Le vieillard entra dans l'eau en emmenant le jeune homme. L'homme tenait à deux mains le panier et il commença à dénigrer ce cadeau. Sous l'eau les esprits doivent posséder des trésors inestimables, se disait-il, et voilà ce qu'ils m'ont offert : des germes de haricots, alors qu'avec vingt centimes je peux en avoir une pleine corbeille au marché ! Qu'ai-je besoin de m'embarrasser des vôtres ! Arrivé à ce point de ses réflexions, il retourna le panier et déversa son contenu dans l'eau. « Gardez-les donc pour vous ! » continua-t-il sur le même ton. Les germes de haricots s'enfoncèrent dans le courant en tourbillonnant. Le panier était admirablement tressé, il ne le jeta pas et le rapporta à la maison. Il raconta à son père la façon dont s'était déroulée la remise de la lettre. Son père se contenta de lui dire : « Tu fais décidément partie de la race des pauvres bougres ! » Comme l'homme ne comprenait pas, son père lui dit en montrant le panier : « Regarde, c'est quoi à ton avis ? » L'homme baissa la tête pour regarder. Il vit alors un germe de haricot en or tout brillant accroché au bord du panier. Les faits merveilleux concernant le gouffre aux Tortues sont si nombreux qu'on n'arriverait pas à tous les relater !

Petit Bonheur et moi, nous nous arrêtons au bout de la ruelle des Yuan, face au nord. Nous regardons l'eau. L'eau impétueuse coule sans répit vers l'est. L'eau trouble de la rivière déferle, recouvre le gouffre aux Tortues. Je sais qu'après la décrue il réapparaîtra aussi bleu qu'avant.

Dans la ruelle des Yuan, quelques jeunes de notre

brigade de production sont occupés à collecter le fumier tout noir. Il en sort une eau aigre qui empeste.

« Grand Frère, c'est vrai qu'il y a des tortues ? » me demande de nouveau Petit Bonheur.

Les yeux du petit étincellent, une pensée étrange semble le hanter.

« Bien sûr, dis-je, elles sont cachées sous l'eau. »

Petit Bonheur ne dit plus rien. Nous contemplons l'eau en silence.

Le soleil est mauvais. La peau de mes épaules cuit. L'eau a commencé sa décrue. Sur la digue inclinée qui émerge reste une mince couche de boue, comme un film de graisse.

Nous l'avons aperçue en même temps, Petit Bonheur et moi, sous nos pieds, dans l'eau claire jouxtant la digue : une fleur rouge toute pimpante qui flotte sur l'eau. Une fleur, sans ses feuilles. Les pétales sont légèrement recourbés, du noir pointe sous le rouge.

« Grand Frère, une fleur rouge !... crie Petit Bonheur qui ne quitte plus la fleur du regard.

– Une fleur rouge, oui, c'est bien une fleur rouge », dis-je à mon tour en regardant attentivement la fleur sur l'eau.

L'eau coule vers l'est mais la fleur rouge, elle, flotte lentement vers l'ouest, à contre-courant. Sa tige soulève un peu d'écume blanche, fine. La luminosité est de plus en plus intense. La rivière étincelle comme un vernis d'or. Le rouge de la fleur aveugle.

Petit Bonheur et moi regardons fixement la fleur.

J'ai pensé qu'il avait dû ressentir comme une violente tentation pour la couleur tant ce qui s'était passé ensuite avait été extrêmement simple.

Petit Bonheur me lance un regard intense, se détourne

et se précipite vers la fleur rouge. Sur l'eau la lumière dorée fuse de partout, je crois entendre les pieds de Petit Bonheur battre l'eau à grand bruit. Il semble courir sur une route de gravier plate où un peu d'eau de pluie se serait accumulée.

La fleur rouge s'ébouriffe. Un épais nuage sombre et duveteux enveloppe Petit Bonheur.

J'ai presque envie de crier : « Attention de ne pas abîmer la fleur ! »

En y repensant, au moment où Petit Bonheur se précipitait vers la fleur rouge dans l'eau – il se précipitait en se dandinant comme un caneton dont le duvet n'a pas encore fini de pousser – j'aurais fort bien pu le retenir, il aurait suffi d'allonger le bras. Ai-je même eu l'idée de le retenir ? Ai-je seulement pensé qu'en sautant dans l'eau il était condamné à mourir ?

Les quatre jeunes qui charrient le fumier dans la ruelle des Yuan sont pieds nus, torse nu, le corps couvert de sueur et de purin. Ils grimpent sur la digue et me voient debout, là, pétrifié.

Celui qui s'appelle Chunji me donne une claque sur la tête et me lance : « Grand Bonheur, qu'est-ce que tu fais planté là comme ça à regarder, viens te baigner avec moi ! »

Je vois son visage lavé par la sueur et lui dis : « Petit Bonheur a sauté dans la rivière !

– Hein ? » dit-il.

Je répète : « Petit Bonheur a sauté dans la rivière. »

Les autres jeunes gens ont tourné leur visage vers moi.

Je regarde la rivière. L'eau est encore plus brillante. Des lumières argentées et dorées se croisent à perte de vue. Les vagues clapotent en cadence dans les reflets.

Une odeur chaude de poisson monte de l'eau, vous prend au visage. Mon cœur s'emballe, la peur me glace le sang dans les veines.

Je dis en claquant des dents : « Petit Bonheur… Il a sauté dans l'eau ! »

La fleur fascinante a déjà disparu depuis longtemps. À la surface de l'eau calme où la fleur s'est attardée tout à l'heure un énorme tourbillon impétueux tournoie avec rapidité. Chunji me lance une bourrade et m'injurie : « Espèce de crétin ! Qu'est-ce que t'attendais pour crier ? »

Les quatre jeunes gens s'abritent les yeux derrière leurs mains pour essayer de regarder la surface de l'eau. « Où ça ? » rugit celui qui s'appelle Ziping. Puis il prend son élan et se jette à l'eau. Son corps fait se lever des gerbes de fleurs d'écume qui s'épanouissent dans la lumière, c'est superbe.

Les trois autres ont suivi Ziping de peu et ont plongé dans la rivière eux aussi. L'eau vient frapper avec bruit la digue.

Alors je vois, au milieu de la rivière, à plus de dix mètres de là, la tête rasée de Petit Bonheur, aussi sombre que la peau de ces pastèques à fleurs violettes. Elle flotte et coule tour à tour. Les quatre jeunes gens entament un sprint, à grands mouvements de bras rapides, jusqu'au centre de la rivière. La violence du courant les fait s'arc-bouter. Quand ils lèvent les bras, des grappes de gouttelettes d'eau transparentes étincellent pour rouler, à la première occasion, vers la crête ou au creux des vagues.

Au début je suis resté debout, puis, fatigué d'être debout, je me suis assis sur le mur en terre tout délabré au bord de la vaste aire de battage de la brigade de production. L'ombre projetée par une haute meule de blé recouvre mes jambes allongées sur le sol. Elles sont maigrichonnes et noires, couvertes de cicatrices. Je ne sais pas d'où me viennent toutes ces cicatrices. À dix centimètres sous le genou gauche, il y a un vilain furoncle, gros comme une pièce de monnaie, en train de suppurer. Une mouche grimpe dessus. Partie de la base rouge vif elle grimpe jusqu'au sommet blanc et là fait une pause de deux secondes, mord à plusieurs reprises. Le furoncle me démange, il veut crever. La mouche refait le trajet en sens inverse comme si elle grimpait vers un vrai sommet couvert de neige et en redescendait. Les meules de blé, trempées par les pluies diluviennes, exhalent une odeur chaude, tenace, asphyxiante de choses en décomposition ainsi que le parfum léger des blés dorés. Le furoncle mûrit en ce midi chaud et moite, le pus verdâtre s'active, se presse sous la peau aussi mince que du papier. Je repère à côté de ma jambe droite un bout de ferraille tout rouillé, l'attrape avec la main droite et, à l'aide du côté tranchant, je gratte doucement le haut du furoncle – j'entends le même bruit ténu que lorsqu'on frotte de la belle soie. Je me mets à saliver abondamment. Bien sûr cela fait mal, mais je recommence à gratter de toutes mes forces en serrant les dents. Le bord rouillé du morceau de fer est couvert de chair bariolée, le furoncle est percé. Du pus et du sang en sortent en gargouillant. Allons, pas de répugnance ! C'est ça la vie, et c'est bon ! Ôte le fard sur ton visage et tu trouveras aussi cela très beau. En fait, je devais savoir bien plus tard à quel point les gens tiennent à leurs furoncles, ils y tiennent comme à la prunelle de leurs yeux. Depuis que je me suis assis à côté de la meule de foin une vague sensation me dit que ce qui est le plus redoutable, le plus cruel en ce monde c'est la bonne conscience. Cette chose en forme de patate douce, au goût de poisson pourri, à la couleur de miel est assurément ce qui porte le plus préjudice à l'ordre des choses. De nombreuses années plus tard, comme je déambulais dans un marché prospère, je devais voir des gens enfiler leur bonne conscience sur des tiges en fer et la griller sur un feu de charbon de bois bien nourri. Quel parfum alléchant ! Je devais comprendre pourquoi ce marché était si prospère.

Je suis assis à côté du muret en terre. Personne ne s'occupe de moi, sur l'aire sont éparpillées des centaines de personnes, des femmes pour la plupart, surtout âgées. Mais il y a aussi des hommes et des enfants. Je vois qu'ils affectent de la compassion, alors qu'en fait ils se délectent du malheur des autres. Mon petit frère Petit Bonheur s'est noyé – peut-être n'est-il pas noyé, l'opération de sauvetage se poursuit encore. Tous ces gens sont venus là en badauds, tout comme lorsque ma sœur m'avait emmené voir l'homme à la queue d'animal.

Chunji enfile la ruelle. Il porte Petit Bonheur à plat sur ses paumes. Il contourne le dromadaire – le dromadaire ricane à mon intention – et se dirige vers notre maison. Le cadenas est mis de l'extérieur. Chunji me demande, tout essoufflé :

« Grand Bonheur, où sont ton père et ta mère ? »

Je ne réponds rien, je n'ai rien à dire. Je veux bien marcher derrière Petit Bonheur.

Les gens du village ont flairé l'odeur de la mort, ils suivent agglutinés en paquets derrière Petit Bonheur.

Certains suggèrent d'emporter au plus vite l'enfant sur l'aire de battage de la brigade de production. Les travailleurs de la brigade, hommes et femmes, s'y trouvent tous à tresser des sacs faits de paille de blé pour lutter contre la crue. J'y repense : mes parents sont effectivement partis tresser des sacs.

Nous n'avons pas encore atteint l'aire de battage quand nous entendons les pleurs de ma mère et tout de suite nous la voyons arriver à bride abattue du bout de la rue. Elle pleure à fendre l'âme, sur un registre aigu, comme une petite fille.

Derrière elle suit une foule. Mon père se détache parmi tous ces gens. Je le repère au premier coup d'œil, sa haute silhouette vacille, on dirait qu'il est ivre.

Chunji continue d'avancer avec Petit Bonheur dans les bras. L'enfant repose sur le dos dans ses bras. Petit Bonheur est mou comme un pantin.

Quand ma mère se trouve à deux pas de Petit Bonheur, elle s'arrête soudain de pleurer. Elle se penche en avant, comme frappée par la foudre elle allonge violemment le cou. Quelqu'un derrière elle la retient. Elle se rejette en arrière. La personne la tire avec force et la fait pivoter sur le côté.

Chunji avance solennellement en portant Petit Bonheur. Les gens se rangent de chaque côté. Puis le mécanicien entre dans les rangs de la foule derrière Petit Bonheur. Père n'a rien manifesté de spécial. Il marche derrière moi. Je n'ai pas besoin de me retourner pour savoir qu'il suit en vacillant, on dirait qu'il est ivre.

On arrive à l'aire de battage, Mère se remet à pleurer. Ses pleurs ne sont plus aussi sonores, on y sent de la fatigue.

Le long de l'aire, il y a trois rangées de maisons.

L'une des rangées est le bâtiment réservé à l'élevage de la brigade de production, une autre abrite l'entrepôt, la dernière les bureaux d'enregistrement et de contrôle.

Le père Fang qui, en été, va toujours pieds nus et torse nu prend le commandement des premiers secours à donner à Petit Bonheur. Il fait sortir une grosse vache noire de l'étable. La bête a les yeux rouge sang, elle vous regarde de travers. Ses cornes dures et droites brillent de l'éclat du métal, ses pattes arrière et sa queue sont maculées d'une boue faite d'urine et de bouse.

« Tiens bon la corde ! » recommande avec autorité le père Fang au type d'âge mûr qui tire la vache.

Le type a le visage grêlé, lui aussi va pieds nus et torse nu, son dos est couvert d'énormes cicatrices laissées par des furoncles à répétition. Nous l'appelons Quatrième Grand-Oncle. Il serre fermement la corde de la vache féroce. L'animal balance sa queue en signe d'impatience et souffle bruyamment. Quatrième Grand-Oncle souffle bruyamment lui aussi.

« Qu'on le place sur le dos de la vache ! » ordonne le père Fang à Chunji.

Chunji jette Petit Bonheur sur l'échine pointue de la vache. La bête se tortille et regarde derrière elle d'un air mauvais. Ses yeux sont aussi rouges que des piments, ses halètements font penser aux criaillements des oies. Sur le dos de la vache, Petit Bonheur est plié en deux, la bouche ouverte contre l'un des flancs de l'animal, le pubis contre l'autre flanc. La peau de son dos et de ses fesses brille d'un éclat doré.

« Tire la vache pour la faire avancer ! » ordonne le père Fang.

À peine le quatrième grand-oncle a-t-il relâché la corde que la vache noire redresse la tête et se rue en avant. Le corps de Petit Bonheur ballotte sur l'échine, il va glisser.

Le père Fang envoie deux hommes, l'un pour maintenir les pieds de Petit Bonheur, l'autre pour soutenir sa tête.

« Lâchez la corde ! crie le père Fang, laissez la bête aller où elle veut, plus il sera ballotté, mieux cela vaudra ! »

Le quatrième grand-oncle se glisse à gauche de la vache. Le père Fang donne une claque sur la croupe de la bête. La vache part à grandes foulées, aussi rapide que le vent. Les deux hommes qui soutiennent Petit Bonheur de chaque côté avancent difficilement, le corps incliné, leur bouche grande ouverte laisse voir des dents si noires qu'elles en brillent. La terre de l'aire de battage est humide, les sabots de la vache noire y impriment des dessins qui ressemblent à des pétales de fleurs.

Mère en a oublié de pleurer. Les cheveux ébouriffés elle court à petits pas en clopinant derrière la vache. Père, le dos voûté, est toujours aussi reconnaissable dans la foule désordonnée derrière la bête.

La vache noire fait deux fois le tour de l'aire, l'abdomen de Petit Bonheur gargouille, une bordée d'eau rougeâtre jaillit de sa bouche. « Ça y est, il a rendu l'eau ! » crie la foule d'une même voix.

Mère court jusqu'à la vache. Elle dit comme en un rêve :

« Petit Bonheur, Petit Bonheur, mon brave petit, réveille-toi, allons, réveille-toi vite, Maman va te faire des gâteaux de riz, pour toi tout seul, et il n'y en aura pas pour Grand Bonheur !...»

Mon cœur se glace.

La vache noire continue d'avancer mais Petit Bonheur ne vomit plus. Quelques fils de salive blanche pendent au coin de ses lèvres, puis plus rien.

« C'est bon ! ordonne le père Fang, on y est presque ! »

Le quatrième grand-oncle attache la vache. Les deux hommes chacun d'un côté descendent Petit Bonheur du dos de la bête. Ils le portent jusque sous un peuplier rouge au bord de l'aire. L'arbre projette sur le sol une ombre chamarrée aussi grande qu'une natte de *kang*. L'ombre est envahie par des chiures d'insectes, noires, de la taille de haricots, car dans l'arbre pullulent des milliers de chenilles.

Quelqu'un d'astucieux apporte un sac de paille fraîchement tressé. Comme on va y poser Petit Bonheur, mon père se fraie un passage hors de la foule, ôte sa veste mouillée et l'étale sur le sac. Mon père n'a pas oublié de retirer sa pipe noire ainsi que sa blague à tabac en cuir de la poche et les a fourrées dans sa ceinture.

Petit Bonheur repose sur le dos sur la veste du père. Je vois son visage. Il reste plus beau que moi mais il a vieilli visiblement. Ses oreilles sont toutes fripées. Il a les yeux mi-clos. Un rayon de lumière blanche filtre par la fente de ses yeux, lueur sinistre, glacée. J'ai l'impression que c'est moi que Petit Bonheur regarde, qu'il veut me dire quelque chose au sujet du secret de la fleur rouge, de son origine, de sa destination, des liens qui existent entre les tortues et les humains… Devant le regard sinistre et froid de Petit Bonheur, plein de dédain pour le genre humain, je comprends qu'il sait tout. Aussitôt je suis pris de regrets. Pourquoi n'ai-je pas sauté à l'eau avec lui pour attraper la fleur rouge ? Comme je regrette ! Ah, comme je le regrette ! Sur les joues de Petit Bonheur est figé un doux sourire. Mes dents sont jaunes, les siennes sont blanches. En tout point il est mieux fait que moi. Chaque infime détail est là pour prouver avec force cette vérité : « Les gentils enfants ne font pas de vieux os alors que les voyous, eux, ont l'éternité devant eux. » Les lèvres de Petit Bonheur sont pourpres, de la couleur des scorpions grillés.

« Un moment, encore un moment, dit le père Fang pour calmer la foule inquiète. Il va respirer, ses intestins sont nettoyés de toute cette eau. Il n'y a aucune raison pour qu'il ne respire pas. »

Tout le monde regarde le ventre relâché de Petit Bonheur dans l'attente de cette respiration. Mère est agenouillée près de lui et marmonne de vagues prières. Je n'éprouve aucune pitié pour elle. Pire, elle m'agace. Pire encore, je lui lance en secret des imprécations poussiéreuses, je me moque d'elle. Je ne fais aucun cas des larmes qui coulent de ses yeux troubles. Allez, pleure, prie. Mère injuste, tu peux prendre tes grands airs, ton Petit Bonheur ne reviendra pas à lui, il est mort et bien mort ! En fait, il n'appartenait pas au genre humain. Il était la réincarnation du jeune homme en habit rouge du gouffre aux Tortues au milieu de la rivière. Il est venu parmi nous pour vivre notre vie. C'est moi qui l'ai poussé dans la rivière !

La piété filiale, ce n'est pas pour moi !

Tous les gens présents transpirent à grosses gouttes, ils détournent leurs regards du ventre de Petit Bonheur pour se fixer sur la face rougeaude du père Fang.

Les chenilles sur le peuplier rouge larguent en même

temps leurs excréments noirs et durs qui viennent frapper comme des grêlons les têtes des gens dans la foule.

Le crâne chauve et lisse du père Fang est couvert lui aussi de fines gouttelettes de sueur. Il lève la main et gratte de ses doigts les cheveux souples parsemés sur ses tempes en disant : « Du calme, pas d'affolement ! Laissez-moi voir un peu ! »

Il se penche brusquement en avant et du plat de sa grosse main appuie sur la poitrine de Petit Bonheur. Quand il se relève je vois ses deux grosses prunelles jaunes papilloter rapidement. On dirait deux papillons dorés au vol folâtre… « Père Fang, implore la mère sur un ton obséquieux, Père Fang, sauvez mon enfant !… »

Le père Fang réfléchit un moment et dit : « Que… que… qu'on aille me chercher une marmite en fer ! »

Deux hommes apportent une marmite en fer qui sert à mélanger les insecticides. Le père Fang leur ordonne de retourner la marmite.

La marmite restée au soleil doit être brûlante.

Le père Fang prend l'affaire en main. Il porte Petit Bonheur sur la marmite. Le nombril de Petit Bonheur appuie juste sur le centre de l'ustensile, sa bouche se retrouve contre un des bords, ses pieds reposent sur l'autre.

Le père Fang fait comme s'il retroussait ses manches, se penche péniblement en avant et appuie ses grosses mains contre le dos de Petit Bonheur. Il appuie de tout son poids sur le corps. J'entends les os craquer. Je vois le corps devenir de plus en plus mince, on dirait une galette collée au fond de la marmite. Le père Fang relâche brusquement la pression de ses mains. Le corps de Petit Bonheur reprend difficilement sa position initiale, de sa poitrine s'échappent quelques bruits.

Les gens poussent un cri d'étonnement : « Il respire ! »

Ma mère en arrête ses jérémiades. Des centaines de regards sont fixés sur Petit Bonheur aplati contre la marmite. Un silence. Les chiures des chenilles noires pleuvent comme des grêlons sur le dos de Petit Bonheur, sur les bords de la marmite imprégnés d'insecticides violents, sur le crâne plein de sagesse du père Fang… crépitements. Tout le monde retient son souffle, espérant voir Petit Bonheur sauter d'un bond de la marmite.

Un moment passe, Petit Bonheur ne bouge toujours pas. Le père Fang se fâche tout rouge. Il se penche et, comme s'il pétrissait de la farine, comme s'il pilait de l'ail, il se met à marteler et à malaxer comme un fou les reins et le dos de Petit Bonheur. Une odeur pestilentielle s'élève, quelqu'un crie : « Père Fang, ne vous donnez plus de peine, il sort de la diarrhée ! »

Le père Fang se redresse, serre les poings et, sous le coup de la douleur, se martèle les flancs, deux grosses larmes roulent de ses yeux.

« Je n'ai plus de trucs, dit-il complètement découragé, ni la vache noire ni le chaudron ne l'ont ramené à la vie, je n'ai plus de recette ! »

Je regarde la bouillie brune qui sort de la bouche de Petit Bonheur, dans la lumière il s'en exhale une vapeur verte nauséabonde.

« Qui a un truc ? demande le père Fang, si quelqu'un a une recette qu'il l'applique et fasse de son mieux pour sauver la situation.

– Père Fang, dit mon père nous vous avons tué à la tâche.

– Ah, j'ai honte ! » dit le père Fang tout en se

martelant le flanc droit puis le gauche. Il s'éloigne en titubant.

Mon père se penche et examine Petit Bonheur plaqué contre la marmite. Il hésite un moment, comme s'il ne savait pas comment s'y prendre (car voilà un moment que cela sent le poulet grillé). Une goutte transparente perle au bout du nez de mon père, elle tombe sur le dos de Petit Bonheur. Mon père pousse un gémissement sourd, allonge ses grosses mains impulsives. Il saisit Petit Bonheur par la taille et le soulève avec force. Le bruit qu'on entend quand la peau de Petit Bonheur se décolle de la marmite ressemble étrangement au grésillement que font les cheveux sur une ampoule électrique. L'odeur qui se dégage immédiatement après est aussi celle de cheveux roussis.

Le corps de Petit Bonheur est plié en deux, il pend verticalement des bras tremblants de mon père. Je repense à ces poissons salés suspendus aux crochets de bois sous l'auvent. Les quatre membres du petit frère suivent le mouvement, tout mous. Qu'il puisse plier ainsi son corps tient carrément du prodige.

Mon père pose Petit Bonheur sur le sol et étend ses jambes et ses bras qui partent dans tous les sens. Le nombril de Petit Bonheur a été creusé par la marmite sur une profondeur de plusieurs centimètres.

Ma mère est agenouillée par terre. Elle supplie : « Sauvez mon enfant ! Sauvez mon enfant ! » Je trouve son attitude déplacée.

Mon père dit d'une voix lasse : « Ça suffit, arrête de pleurer ! »

J'admire mon père. Ma mère s'est tue et pleure à petits cris. Alors j'ai pitié d'elle.

Mon père place une de ses mains sous le cou de

Petit Bonheur et l'autre sous ses genoux puis il se met en route en trébuchant. Les gens du village qui formaient cercle autour de lui s'empressent de s'écarter pour lui laisser le passage. Ils restent debout dans une attitude respectueuse.

Je cours pour me retrouver devant mon père, me retourne et lève la tête pour regarder le sourire un peu bête qui est apparu sur son visage. Il me semble soudain qu'il me faut dire quelque chose, le moment est venu pour moi de parler.

« Père, sur la rivière il y avait une fleur rouge ! » Le sourire sur le visage du père frémit, grince comme une couche de ferraille rouillée. Je continue : « Petit Bonheur a sauté dans l'eau pour attraper la fleur rouge… »

Je vois les joues de mon père tressauter de façon terrible, sa bouche se tordre en un rictus et tout de suite je fais un vol plané au-dessus du sol. Le ciel d'un bleu intense, avec des lambeaux de nuages pareils à des morceaux de ouate, la lumière de vif-argent, la terre jaune, des maisons qui tournent, la foule qui oscille. Je fais un saut en l'air et retombe sur le sol avec un bruit sec. Je mords la poussière. Alors que je suis toujours affalé sur le sol un fracas aussi étourdissant que le tonnerre roule jusque dans mes oreilles, celui du coup de pied que mon père me lance au derrière.

Je me relève tout seul, braille sans verser de larmes, en fait j'ai le ventre plein de cris qui ne demandent qu'à s'échapper à la file, mais je vois les gens, leurs yeux pleins de lueurs diaboliques, des yeux cruels. Je serre fortement les lèvres pour réprimer les cris. J'ai alors la sensation que des flammes rouges et violettes me brûlent l'estomac.

J'entends bien sûr les chuchotements de la foule

derrière moi. Je continue de marcher droit devant. Je repousse avec force les gens qui sont sur mon chemin et tournoient comme des lapins crevés flottant à la surface de l'eau, dégageant la pestilence des fleurs de laurier. Ils refluent tous du même côté. J'ai vaguement l'impression que ma mère se précipite pour me saisir le bras. Je me retourne pour regarder et vois qu'elle aussi a des yeux cruels, pleins de lueurs diaboliques. Son visage est recouvert du masque de la désolation, mais derrière ce masque je vois une tête de mort hideuse. Furieux je crie : « Lâche-moi ! » Ma mère me tire sans desserrer son étreinte. Elle dit : « Grand Bonheur, mon fils, Petit Bonheur est mort, ta mère met maintenant tous ses espoirs en toi. » Une demi-heure plus tôt, tu disais pourtant que les gâteaux de riz il n'y en aurait pas pour Grand Bonheur ! Pour moi, c'est tout vu ! Je me débats avec force. La main de ma mère me tient comme feraient les serres d'un aigle, elle ne relâche pas son étreinte. Je baisse la tête, entrouvre la bouche sur son poignet et avec la force que je mettrais à téter je la mords. Je sens mes dents s'enfoncer dans sa chair. Son sang a une odeur forte et amère.

Elle pousse un cri de douleur et lâche prise.

Je continue ma marche en avant sans me retourner jusqu'au muret en terre de l'aire de battage.

Je reste face au mur une dizaine de minutes, absorbé dans la contemplation des dessins sur le mur en terre. Je me retourne, l'aire est vide, une odeur de sueur tenace y flotte encore. Ainsi la foule est effectivement venue dans l'aire de battage et mon petit frère, Petit Bonheur, est bien mort noyé. Mon père m'a-t-il vraiment envoyé un coup de pied au derrière ? Ai-je vraiment mordu ma mère ?

Il me semble bien avoir mal aux fesses et pourtant non. J'ai aussi comme un mauvais goût de sang dans la bouche et pourtant il me semble que non. Perplexe, je m'assois près du muret. À côté de moi, il y a des pousses nouvelles de blé d'un vert tendre.

Je reste assis, désœuvré. Alors je me mets à observer le furoncle sous ma rotule, le gratte avec un morceau de ferraille rouillée. Le pus et le sang se répandent de tous côtés, je me sens désespéré. Comme il faut toujours à l'être humain quelque chose de rare je me fais une balafre sous la rotule gauche avec le morceau de ferraille. À partir du furoncle du genou droit je traîne un peu de pus et de sang vers la balafre que je viens de me faire.

Quand le furoncle sous le genou droit sera cicatrisé, sous le genou gauche un nouveau furoncle se formera, tout palpitant de vie.

Un crapaud, qui saute sur la table du repas, peut provoquer un haut-le-cœur, même s'il ne mord pas !

Comme la faim me tenaille, vers le soir, je me glisse jusqu'à la maison. Petit Bonheur a disparu pour toujours et je me sens seul. Mes parents ne manifestent pas la moindre surprise ni la moindre colère en me voyant rentrer de mon plein gré.

Ils sont assis l'un en face de l'autre chacun au seuil d'une porte, Père fume, Mère pleure. Je suis assis sur le seuil de la pièce principale, à égale distance de l'un et de l'autre.

Ma mère n'a pas le cœur à faire la cuisine, mon père a fumé tout son saoul. J'ai faim. Je me lève et vais chercher dans la corbeille à provisions une galette de sorgho couverte de chiures de mouches, deux oignons aux feuilles noires et prends dans la jarre un morceau de cette sauce de soja épaisse et noire. Le morceau est aussi gros qu'un crottin de mulet. Je retourne m'asseoir à ma place d'avant et me mets à manger avec bruit.

Mon père me regarde avec froideur, ma mère prend un air étonné.

Je sais parfaitement ce qu'ils pensent.

Allez, vous ne me faites pas peur !

Un jour vous saurez que Grand Bonheur n'est pas du papier mouillé !

Je rote et me dirige à tâtons vers le *kang* pour dormir. Les moustiques tournent en foule autour de moi, certains me piquent, d'autres non. Je ne les chasse pas, j'ai assez de sang pour les laisser sucer à leur aise.

Dans la deuxième partie de la nuit, les moustiques repus vont se coller contre le mur. J'entends le bruit assourdissant de la rivière. Les parents sont restés assis chacun à sa place sur le seuil d'une porte, ils parlent.

« Ne t'en fais pas trop, dit le père, vois-tu, c'était écrit, c'est notre destin, nous ne pouvions pas assumer cet enfant.

– Il ne reste que Grand Bonheur, et c'est malheureusement le moins futé, dit la mère.

– C'est bien pourquoi je dis que c'est notre triste destin.

– Il ne faudrait surtout pas qu'il lui arrive quelque chose à son tour, fait ma mère inquiète.

– Sois sans crainte, dit le père avec un ricanement, un gosse comme lui le Roi des Morts n'a aucune envie de le voir ! »

Cette conversation entre mon père et ma mère ne m'a même pas fait de la peine. Tout autre discours dans leur bouche m'aurait étonné.

Sur la rivière les vagues déferlent avec fracas, les étoiles étincellent dans le ciel, les moustiques ont roulé leurs drapeaux et fait taire leurs tambours. Mes parents parlent tout bas. Je n'ai aucune raison de me sentir malheureux, je ne pleure pas, j'ai envie de ricaner.

Je le sais : ce ricanement monté de l'ombre a rempli mes parents de stupeur.

Mère est de nouveau enceinte. Père et Mère veulent apparemment un fils exemplaire pour me remplacer. Quand je vois le ventre de ma mère s'arrondir de jour en jour, j'éprouve une aversion profonde.

Depuis la mort de Petit Bonheur, je fais le muet. Peut-être ai-je vraiment perdu toute capacité d'élocution. Je parle à mon ventre, et lui converse joyeusement avec moi.

« T'as vu l'affreux ventre de cette femme !

– Affreux !

– Dis voir un peu, est-ce qu'elle a l'air d'être ma mère ?

– Non, pas du tout !

– T'as vu le père ?

– Oui, on dirait un vieux chameau !

– Est-ce qu'il mérite d'être mon père ?

– Non, je l'ai dit, il a l'air d'un vieux chameau ! »

Chaque jour je converse ainsi avec mon ventre. Sa voix est basse, voilée, semblable à celle qu'on a quand on parle avec le nez bouché.

Depuis le début de sa grossesse, ma mère est souffrante. Elle a le teint jaunâtre, sous sa peau coule une eau jaune. Mon père a acheté une tortue aussi grosse qu'un bol pour la guérir, pour la fortifier.

Je demande à mon ventre : « Est-ce une tortue du gouffre des Yuan ? »

La réponse est catégorique : « Oui, regarde, seules les tortues du gouffre des Yuan peuvent avoir une tête aussi ronde. »

Mon père élève la tortue dans la jarre à eau. On ne pourra la tuer que pendant l'une des neuf périodes de neuf jours après le solstice d'hiver. Pour l'empêcher de sauter, le père a posé un bouchon en bois sur la jarre et mis dessus une grosse pierre qui d'ordinaire sert de battoir.

Quand le père n'est pas à la maison je déplace la pierre, ôte le bouchon de bois et observe la tortue nager ou rester immobile au fond de l'eau.

Chaque fois que je soulève le bouchon, elle remonte hardiment en biais du fond de la jarre jusqu'à la surface. Ses quatre pattes courtaudes et maladroites rament avec une agilité merveilleuse. Quand elle se précipite à la surface autour de sa coquille verdâtre flottent des palmes qui lui font comme une jupe. Une fois parvenue en haut, elle tourne en longeant la paroi intérieure de la jarre. Ses ongles font crisser la paroi. Dans ses yeux verts, je lis de la rage et de l'anxiété. La jarre est remplie à moitié. Les parois sont recouvertes d'un vernis lisse ocre rouge. La tortue ne peut pas sortir de sa prison.

Après avoir nagé un moment, elle est fatiguée, rentre sous elle ses quatre membres et replonge dans l'eau sans bruit, comme une ombre.

L'eau de la jarre s'apaise, les sédiments soulevés par l'animal se redéposent au fond, recouvrent aussi d'une couche grisâtre la carapace jaune. Sans les yeux, comme les marques d'un fléau de balance, il serait difficile de déceler la présence d'une tortue tapie au fond de la jarre.

Lorsque la bête est calme, je la regarde, fasciné. Ses yeux agressifs ont une force magique. J'y lis tant de choses indicibles. Une force rouge sombre traverse alors l'eau et me pénètre. Je m'efforce de la rejeter tout en la désirant violemment. Je sens la pensée de la tortue, pas très élevée, mais pas trop vile non plus, à peu près accordée à la pensée humaine.

Le jour de la mise à mort est venu. En fait, on ne la tuera pas avant de la préparer, c'est plus cruel encore.

Père met deux louches d'eau dans la marmite et jette dedans un paquet d'herbes médicinales puis, à l'aide de pincettes, il attrape la tortue et la sort de l'eau. Pendant tout le trajet de la jarre au foyer, la bête crie de douleur coincée en l'air entre les pincettes. Père la lance sans hésiter dans le chaudron. La tortue fait des soubresauts, les palmes de chaque côté du corps ondoient comme une jupe.

Le feu crépite sous le chaudron, des filets de vapeur montent des bords. J'entends la tortue bouger dans l'ustensile. Ses griffes accrochent la marmite avec des crissements.

Une fois cuite, le père la met dans une assiette en terre et essaie de faire manger ma mère.

Ma mère saisit ses baguettes, les enfonce dans la carapace qui résonne comme la peau d'un petit tambour.

Ma mère mange une bouchée puis se pince le gosier, elle recrache.

Mon père lui dit rudement : « Force-toi, mange ! »

Ma mère, les yeux pleins de larmes, prend avec les baguettes un morceau gélatineux de la jupe de la tortue, le pose sur ses lèvres puis le remet dans le plat.

J'allonge la main, saisis le morceau et vite le fourre dans ma bouche. Du gosier jusqu'à l'estomac, c'est fort, c'est chaud.

Mon ventre applaudit ma conduite.

Mon père frappe mon crâne rasé avec ses baguettes. Mon crâne lui aussi résonne avec un bruit de tambour.

Ce matin-là de bonne heure, le chameau du père Sun s'est sauvé. Ce dernier a raconté comment, de bon matin, alors qu'il allait donner à manger à la bête, il a vu qu'il ne restait que la moitié de la longe sur le pieu de la mangeoire. La fuite de cet animal bizarre a suscité autant de remous dans le village qu'il y a trois ans lorsque le père Sun avait ramené la bête de l'extérieur de la Grande Muraille. Pour labourer, un chameau ne vaut pas un bœuf ; attelé à une charrette, il ne vaut pas un mulet, mais le père Sun s'était obstiné à garder la bête.

Il s'est sauvé ! En apprenant cette nouvelle, une joie frénétique, incontrôlable me submerge. Je sais que quelque chose va se passer. Quoi ? Je ne pourrais pas le dire.

À l'heure du déjeuner, une volée de coups de gong retentit dans la rue. Je jette mes baguettes pour me précipiter dehors. Derrière moi, ma mère, proche du terme, me fait je ne sais quelle recommandation. Je ne me retourne même pas. Derrière la meule de foin, je prends mes trésors : la carapace de la tortue, luisante d'avoir été polie, un galet vert, du vert des pois (en forme de cœur, ébréché à la pointe). Avec le galet, je frappe la carapace tout en courant en direction des gongs.

De la maison le bruit semblait venir de la rue, une fois dehors, je l'entends venir de l'aire de battage.

De loin je vois le dromadaire. Mais avant même de le voir j'en avais senti l'odeur. J'en suis si excité que je crois que je vais m'évanouir.

Quand je vois le dromadaire je comprends : pendant toutes ces années, c'est eux que j'ai attendus.

L'aire est déjà encerclée par la foule. Dans le cercle, un vieillard qu'il me semble avoir déjà vu et qui m'est pourtant totalement inconnu tourne en frappant sur un gong. Il est très âgé, il peut avoir soixante-dix ou quatre-vingts ans, impossible de se prononcer. Sa bouche est complètement édentée, ses lèvres rentrent comme un anus relâché. À son bras est accrochée une lanière reliée à une chaîne en fer au bout de laquelle est attaché un singe maigrichon au pelage vert qui mesure trente à quarante centimètres. Le singe tourne autour de l'aire à la suite du vieillard. Il marche tantôt debout, tantôt à quatre pattes avec un air drolatique.

Le vieux chantonne comme s'il psalmodiait des prières :

« Approche vite, avance lentement… Fais d'abord une révérence devant ces messieurs… que ces messieurs nous applaudissent, et avec les sous gagnés on achètera des galettes au sésame… »

Le singe ne salue pas mais il ne cesse de montrer les dents et de faire des grimaces.

Une grande charrette à roues en bois stationne au bord de l'aire, le dromadaire est attaché au limon. Sur la charrette est posée une énorme caisse. Le couvercle ouvert laisse voir des accessoires bariolés. Une grande jeune fille qui doit avoir une bonne vingtaine d'années est debout, appuyée à la ridelle. Elle porte un pantalon en soie rouge, large en bas, une veste en soie verte ornée d'une rangée de boutons noirs en forme de papillons qui part du cou et descend jusqu'à la taille. Une natte épaisse pend sur sa nuque. Son visage est rond comme la pleine lune, ses sourcils très noirs, ses cils longs, ses dents blanches, elle a une expression mélancolique.

Sur la charrette il y a encore deux enfants, à peu près de mon âge, un garçon et une fille. Aussi pâles, aussi malingres l'un que l'autre, ils sont assis par terre, ils ont l'air épuisés.

Pas d'ours, pas de porc-épic hérissé de piquants, pas de coq à trois pattes, pas d'homme pourvu de queue comme un animal.

Ce n'est pas la troupe à laquelle je pensais.

La foule est de plus en plus nombreuse. Les deux enfants se lèvent en même temps, resserrent leur ceinture et entrent en scène. L'un à la suite de l'autre, ils exécutent des sauts périlleux. Quand ils font le pont on voit la peau de leur ventre toute tendue.

La jeune fille en pantalon rouge exécute la danse de l'épée. Au moment le plus rapide de sa prestation, on ne distingue plus ses formes, on ne voit qu'une lumière rouge en bas, une lumière verte en haut, deux boules de feu.

Je vois la route de l'existence là, devant mes yeux.

La route est sinueuse. Elle traverse des terres basses marécageuses, grimpe des collines douces. Je suis les ornières laissées par les roues de la grande charrette en bois dans le sol glaiseux. Je marche sur les traces du dromadaire avec dans ma poche le galet en forme de cœur et la carapace de la tortue, ce sont mes talismans.

Sur les basses terres poussent de grands roseaux. Quand le vent roule dessus, les roseaux se courbent comme des vagues émeraude. Je sens une odeur familière : le chameau ! Le chameau. Alors le chameau à deux bosses du père Sun sort avec lenteur des roseaux et se tient dans le chemin étroit et boueux. Il me semble n'avoir jamais éprouvé de sentiment de crainte à son égard, l'avoir toujours aimé. Le lien qui m'unit à lui est celui de la vachère pour sa vache. Je suis comme ces voyageurs, loin de chez eux, qui rencontrent un ami de toujours. Je suis l'amant qui retrouve celle qu'il aime après une longue séparation. Je me précipite sur lui, saute pour enserrer son cou fort et solide, élancé, courbé.

De mes yeux jaillit un liquide brûlant. Ce ne sont pas des larmes.

1986

Une histoire d'amour

Cet automne-là, le chef de brigade avait donné pour tâche à Petit Frère, âgé de quinze ans, et au vieux Guo San, qui avait soixante-cinq ans, de faire tourner la noria. Pourquoi faire tourner la noria ? Pour arroser les choux. La personne chargée des canaux d'irrigation était une « jeune instruite[1] » nommée He Liping, qui avait vingt-cinq ans environ.

Au commencement de l'automne, les choux nécessitent un arrosage quotidien pour éviter le vieillissement des racines. Le chef de brigade, responsable de la répartition des tâches, leur avait signifié qu'ils n'auraient pas à se présenter chaque matin pour savoir à quelle tâche ils seraient affectés, ils iraient arroser les choux juste après le petit déjeuner.

Et c'est ce qu'ils avaient fait, et cela avait duré jusqu'aux gelées. Bien sûr, cette tâche ne les prenait pas toute une journée, ils avaient d'autres travaux à effectuer, par exemple, mettre de l'engrais aux plants, ôter les parasites, resserrer, avec des vrilles de patates

1. On appelait « jeunes instruits » les gardes rouges retirés de leur lycée et envoyés dans les brigades de production pour apprendre auprès des paysans.

douces, les feuilles qui tombaient sur le sol, et autres occupations du même genre. Ils avaient quatre pauses dans la journée, chacune d'une demi-heure environ. La jeune instruite He Liping avait une montre. Quand était venu le temps des gelées, et que la température du sol avait baissé, les choux avaient pris la forme d'un ballon, le travail d'arrosage avait pris fin.

Ils démontèrent la noria, la transportèrent dans une charrette à bras jusque sur l'aire à battre le grain de la brigade de production et la remirent au magasinier ; ce dernier effectua une vérification pour la forme, puis les laissa repartir.

Le lendemain, après le petit déjeuner, ils se rendirent sous l'horloge en acier attendre que le chef de brigade leur attribue une autre tâche. Celui-ci dit à Guo San d'atteler le buffle pour labourer les champs de légumineuses, il envoya Petit Frère compléter les semis de blé en bordure des champs. He Liping demanda :

« Chef de brigade, je fais quoi ?

– Tu vas aller compléter les semis de blé avec Petit Frère. Tu mouilleras les sillons, lui sèmera. »

Un membre de la commune populaire, qui avait l'esprit mal tourné, continua sur la lancée et taquina Petit Frère : « Petit Frère, il faudra bien viser le sillon de He Liping avant de semer, ne va pas semer à la volée hors du sillon. »

Et tous les présents de partir d'un gros rire, tandis que Petit Frère sentait son cœur battre la chamade dans sa poitrine ; il lança à la dérobée un regard à He Liping et vit qu'elle faisait la tête, très mécontente. Il en eut le cœur gros. Il injuria le plaisantin : « Vieux Qi, enculé de ta mère, va ! »

Le champ de choux était situé à l'est du village, il jouxtait un grand étang où s'était accumulée une forte quantité d'eau de pluie, il y poussait des algues, l'eau était vert émeraude, d'une profondeur insondable. Si l'équipe de production avait choisi cet emplacement pour y planter des choux, c'était afin de se servir de l'eau de l'étang lors des arrosages. L'eau du puits aurait pu faire l'affaire, mais elle n'était pas aussi efficace. La superstructure de la noria faisait penser à un kiosque au-dessus de l'eau. Petit Frère et le vieux Guo piétinaient sans répit sur la planche qui tremblait, chacun agrippé à un manche en fer, quand l'un était en bas, l'autre était en haut, la noria tournait en grinçant. Du début de l'automne aux gelées, il n'était pas tombé une goutte de pluie, le ciel avait pratiquement toujours été d'un bleu comme lavé, et la lumière radieuse. Qu'il y eût du vent ou non, la surface de l'étang restait calme. Quand des nuages blancs passaient dans le ciel, il y en avait aussi dans l'étang, plus nets encore que ceux du ciel. Parfois, Petit Frère, absorbé par leur contemplation, en oubliait d'actionner le manche en fer qu'il tenait à la main. Le vieux Guo, lassé, hurlait : « Petit Frère ! Tu t'es endormi ? » Au nord de l'étang, il y avait un carré de roseaux grand comme un *kang*. Ces quelques roseaux solitaires semblaient irréels. Ils jaunissaient de jour en jour, les feuilles, éclairées au levant ou au couchant par le soleil, semblaient dorées à l'or fin. Si la grande libellule toute rouge, merveilleuse, venait à se poser sur ces feuilles dorées, l'eau, le roseau, la libellule composaient un tableau. Il y avait aussi une dizaine de canards et sept ou huit oies, tous blancs, qui s'en allaient nageant sur l'eau vert émeraude. Les deux jars au long col couvraient à tour de rôle les canes ou les oies. À les voir, Petit Frère en restait souvent interdit et, de nouveau, il en oubliait d'actionner le manche en fer, attirant sur lui, une fois de plus, les réprimandes du vieux Guo : « À quoi tu penses ? » Petit Frère s'empressait de ne plus regarder les canards et les oies et redoublait d'ardeur dans le maniement du manche. Parmi le bruit des chaînes qui bougeaient et celui de l'eau, il entendait ce que lui disait le vieux Guo : « Regardez-moi ce petit coq qui n'a même pas encore toutes ses plumes et qui pense déjà à ça ! » Petit Frère en éprouvait de la honte. La belle libellule rouge qui virevoltait sur l'étang avait été baptisée par le vieux Guo « la nouvelle mariée ».

He Liping était de haute taille, plus grande encore que le vieux Guo. Elle avait appris les arts martiaux. On racontait qu'elle avait donné des représentations en Europe avec une troupe de jeunes spécialistes chinois. Les gens, souvent, compatissaient à son sort car, sans la Grande Révolution culturelle, elle serait certainement arrivée à quelque chose. L'appartenance de classe de sa famille n'était pas bonne, certains disaient que son père était un capitaliste, d'autres qu'il était engagé sur la voie du capitalisme, ce qui était pratiquement la même chose, aussi personne n'avait eu envie de faire de plus amples recherches sur la question. De toute façon, une chose était sûre, son origine de classe n'était pas bonne.

He Liping n'aimait pas parler, tous les gens du village disaient d'elle que c'était quelqu'un de sérieux. Les jeunes instruits venus en même temps qu'elle, quand ils n'avaient pas repris leurs études, étaient entrés dans la vie active ou avaient retrouvé le chemin de la ville, seule He Liping était restée là, abandonnée. Tout le monde savait bien qu'elle pâtissait de son origine de classe.

Une seule fois, He Liping avait donné une idée de ses talents en arts martiaux, elle venait tout juste d'arriver au village et de s'intégrer à l'équipe de production. Petit Frère avait à l'époque huit à neuf ans. Au village se déroulaient de fréquentes réunions pour la propagande de la pensée de Mao Zedong. Les jeunes instruits parlaient et chantaient bien, certains savaient même jouer de l'harmonica, de la flûte ou du violon à deux cordes. En ce temps-là, l'animation régnait au village, les membres de la commune populaire travaillaient le jour, faisaient la révolution le soir. Une telle effervescence rappelait à Petit Frère celle qui préside aux fêtes du Nouvel An. Un soir, pareil à tous les autres, après le dîner, tout le monde était sorti faire la révolution. Tout devant, il y avait une estrade en terre, y étaient plantés deux poteaux au sommet desquels on avait accroché des lampes à gaz de pétrole. Sur l'estrade, les jeunes instruits y allaient de la voix ou d'un instrument. Petit Frère se rappelait que, soudain, le jeune instruit qui annonçait les numéros du programme avait dit : « Camarades paysans pauvres et moyen pauvres, notre grand dirigeant le président Mao a dit : "Le pouvoir est au bout du fusil !" À présent, nous allons assister à une représentation d'arts martiaux donnée par He Liping intitulée : "Neuf coups de lance formant une fleur de prunus" ! »

Petit Frère se souvenait des applaudissements frénétiques qui avaient suivi cette annonce, on n'attendait plus que l'apparition de He Liping. Elle était entrée sur scène. Elle portait un vêtement moulant rouge, des chaussures blanches en caoutchouc, ses cheveux étaient roulés en un chignon au-dessus de sa tête. Les jeunes gars discutaient de sa poitrine pleine, moulée par le vêtement. Certains avaient dit que c'étaient de vrais seins, un autre que ce n'en étaient pas de vrais, il avait même ajouté qu'elle s'était accroché au torse deux bols en plastique. Tenant à la main une lance ornée de glands rouges, He Liping était debout au milieu de la scène, dans la pose de présentation. Le buste redressé, la tête haute, les yeux noirs et brillants, elle avait fière allure. Elle avait ensuite fait tourner son arme, un déplacement d'air s'était ensuivi. Au moment crucial, on avait pu voir sur scène une masse rouge éblouissante, impossible de distinguer ses gestes. Puis elle avait repris sa pose initiale, debout sur la scène, la lance à la main, volute de fumée rouge qui se serait solidifiée. Au pied de la scène, on aurait entendu une mouche voler, au bout d'un moment, les spectateurs, comme au sortir d'un rêve, avaient applaudi, un peu étourdis.

Tous les jeunes gens du village avaient souffert d'insomnie cette nuit-là.

Le lendemain, pendant les pauses dans les champs, les membres de la commune populaire avaient commenté à qui mieux mieux la prestation de He Liping. Certains avaient dit que la technique de He Liping n'était que de l'esbroufe, que c'était agréable à regarder, mais pas du tout applicable en situation réelle ; d'autres avaient affirmé que, l'arme étant maniée à la vitesse du vent, la question ne se posait même pas, car un petit groupe de personnes n'aurait pas pu s'en approcher. D'autres encore avaient dit que tomber sur une épouse de cet acabit, ce serait jouer de malchance, car on n'aurait qu'à s'attendre à recevoir de bonnes corrections, une fille comme elle était de ces femmes qui dormaient à califourchon sur leur bonhomme, et que même le plus fort des gaillards, un tireur de pousse, par exemple, ne pourrait résister à l'assaut répété de sa lance. Les commentaires qui avaient suivi avaient glissé vers la grossièreté. Petit Frère, qui travaillait avec les adultes, en entendant de tels propos, s'était senti un peu gêné et indigné.

He Liping n'avait exécuté qu'une seule fois son numéro, elle n'avait jamais pu le redonner. On racontait que quelqu'un avait porté l'affaire au comité de la commune populaire, et que ce même comité avait décrété que la lance ne pouvait être tenue que par la relève révolutionnaire pure et dure, et non par un descendant des cinq catégories noires[1].

He Liping parlait peu, chaque jour, déprimée, elle peinait dur aux côtés des membres de la commune. Quand tous les jeunes instruits eurent pris leur envol, elle avait semblé très solitaire et tous avaient éprouvé de la compassion pour elle. Le chef de brigade ne l'avait plus affectée à de rudes besognes. Personne n'avait songé au fait qu'elle aurait peut-être dû trouver un amoureux. Les jeunes du village, repensant sans doute à ses talents dans l'art du maniement de la lance, n'osaient pas aller l'importuner.

Un jour que, assise sur la planche de la noria, elle restait là, interdite, à contempler l'eau vert émeraude de l'étang, Petit Frère, assis lui sur le bord de l'étang, la regardait fixement. Elle avait le teint foncé, l'arête du

1. Propriétaire foncier, paysan riche, contre-révolutionnaire, mauvais élément, droitier.

nez mince et saillante, les yeux si noirs qu'ils semblaient ne pas contenir de blanc ; ses sourcils s'envolaient obliquement vers ses tempes, au milieu du gauche, elle avait un gros grain de beauté rouge sombre. Ses dents étaient très blanches, sa bouche grande, ses cheveux si fournis que Petit Frère ne pouvait même pas voir son cuir chevelu. Ce jour-là elle portait un uniforme militaire, sans insigne, en gabardine bleue, tout délavé ; elle n'avait pas attaché le bouton du col, on pouvait voir son cou très blanc et la guipure de sa petite chemise. En poursuivant plus bas… Petit Frère, affolé, avait détourné la tête pour observer deux papillons qui dansaient sur le champ de choux. Il ne les voyait pas ; dans son cerveau restait imprimée l'image des deux seins de He Liping qui faisaient saillir haut les poches de l'uniforme militaire.

Le vieux Guo n'était pas un honnête paysan. Petit Frère avait entendu dire que, dans sa jeunesse, Guo San avait été une « grosse théière » dans les bordels de Qing-dao. Que fallait-il entendre par là ? Petit Frère ne le savait pas, et il eût été gênant de le demander à l'intéressé lui-même.

À présent, Guo San n'avait pas de femme, il vivait seul, tous les gens du village disaient qu'il avait une liaison avec la femme de Li Gaofa. Cette femme avait les cheveux luisants, coiffés en hauteur, un bon gros visage au teint clair, une croupe large qui se balançait à chaque pas, ce qui lui donnait la démarche d'une cane. Elle habitait tout près de l'étang. Quand Petit Frère et Guo San pédalaient sur la planche pour faire tourner la noria, ils pouvaient, en levant la tête, apercevoir la cour de la famille Li. Ils élevaient un gros chien noir, une bête redoutable.

Le quatrième jour d'irrigation, la femme Li s'en était venue en lambinant vers l'étang, un panier au bras. Elle avait ri aux éclats près de la noria.

Tout en riant, elle avait dit à Guo San : « Troisième Oncle, le chef de brigade t'a gâté au niveau de la répartition du travail. »

Guo San à son tour avait eu un petit rire guilleret : « Cette tâche a l'air légère, mais quand on s'y met vraiment, elle ne l'est pas tant que ça, et si tu ne me crois pas, t'as qu'à demander à Petit Frère. »

D'avoir actionné plusieurs jours de suite la noria, ce dernier avait effectivement des courbatures aux bras. Un sourire avait fendu sa bouche. Il avait vu les cheveux luisants de la femme Li, il s'était senti un peu gêné. Elle lui inspirait du dégoût.

La femme Li avait dit : « Mon boiteux de mari a été envoyé par le chef de brigade à Nanshan, dans les carrières de pierres, il est parti avec sa literie, il ne sera pas de retour avant un mois… Tu ne trouves pas qu'il s'agit là d'une brimade de la part du chef de brigade ? Alors qu'il y a tant de petits jeunes qui n'ont ni famille ni biens, il a fallu qu'il envoie mon diable boiteux ! »

Petit Frère avait vu que les petits yeux de Guo San clignaient déjà, il avait entendu le rire forcé qui se pressait dans sa gorge. Guo San avait dit : « Le chef de brigade a de la considération pour toi !

– Tu parles ! » La femme Li avait dit avec colère : « Ce cochon, il pense me molester ! »

Le vieux Guo n'avait plus rien dit. La femme Li s'était étirée paresseusement, avait levé le visage, avait regardé le soleil en plissant les yeux et avait dit :

« Troisième Oncle, on est à la moitié de la matinée, vous devriez vous reposer un peu. »

Guo San, la main en visière sur ses yeux, à son tour avait regardé le soleil et avait dit : « Oui, c'est l'heure de la pause. » Il avait relâché le manche de la noria, avait lancé en direction du potager : « Petite He, la pause ! »

La femme Li avait dit : « Troisième Oncle, mon chien, ces jours-ci, ne mange pas, venez voir un peu ce qui se passe. »

Guo San avait lancé un regard à Petit Frère et avait dit : « Va d'abord, je te rejoins quand j'aurai fumé une pipe. »

La femme Li s'était retournée tout en marchant : « Troisième Oncle, pressez-vous ! »

Guo San, comme si cela l'agaçait, avait dit : « C'est bon, c'est bon ! » Il avait sorti sa blague à tabac, sa pipe et avait demandé soudain à Petit Frère avec beaucoup d'affection : « Hé , petit gars, t'en fumeras bien une ? »

Mais il avait fourré dans sa propre bouche la pipe qu'il avait bourrée de tabac. Petit Frère l'avait vu allumer la pipe, se lever, se marteler les reins de ses poings : « Quand on vieillit, un peu de travail, et on a les reins en compote ! »

Le vieux Guo avait emboîté le pas à la femme Li. Petit Frère ne les avait plus regardés, il avait tourné la tête du côté des champs de choux, He Liping était debout, immobile, sur la petite digue entre les carrés, appuyée sur sa bêche. Petit Frère s'était senti peiné ; de l'eau de l'étang remuée par la semelle en cuir montait une odeur fétide de vase ; il lui avait semblé que l'odeur s'insinuait jusqu'entre ses dents. Les tuyaux en fer avaient gargouillé, les chaînes avaient cliqueté un peu, les manches avaient tourné à rebours plusieurs tours, l'eau qui avait été aspirée dans les tuyaux était retournée dans l'étang, puis la noria s'était calmée.

Petit Frère avait constaté que la rouille sur la manette avait été polie par sa main ; il s'était assis sur la planche, les genoux contre la poitrine. Le soleil était agréable, l'eau dans les carrés de légumes coulait lentement, émettant une lueur d'argent brisé. Les choux étaient immobiles ; au bout du champ, la haute digue de la rivière était immobile elle aussi, de même que l'arbre à kakis sur la digue ; quelques feuilles, déjà, avaient pris un rouge flamboyant. Petit Frère avait jeté un regard en direction de l'ouest, juste à temps pour apercevoir Guo San qui entrait furtivement dans la cour des Li. Le grand chien noir n'avait lancé qu'un aboiement, puis s'était mis à remuer docilement la queue. Le vieux Guo s'était glissé dans la maison en même temps que le chien. Sur la haie des Li, il y avait un palissage pour les haricots, tout couvert de fleurs violettes. L'eau de l'étang avait été soulevée, canards et oies avaient crié à l'unisson, avaient battu l'eau de leurs ailes. Le jars blanc à long col avait couvert une cane, elle nageait, le mâle sur son dos. Petit Frère avait sauté sur le bord du potager, il avait pris des mottes de glaise qu'il avait lancées contre le jars. La boue était trop molle, elle s'était désagrégée avant même d'atteindre l'eau, la terre jaune avait frappé l'eau verte avec des crissements. Le jars était toujours sur la cane, ils nageaient sur l'eau à toute vitesse.

Petit Frère avait éprouvé une sensation inconnue auparavant. Il avait froid, les vapeurs qui montaient de l'étang lui donnaient la chair de poule. Il n'avait pas osé se redresser, son pantalon gonflé lui faisait honte, tandis que He Liping s'avançait vers lui, suivant la petite digue du carré.

Elle s'approchait de plus en plus, Petit Frère s'était assis sur le sol. Il s'était aperçu soudain que He Liping avait beaucoup grandi et que ses cheveux brillaient d'une lueur dorée. Son cœur s'était mis à battre la chamade, il n'avait pu s'empêcher de claquer des dents. Il avait posé ses mains sur ses genoux, puis les avait déplacées sur ses pieds. Finalement, il avait enlevé une motte de terre et l'avait serrée.

Il avait entendu He Liping demander : « Et le vieux Guo ? »

Il s'était entendu dire tout tremblant : « Oh, il est allé chez Li Gaofa. »

Puis il avait entendu He Liping marcher vers la planche, il l'avait entendue encore cracher dans l'étang. Il avait relevé la tête en cachette et avait vu que He Liping regardait, fascinée, les oies et les canards sur l'étang. Elle était penchée par-dessus la noria pour regarder les oies et les canards, son postérieur était relevé. Petit Frère avait été pris de panique.

Puis He Liping lui avait demandé quel âge il avait. Il lui avait dit qu'il avait quinze ans. Elle lui avait demandé pourquoi il n'allait pas en classe, il avait dit qu'il n'avait pas envie d'y aller.

Petit Frère, le visage en eau, était debout devant He Liping. Elle était partie d'un petit rire. Du coup, Petit Frère avait encore moins osé relever la tête.

Depuis ce jour-là, chaque fois que le vieux Guo se rendait chez Li Gaofa pour soigner le chien, He Liping venait bavarder avec Petit Frère. Il n'avait plus peur, ne transpirait plus, il osait regarder en cachette le visage de la jeune fille. Il percevait même l'odeur de son corps.

Un jour, où il faisait très chaud, He Liping avait ôté son uniforme bleu pour ne garder qu'un chemisier rose ; Petit Frère avait aperçu les brides et les boutons de sa petite chemise sous le chemisier, il en avait été si heureux qu'il avait eu envie de pleurer.

He Liping avait dit : « Petite fripouille, qu'est-ce que tu as à me regarder comme ça ? »

Le visage de Petit Frère s'était empourpré immédiatement, mais il s'était enhardi à dire : « Je regarde ton vêtement ! »

He Liping avait dit avec tristesse : « Tu parles de vêtements ! Tu n'as pas vu mes beaux vêtements ! »

Petit Frère avait dit en rougissant : « Tout ce que tu portes est beau. »

He Liping avait dit : « Mais c'est que tu sais faire des compliments ! »

Elle avait ajouté : « J'ai une robe rouge, de la même couleur que les feuilles de l'arbre à kakis. »

Leurs regards à tous deux s'étaient portés sur l'arbre, à mi-hauteur de la digue. Il était tombé un peu de givre et les feuilles rouges, éclairées par la lumière, formaient une boule de feu.

Petit Frère était parti comme l'éclair, il avait grimpé dans l'arbre, avait rompu une branche couverte de dizaines de feuilles, d'un rouge luisant. Il avait ôté une feuille rongée par les insectes.

Il avait offert le rameau à He Liping. Celle-ci l'avait pris, avait respiré l'odeur des feuilles. Peut-être était-ce le rouge des feuilles qui se reflétait sur son visage.

Guo San avait vu la scène. Alors qu'ils actionnaient

la noria, il avait dit avec un rire bizarre et malicieux : « Petit Frère, je vais te servir d'entremetteur ! »

Petit Frère, le visage empourpré avait dit : « Ah, non, je ne veux pas ! »

Guo San avait dit : « Elle n'est pas mal du tout, cette petite He, elle a des seins bien hauts, des fesses bien larges. »

Petit Frère avait répondu : « Arrête de dire des bêtises… C'est une jeune instruite… elle a dix ans de plus que moi… c'est une grande perche… »

Guo San avait poursuivi : « Et alors ? Une jeune instruite aussi, ça sait prendre son pied. Elle a dix ans de plus, c'est peu. Une grande gigue et un petit ? Mais tu auras ton cou entre ses seins, ça, c'est excitant ! »

Les paroles de Guo San avaient mis Petit Frère en transe, son derrière se tortillait.

Guo San avait ajouté : « Ton zizi en est tout dressé, tu n'es plus un enfant. »

Depuis ce jour-là, Guo San avait entrepris de former Petit Frère sur la question. Ce dernier n'avait pu s'empêcher de lui poser des questions sur la période où il avait été une « grosse théière ». Guo San lui avait alors raconté par le menu ce qui se passait dans les bordels.

Tout en actionnant la noria, Petit Frère avait du mal à se concentrer, la silhouette de He Liping se balançait devant ses yeux. À le voir ainsi, Guo San le taquinait avec des propos plus dévergondés encore.

Petit Frère disait en pleurant : « Troisième Grand-Père, ne me parlez plus de tout cela… »

Guo San disait : « Petit crétin, qu'est-ce que t'as à pleurnicher, va la trouver, elle aussi ça la démange ! »

Un jour, à midi, Petit Frère avait volé une carotte

dans le potager de l'équipe de production, il l'avait soigneusement lavée, l'avait cachée dans l'herbe, attendant la venue de He Liping.

Quand He Liping s'était montrée, le vieux Guo n'était pas encore là. Petit Frère avait donné la carotte à la jeune fille.

Celle-ci avait accepté le cadeau et avait dévisagé Petit Frère.

Ce dernier ne savait pas combien il était dépenaillé, avec ses cheveux en bataille, pleins d'herbe, et ses vêtements en guenilles.

He Liping lui avait demandé : « Pourquoi me donnes-tu cette carotte ? »

Petit Frère avait dit : « Parce que je te trouve gentille ! »

He Liping avait soupiré, caressé la peau de la carotte, rouge et lustrée, et avait dit : « Mais tu es un enfant !… »

He Liping avait caressé la tête de Petit Frère et était partie avec la carotte…

Petit Frère et He Liping se rendirent dans des champs éloignés pour compléter les semences de blé. Comme il fallait changer de place le bétail à la lisière des champs, il n'était pas toujours possible de procéder aux semis, ils avaient donc des moments de liberté. Ils arrivèrent dans un champ de chaumes de sorgho. Le blé précoce avait déjà des pousses, les tiges de sorgho étaient dressées en meules en bordure du champ. On était au cœur de l'automne, il faisait frais. He Liping et Petit Frère semèrent un moment le blé puis, cachés par une meule, ils se reposèrent au soleil. Une lumière belle et douce les éclairait, les champs après les récoltes s'étendaient à perte de vue, on ne voyait pas âme humaine, seuls quelques oiseaux pépiaient dans le ciel.

He Liping coucha quelques bottes de tiges de sorgho, appuya son dos contre une meule et, dans cette position confortable, leva la tête vers le ciel. Petit Frère la regardait, debout à ses côtés. La lumière jouait sur le visage de la jeune fille, elle avait les yeux mi-clos, sa bouche humide, légèrement entrouverte, montrait des dents très blanches.

Petit Frère sentit un grand froid par tout le corps. Il avait les lèvres raidies, la gorge comme serrée par deux mains. Il dit avec difficulté : « … Guo San fait cette chose avec la femme de Li Gaofa… Il y va tous les jours… »

He Liping avait toujours les yeux mi-clos, le sourire sur son visage scintillait.

« … Guo San a dit des injures à ton propos… Il a dit que tu… »

He Liping avait les yeux mi-clos, son corps formait l'idéogramme « grand »[1].

Petit Frère fit un pas en avant et dit : « … Guo San dit que toi aussi tu penses à ça… »

He Liping regardait Petit Frère en souriant.

Petit Frère s'accroupit tout près du corps de He Liping, il dit : « Guo San me dit de me montrer hardi et de te caresser… »

He Liping souriait.

Petit Frère se mit à pleurer bruyamment, tout en disant : «… Grande Sœur, Grande Sœur, j'ai envie de te caresser… J'ai vraiment envie de le faire… »

Alors que la main de Petit Frère venait tout juste

1. Elle avait les jambes écartées.

de se poser sur la poitrine de He Liping, il sentit ses longues jambes et ses longs bras s'enrouler autour de son corps…

L'année suivante, He Liping devait mettre au monde des jumeaux. L'affaire devait faire grand bruit dans le district de Gaomi.

Enfant de Fer

L'année des hauts fourneaux[1], le gouvernement réquisitionna deux cent mille travailleurs pour des travaux d'intérêt public ; en deux mois et demi, on construisit une voie de chemin de fer de quarante kilomètres de long, dont l'une des extrémités était reliée à la gare de Gaomi, sur la ligne principale Qingdao-Jinan, tandis que l'autre s'enfonçait sur plusieurs dizaines de kilomètres dans les vastes friches de la campagne du canton de Dongbei.

À l'époque, nous n'avions guère que quatre ou cinq ans[2], et notre vie se passait dans un « jardin d'enfants »

1. En août 1958 sont créées les communes populaires. Dans la foulée du lancement du Grand Bond en avant, elles ont pour tâche de produire plus vite, mieux, et avec économie. Les travailleurs mènent une vie communautaire : dortoirs, cantines, crèches. La première tâche industrielle qui est assignée au peuple est celle de produire de l'acier. Partout apparaissent des « petits hauts fourneaux » où l'on affine tout ce qui tombe sous la main. Le fer ainsi produit s'avérera être de mauvaise qualité tandis que l'affectation d'une main-d'œuvre trop nombreuse à la tâche entravera la production agricole.

2. Rappelons que Mo Yan est né en 1955 et que, selon la façon de calculer l'âge en Chine, il avait effectivement quatre ou cinq ans (trois ou quatre en réalité).

édifié en même temps que la « cantine ». Le « jardin » se composait en tout et pour tout de cinq pièces aux murs en torchis, au toit de chaume. Il était entouré de troncs de deux mètres de haut, d'une dizaine de centimètres de diamètre et reliés entre eux par du fil de fer grossier. Sans parler d'enfants de trois ou quatre ans, même un chien jeune et vigoureux n'aurait pu sauter par-dessus. Tous ceux de nos familles : père, mère, frères et sœurs aînés… qui étaient en mesure de manier pelles et bêches avaient été répartis dans les rangs des travailleurs réquisitionnés ; ils mangeaient et dormaient sur le chantier, cela faisait déjà longtemps que nous ne les avions pas vus. Parqués dans le « jardin d'enfants », nous étions surveillés par trois vieilles femmes très maigres. Elles avaient toutes les trois le même nez en bec d'aigle, les mêmes yeux caves, nous les trouvions toutes pareilles. Trois fois par jour, matin, midi et soir, elles nous préparaient une bouillie de légumes sauvages qui nous faisait un ventre gros comme un ballon. Après avoir bu notre bouillie, agrippés à la clôture en bois, nous regardions ce qui se passait dehors. Des jets d'un vert tendre poussaient sur le bois, rameaux de saules ou de peupliers. Certains troncs pourris ne se ramifiaient pas, mais étaient couverts de champignons de souche jaunes, ou d'autres petits champignons, de couleur crème ceux-là. Après avoir bu notre bouillie, agrippés à la clôture en bois nous regardions ce qui se passait dehors, tout en cueillant les champignons sur les poteaux pour les manger. Nous apercevions des ouvriers réquisitionnés, à l'accent d'ailleurs, qui allaient et venaient dans la rue, ils étaient hirsutes et crasseux, apathiques. Nous cherchions un proche parmi eux. Nous demandions, braillant et pleurant :

« Tonton, t'as pas vu mon papa ? »
« Tonton, t'as pas vu ma maman ? »
« T'as pas vu mon grand frère ? »
« T'as pas vu ma grande sœur ? »
…

Certains ouvriers semblaient sourds, ne prêtaient aucune attention à nous ; d'autres penchaient la tête, nous jetaient un coup d'œil, puis hochaient la tête en signe de dénégation. D'autres encore nous injuriaient avec méchanceté :

« Fils de putes ! Z'avez qu'à vous faufiler au-dehors ! »

Les trois vieilles femmes, assises sur le seuil de la porte, ne prêtaient aucune attention à nous. La clôture avait deux mètres de haut, nous ne pouvions l'escalader. Les interstices étaient étroits, impossible de se faufiler à l'extérieur.

Au travers de la clôture, nous pouvions voir, dans la campagne au-delà du village, saillir un dragon en terre ; des groupes d'humains tout noirs s'affairaient, escaladaient le dragon, on aurait dit des fourmis. D'après les dires des ouvriers à l'extérieur de la clôture, il s'agissait de l'assise d'une voie ferrée. Nos parents se trouvaient dans la foule de ces humains pareils à des fourmis. Parfois, le corps du dragon se hérissait de millions de drapeaux rouges, d'autres fois d'autant de drapeaux blancs. La plupart du temps, il n'y avait pas de drapeaux. Plus tard, le dragon en terre scintilla de nombreuses choses brillantes. Les ouvriers à l'extérieur de la clôture nous dirent : « On va poser la voie ferrée. »

Un beau jour, à l'extérieur passa un jeune homme aux cheveux clairs, il était si grand que nous pensions qu'en allongeant le bras il aurait pu toucher le faîte de la clôture. Comme nous l'interrogions sur nos parents, qui l'aurait cru, il vint jusqu'à la clôture, se mit à croupetons et nous caressa affectueusement le nez, nous pointa un doigt sur le ventre, nous tordit le zizi. C'était la première grande personne à être attirée par nos cris. Il nous demanda en riant :

« Il s'appelle comment ton papa ?

– Mon papa, il s'appelle Wang Fugui.

– Oh, Wang Fugui. » Il dit en se caressant le menton : « Wang Fugui, je le connais.

– Et tu sais quand il va venir me chercher ?

– Il ne pourra pas venir, avant-hier, alors qu'il portait des rails, il a été écrasé dessous.

– Ouin !... »

Et un enfant de pleurer.

« T'aurais pas vu ma maman ?

– Elle s'appelle comment ta maman ?

– Ma maman, elle s'appelle Wan Xiuling.

– Oh, Wan Xiuling. » Il dit, en se frottant le menton : « Wan Xiuling, je la connais.

– Et tu sais quand elle va venir me chercher ?

– Elle ne pourra pas venir, avant-hier, alors qu'elle transportait des traverses, elle a été écrasée dessous.

– Ouin !... » Et un autre enfant de pleurer.

...

À la fin, tous les enfants pleuraient. Le jeune homme aux cheveux clairs se leva et partit en sifflotant.

Nous devions pleurer ainsi de midi jusqu'à la tombée de la nuit. Les vieilles femmes nous appelaient pour le brouet que nous étions encore là à pleurer. Elles dirent avec colère : « Qu'est-ce que vous avez à pleurer ? Si vous continuez comme ça, on va vous mettre dans la fosse commune. »

Nous ne savions pas où était cette fosse commune, mais nous étions certains qu'il s'agissait d'un lieu redoutable, nous nous arrêtâmes tous de pleurer.

Le lendemain, nous étions de nouveau agrippés à la clôture à regarder ce qui se passait dehors. Vers le milieu de la matinée, nous vîmes approcher des ouvriers pressés qui portaient un panneau de porte sur lequel était allongée une personne défigurée dont il eût été difficile de dire s'il s'agissait d'un homme ou d'une femme. Un sang noir gouttait du bord de la planche en faisant « floc ! floc ! ».

Je ne sais qui commença à pleurer le premier, mais nous le suivîmes à l'unisson, comme si la personne étendue sur le panneau de porte était un de nos proches.

Une fois bu le brouet de midi, nous voilà repartis à grimper le long de la clôture. Nous vîmes deux grands gaillards noirs portant à deux mains un grand fusil ; ils conduisaient sous escorte le jeune homme aux cheveux clairs que nous connaissions. Ce dernier avait les mains derrière le dos, les poignets liés par des cordes, le nez et les yeux tuméfiés, du sang coulait de ses lèvres. Arrivé devant nous, il pencha la tête pour nous regarder, nous fit un clin d'œil, plissa le nez, il paraissait de très bonne humeur.

Alors que tous nous l'appelions en chœur, un des grands gaillards noirs lui pointa le canon du fusil dans le dos et dit à haute voix : « Avance, et vite ! »

Un autre matin, comme nous étions cramponnés à la clôture à regarder la voie ferrée, nous vîmes, au loin, qu'elle était de nouveau hérissée tout du long de drapeaux rouges, tandis que résonnaient gongs et tambours et qu'une multitude, sur la voie, criait sans qu'on sût d'où venait tant de liesse. À midi, comme nous buvions notre brouet, les vieilles femmes nous distribuèrent à chacun un œuf et nous dirent : « Les enfants, la voie ferrée est terminée, elle va être ouverte à la circulation cet après-midi et vos parents vont venir vous chercher pour vous ramener à la maison, nous avons fait suffisamment pour vous. Vous avez droit chacun à un œuf, en l'honneur de la cérémonie de mise en circulation. »

Quelle joie ce fut pour nous, ainsi nos parents n'étaient pas morts ! Le jeune homme aux cheveux clairs nous avait bel et bien menés en bateau, rien d'étonnant à ce qu'on l'eût ligoté.

Nous mangions rarement des œufs, les vieilles femmes nous expliquèrent qu'il fallait d'abord ôter la coquille. Je m'y prenais très maladroitement, mais voilà que dans l'œuf se cachait un petit poussin, avec des plumes, qui piaillait, tandis que du sang coulait. Impossible d'avaler ça ! Les vieilles femmes nous forçant à nous exécuter à coups de bâton, nous finîmes par gober le tout.

Le lendemain matin, comme nous grimpions à la clôture, nous constatâmes que les drapeaux rouges sur la voie ferrée étaient encore plus nombreux. Vers midi, une clameur monta de la foule massée de chaque côté de la voie : une énorme chose, longue et noire, crachant une fumée, noire également, avec force sifflements, arrivait en galopant du sud-ouest. Elle allait plus vite qu'un cheval. Nous n'avions jamais vu une chose avancer aussi vite. Nous sentions la terre trembler sous nos pieds, nous étions terrorisés. Des femmes habillées de blanc, portant des bonnets blancs, sorties d'on ne sait où, criaient en battant des mains :

« Voilà le train ! Voilà le train ! »

Le train passa dans un formidable grondement, se dirigeant vers le nord-est, nous suivions des yeux la queue du convoi ; il avait disparu que nous étions encore là à regarder.

Après le passage du train, il y eut effectivement quelques grandes personnes pour venir récupérer leurs enfants. Chien fut emmené, Mouton aussi, Poteau également, et aussi Haricot, à la fin, il ne resta plus que moi[1].

Les trois vieilles femmes m'entraînèrent à l'extérieur de la clôture et me dirent : « Allons, rentre chez toi ! »

J'avais oublié depuis longtemps le chemin de la maison ; tout en pleurant, je suppliai les vieilles femmes de me reconduire chez moi. Elles me repoussèrent puis s'empressèrent de refermer le portail, qu'elles condamnèrent avec un gros cadenas en laiton d'un jaune éclatant. J'avais beau pleurer à l'extérieur, crier, implorer, elles ne prêtaient aucune attention à moi. Par une fente dans la clôture, je vis ces trois vieilles, qui semblaient avoir été coulées dans le même moule, installer un petit chaudron, insérer du bois dessous, allumer le feu, verser dans le récipient un peu d'huile vert clair. Les flammes crépitèrent, de l'écume se forma sur l'huile. Déjà la mousse disparaissait, des fumées blanches montèrent, léchant le bord du chaudron. Les vieilles femmes cassèrent les œufs et, s'aidant d'un bâton, firent tomber dans l'huile les poussins couverts de duvet, « plouf ! plouf ! », ils roulaient au milieu

1. Le choix des prénoms est entièrement libre en Chine. Dans les campagnes, on donne aux enfants des noms d'animaux domestiques ou d'objets usuels, attitude dépréciative certes, mais qui entend aussi détourner l'attention du Roi des enfers, ou dieu des Morts, lequel dispose des vies et des morts.

des grésillements. Une délicieuse odeur de grillé se répandit. Les vieilles femmes, toujours avec l'aide de bâtons, sortirent de l'huile les poussins, soufflèrent un peu dessus avant de se les fourrer dans la bouche. Leurs joues se gonflaient à tour de rôle, du bruit sortait de leur bouche. Tout en mangeant, elles gardaient les yeux fermés, des larmes coulaient. J'avais beau pleurer, crier, elles n'en ouvraient pas la porte pour autant. Je n'avais plus de larmes, j'avais la voix rauque. Auprès d'un arbre d'un noir luisant, j'aperçus une flaque d'eau sale. Je m'en approchai pour boire. Comme je buvais, j'aperçus, au bord de la flaque, un crapaud jaune. Je vis également un serpent noir avec des taches blanches sur le dos. Le crapaud et le serpent se combattaient. J'avais peur, j'avais soif. Surmontant ma peur, je m'agenouillai pour prendre de l'eau au creux de ma main. L'eau s'échappa à flots entre mes doigts. Le serpent mordit la patte du crapaud, une eau blanche sortit de la tête de ce dernier. Je sentis la puanteur de l'eau. J'en eus un peu la nausée. Je me redressai. Je ne savais où aller. J'avais envie de pleurer. Je pleurai. J'avais les yeux secs, sans une larme.

Je vois l'arbre, l'eau, je vois le crapaud jaune, le serpent noir, se battre, avoir peur, avoir soif, s'agenouiller, prendre de l'eau, puanteur de l'eau, nausée, je pleure, sans larmes… « Hé, qu'est-ce que t'as à pleurer comme ça ? Ton pater est mort ? Ta mater est morte ? Tout le monde est mort chez toi ? » Je tourne la tête. Je vois l'enfant qui m'a posé ces questions. Je vois qu'il est de ma taille. Je vois qu'il ne porte pas de vêtements. Je vois que sa peau est couverte de rouille. J'ai l'impression que c'est un enfant en fer. Je vois qu'il a les yeux noirs. Je vois qu'il est comme moi, que c'est un garçon.

Il dit, qu'est-ce t'as à pleurer comme ça, Bois ? Je dis, je ne suis pas du bois. Il dit, eh bien, moi, justement, je veux t'appeler Bois. Il me dit, Bois, sois mon copain, on va aller jouer sur la voie ferrée. Il dit, là-bas y a plein de choses intéressantes, des choses bonnes à manger, des choses amusantes.

Je dis, le serpent va finir d'avaler le crapaud. Il dit, laisse-le faire, ne le touche pas, il peut sucer la moelle des petits enfants.

Il me remorque et moi je le suis en direction de la voie ferrée. Celle-ci semble toute proche et pourtant nous ne parvenons pas à l'atteindre, et de marcher, et de regarder : elle est toujours aussi loin, c'est comme si elle avançait au fur et à mesure que nous avançons. Arriver tout près exige de nous beaucoup d'efforts. J'ai mal aux jambes. Je lui demande comment il s'appelle. Il me dit, donne-moi un nom et ce sera mon nom. Je lui dis, t'as l'air d'un morceau de ferraille rouillée. Il dit, tu dis que je suis du fer, eh bien, je suis du fer. Je dis, Enfant de Fer. Il se dit d'accord et rit jusqu'aux oreilles. J'escalade la voie ferrée à la suite d'Enfant de Fer. L'assise est escarpée. Je vois les deux rails comme deux bêtes longues, énormes, s'approcher en rampant, venant sans doute de loin, de très loin. Je me dis que, dès que je vais poser le pied dessus, ils vont se mettre à se tortiller et que leur longue queue de bois sans tête va venir s'enrouler autour de moi. Je pose avec précautions mon pied dessus. Je sens la froideur du fer ; ça ne gigote pas, ça ne balance pas la queue.

Je vois le soleil prêt à se coucher. Il est énorme, tout rouge ; quelques gros oiseaux blancs se sont posés au bord de l'eau. J'entends un cri bizarre, Enfant de Fer me dit que le train arrive. Je vois les roues en fer du train, rouges, entraînées par des bras en fer. Je sens sous les roues un vent qui aspire. Enfant de Fer fait un signe de la main en direction du train, comme si ce dernier était son ami.

Le soir, j'ai très faim. Enfant de Fer attrape une tige de fer couverte de rouille rouge et me la donne à manger. Je dis, je suis un être humain comme si je mangeais du fer ? Enfant de Fer dit, pourquoi un être humain ça mangerait pas du fer ? Moi aussi je suis un être humain et justement, je mange du fer, si tu ne me crois pas, je vais te montrer. Je le vois effectivement approcher la tige de fer de sa bouche et se mettre à la grignoter avec force « scrunch, scrunch ». La tige semble croquante, croustillante. Le voyant manger avec délices, je sens la gourmandise me gagner. Je lui demande comment il a appris à manger du fer ; il dit, comme si ça s'apprenait ! Je dis, eh bien, moi, je ne sais pas manger du fer. Il dit, comment ça, tu ne sais pas ? Si tu ne me crois pas, essaie un peu. Il me tend la moitié de la tige qu'il a laissée et me dit, essaie pour voir. Je dis, j'ai peur de me casser les dents. Il dit, comme si ça se pouvait ! Rien n'est plus solide que les dents des humains, essaie et tu le sauras. Avec réticence, je mets la tige dans ma bouche, j'essaie d'abord de la lécher avec la langue, de tester la saveur. C'est salé, acide, fétide, le goût fait penser à celui du poisson dans de la saumure. Il dit, mais mâche donc ! J'essaie d'en mâcher un peu et, chose étrange, je parviens à en croquer une bouchée sans effort. Je mâche, plus je mâche et plus c'est bon, plus j'en mange et plus j'ai envie d'en manger ; en un rien de temps je viens à bout de ma demi-tige de fer. Alors ? Je t'ai mené en bateau ? Je dis, non, tu ne m'as pas mené en bateau, t'es vraiment un chic type, tu m'as appris à manger du fer, je n'aurai plus à boire de la soupe de légumes. Il dit, tout le monde est capable de manger du fer, mais les gens ne le savent pas. Je dis, si on savait cela, quel besoin on aurait d'aller encore planter des céréales ? Il dit, parce que tu crois que c'est plus facile d'affiner de l'acier que de planter des céréales ? Affiner de l'acier est plus difficile. Ne leur dis jamais que le fer est bon à manger, s'ils venaient à le savoir, tout le monde se mettrait à en manger et nous n'aurions plus rien pour nous. Je dis, pourquoi tu m'as dévoilé ce secret ? Il dit, manger du fer seul dans son coin, c'est pas intéressant, je voulais trouver un copain.

J'avance derrière lui en marchant sur les rails en direction du nord-est. Maintenant que je mange du fer, je n'ai plus peur des rails. Je me dis à moi-même : rails, rails, vous avez intérêt à vous tenir tranquilles, sinon je vous mange. Avec cette demi-tige de fer dans le ventre, je n'ai plus faim, mes pieds et mes jambes ont retrouvé leur énergie. Enfant de Fer et moi, chacun sur un rail, allons droit devant. Nous marchons vite, au bout d'un moment, nous apercevons une partie du ciel rouge sombre ; sept à huit hauts fourneaux, au milieu de crépitements, crachent des flammes. Je sens l'odeur du fer, fraîche et agréable. Il dit, devant on affine l'acier, qui sait si ton pater et ta mater ne sont pas là. Je dis, je ne pense plus du tout à eux.

Et de marcher, marcher, soudain, la voie ferrée disparaît. Alentour, ce ne sont plus qu'herbes folles plus hautes que nous ; dans les herbes, il y a des tas de ferrailles couvertes de rouille, de nombreux trains sont couchés là, les wagons sont tout aplatis, de l'intérieur ressortent les ferrailles. Nous marchons encore un peu, droit devant nous, apercevons une foule de gens qui mangent, accroupis près des tas de ferraille ; le feu des hauts fourneaux fait rougeoyer leurs visages. Mais que mangent-ils donc ? Des pains à la vapeur farcis à la viande et des œufs aux patates douces. Ils mangent avec délices, se régalent, leurs joues en sont toutes gonflées, on dirait qu'ils ont les oreillons. Mais moi, je sens une puanteur s'élever de ces pains farcis à la viande et de ces œufs aux patates douces, l'odeur est plus infecte que de la merde de chien, j'en ressens de violents haut-le-cœur, je m'empresse de courir me placer du côté du vent. Soudain, dans la foule, un homme et une femme se dressent et crient de toutes leurs forces : « Gousheng[1] ! »

J'en sursaute de peur. Je reconnais mon pater et ma mater. Ils accourent vers moi en titubant. J'ai soudain le sentiment qu'ils sont redoutables, aussi redoutables que les trois vieilles femmes du « jardin d'enfants ». Je sens monter d'eux cette puanteur plus insupportable que de la merde de chien. Alors qu'ils allongent le bras pour m'attraper, je me détourne et me sauve. Je cours, ils sont à mes trousses. Je n'ose pas me retourner, mais je sens le bout de leurs doigts s'enfoncer dans mon cuir chevelu. C'est alors que j'entends mon bon copain Enfant de Fer m'appeler, là, devant moi :

« Bois, Bois, cours au tas de ferraille ! »

J'aperçois son corps rouge sombre passer comme

1. Ce prénom, qui signifie « restes de repas dédaignés par un chien », est une marque de mépris, mais aussi une façon de protéger l'enfant auquel on le donne.

l'éclair sur le tas de ferraille avant de disparaître. Je me rue sur le tas, marchant sur les marmites, les pelles, les charrues, les fusils, les canons et autres ustensiles en fer. J'escalade cette montagne de ferraille. Enfant de Fer me fait un signe de la main par l'ouverture d'un cylindre en fer, d'un mouvement d'épaules, je me faufile à l'intérieur. Il fait noir comme dans un four, le parfum de la rouille est partout. Je ne vois rien. Une petite main glacée me tire par la main. Je sais qu'il s'agit de celle d'Enfant de Fer. Enfant de Fer dit :

« N'aie pas peur, viens avec moi, ils ne peuvent pas nous voir. »

J'avance en rampant derrière lui. Le cylindre est plein de coudes, je ne sais pas du tout où il mène. Et de ramper, de ramper ; à la longue, un rai de lumière apparaît. Je sors du cylindre derrière Enfant de Fer. Enfant de Fer, tenant à la main un bout de chenille, me conduit jusque sur la tourelle d'un tank. Sur la tourelle sont dessinées des étoiles blanches à cinq branches. Le tube d'un canon, tout piqué par la rouille, pointe en oblique vers le ciel. Enfant de Fer veut se glisser dans la tourelle. Les vis sont grippées par la rouille. Enfant de Fer dit :

« On l'aura en le grignotant. »

À genoux sur la tourelle, nous faisons le tour des vis rouillées du pourtour. Nous rongeons, mangeons, au bout d'un moment, nous en venons à bout. Le couvercle est soulevé et mis de côté. Le fer dans la tourelle est souple, il fait penser à des pêches mûres à point. Nous nous faufilons dans le ventre du tank, nous asseyons sur le fer moelleux. Enfant de Fer m'aide à repérer un trou afin que je puisse voir mon papa et ma maman. Je les aperçois qui escaladent au loin le tas de ferraille ; ils pleurent, tout en fouillant avec bruit les ustensiles.

« Gousheng, Gousheng, fiston, montre-toi, viens manger des petits pains farcis à la viande et des œufs aux patates douces… »

Je les regarde comme s'il s'agissait de deux étrangers. Quand je les entends me demander de sortir pour manger des petits pains et des œufs, je ricane, méprisant.

Ne me trouvant pas, ils s'en retournent.

Nous nous faufilons hors du tank, grimpons sur le canon, à califourchon dessus, nous regardons les hauts fourneaux qui crachent du feu, échelonnés dans notre champ de vision, et les gens qui s'affairent autour. Ils soulèvent des chaudrons, crient : « À la une, à la deux, à la trois ! », les jettent en l'air, les ustensiles se brisent dans la chute, ils achèvent de les réduire en pièces avec des marteaux de forgeron. Je sens la délicieuse odeur de chaud du fer calciné, mon ventre gargouille. Enfant de Fer semble avoir deviné ce que je ressens, il dit :

« Bois, on y va ! On va prendre un chaudron, le fer des chaudrons c'est délicieux. »

En évitant de nous faire remarquer, nous pénétrons dans la lumière du feu, repérons un bon chaudron, le soulevons et prenons la fuite. Quelques hommes effrayés en perdent même leur marteau, d'autres détalent. Tout en courant, ils crient :

« L'esprit du fer est là, l'esprit du fer est là ! »

À cet instant, nous avons déjà atteint le sommet du tas de ferraille et mettons en pièces le chaudron, le mangeons à grosses bouchées, c'est plus savoureux que la tige de fer.

Alors que nous sommes en train de manger, nous

voyons un boiteux s'approcher, un Mauser lui battant les flancs ; avec la courroie du fusil, il frappe les hommes qui ont crié, les injurie :

« Espèces de salopards, vous répandez des rumeurs, vous faites du sabotage ! Un renard peut devenir un esprit, un gros arbre aussi, mais a-t-on jamais vu des boules de fonte devenir des esprits ? »

Les hommes en question disent d'une même voix :

« Instructeur policier, comme si on osait dire des mensonges ! On était là à casser les chaudrons quand, de l'ombre, sont sortis deux petits hommes en fer, le corps couvert de rouille rouge, ils se sont emparés d'un chaudron, l'ont soulevé avant de s'enfuir avec ; en un clin d'œil, ils avaient disparu. »

Le boiteux demande : « Et ils se sont enfuis où ? »

Et eux de dire : « Dans le tas de ferraille.

– Des histoires à la con, oui ! dit le boiteux. Ici c'est que de la friche, d'où ils sortiraient ces enfants !

– C'est bien pour ça qu'on a eu peur. »

Le boiteux sort son fusil et « pan ! pan ! pan ! » tire trois fois en direction du tas de ferraille, l'impact des balles sur la ferraille fait jaillir de grosses étincelles dorées.

Enfant de Fer dit :

« Bois, et si on volait le fusil pour le manger ? »

Je dis :

« Je crains que ce ne soit pas possible. »

Enfant de Fer dit :

« Attends ici, j'y vais. »

Enfant de Fer descend à pas feutrés du tas de ferraille, se met à plat ventre dans l'herbe et rampe lentement ; les gens dans le cercle de lumière ne peuvent pas le voir, mais moi, je le vois. Je le vois, au moment où il arrive en rampant derrière le boiteux, chiper une feuille de fer dans le tas de ferraille et en frapper un chaudron. Et les hommes de dire :

« Écoutez. Les esprits du fer sont de ce côté-là ! »

Comme le boiteux lève son fusil pour tirer, Enfant de Fer, derrière lui, d'un bond, le lui arrache des mains.

Les hommes hurlent :

« Les esprits du fer ! »

Le boiteux en tombe sur le derrière et crie :

« Au secours ! Qu'on arrête ces espions ! »

Enfant de Fer, levant le fusil, arrive en rampant jusqu'à moi et dit :

« Alors ? »

Je dis, tu es vraiment habile. Tout content, il mord à belles dents dans le canon du fusil, me le tend, dit :

« Mange ! »

Je mords dedans, j'ai un goût de poudre dans la bouche. Pouah ! Je crache, répète :

« C'est pas bon, mais pas bon du tout. »

Il croque un morceau de la hausse, teste le goût, dit :

« C'est vrai, c'est pas bon, jetons-le-lui ! »

Il jette le fusil près du boiteux.

Je jette près du boiteux la mire dans laquelle j'ai mordu.

Le boiteux ramasse le corps du fusil et la mire, les examine, « aïe ! aïe ! », il jette le fusil défoncé et prend la fuite. Le boiteux court, tout de guingois ; quant à nous, assis sur notre tas de ferraille, nous rigolons.

Au milieu de la nuit, du sud-ouest parvient un faisceau de lumière aveuglant, accompagné d'un grondement énorme. C'est le train.

Je vois le train courir jusqu'au bout de la voie ferrée et piquer la tête la première sur un autre train, les wagons se compresser les uns dans les autres dans un vacarme énorme, le fer de l'intérieur se déverse avec fracas à l'extérieur de la voie.

Après cela, il ne devait plus y avoir d'autres trains. J'ai demandé à Enfant de Fer si certaines parties du train étaient meilleures que d'autres, il a dit que le meilleur, c'étaient les roues. Alors nous avons mangé une roue en fer ; arrivés à la moitié, nous n'avons plus eu envie d'en manger.

Nous sommes allés encore près des hauts fourneaux pour manger le fer qui venait juste d'être affiné, mais il n'était pas aussi bon que le fer rouillé.

La journée, nous dormions dans le tas de ferraille, le soir, nous allions mettre la pagaïe parmi les gens qui affinaient l'acier, la peur leur faisait prendre la fuite.

Un soir, alors que nous partions une fois de plus pour effrayer les hommes qui cassaient les chaudrons, nous avons vu, posé dans la lumière éclatante, un gros chaudron tout rouge de rouille, et nous de nous précipiter dessus. Comme nos mains touchaient son bord, nous avons entendu un vrombissement : un immense filet en chanvre nous enveloppait.

Malgré nos efforts acharnés pour mordre la corde, il nous a été impossible de la rompre.

Eux, tout contents, criaient :

« On les a eus, on les a eus ! »

Ensuite, ils nous ont frotté le corps avec de la toile émeri, ça faisait mal, Dieu que ça faisait mal !

La fille du boucher

Je n'oublierai jamais ces étoiles. Palpitantes, frissonnantes, qui plissaient le nez, faisaient des clins d'œil, pareilles à des fantômes minuscules, pareilles à ce petit chien noir qui tournait toujours autour de moi en sautillant, ces étoiles, dans le ciel du petit matin, scintillaient comme des gemmes.

Quel âge avais-je à l'époque ? Qui aurait pu le savoir avec certitude ? Mon grand-père maternel peut-être, ou bien Maman, en tout cas, moi, je n'en savais rien, mais eux non plus, peut-être. Et quand bien même l'auraient-ils su, ils ne m'en auraient rien dit.

Au plus loin où remonte ma mémoire, je revois ces petits matins froids, quand le village était encore profondément endormi, quand les chiens aboyaient par intermittence ; j'étais allongée dans la corbeille près de l'arête du fond de la brouette, sur une épaisse couche de paille, sur la paille était posée une peau de chien plus grande que moi, ambrée, douce, duveteuse. Je me disais que c'était sûrement celle d'un grand chien, bête puissante, qui grognait quand on l'appelait, pareil à un tigre. Maman murmurait toujours : « Xiangniuer, Xiangniuer, au district vendre notre viande nous allons, la viande vendue, des pains achèterons, tout sucrés, tout bons, Xiangniu le ventre plein roulera, roulera, en rond… »

Maman me dépose dans la corbeille et couvre mon corps d'une couverture ouatée confectionnée spécialement pour moi. Puis Maman va ouvrir la porte de la rue avec ses deux vantaux faits de rondins et attend que son père courbe l'échine, se passe au cou la courroie de la brouette, empoigne les brancards luisants de graisse, se redresse, pousse la brouette à l'extérieur. Maman referme la porte rustique, met le loquet en fer, puis le gros cadenas en laiton jaune. Mon petit chien noir court devant ou derrière la petite voiture, aboie, je vois ses yeux briller dans l'obscurité et son pelage luire à la clarté des étoiles. Notre petit chien noir est le chien le plus beau, le plus heureux du village, du district, de toute la province. Notre petit chien noir a été élevé au sang de cochon et à la viande grasse de porc. Il n'y a pas un autre chien au monde dont le sort soit plus enviable que notre petit chien noir. Notre petit chien noir ne joue pas avec les chiens du village élevés aux résidus de sucre et aux peaux de cucurbitacées, notre petit chien sent bon, les petits chiens du village sentent mauvais. Maman dit :

« Petit Noir, rentre, garde bien la maison ! »

Le petit chien noir lance deux jappements et se faufile par un trou laissé dans le mur en torchis. Je l'entends aboyer tristement dans la cour, il dit que c'est là son adieu, il dit qu'il espère que nous vendrons rapidement toute la viande et que nous reviendrons au plus vite à la maison.

Grand-Père pousse la brouette, Maman marche à côté, elle marche près de moi. La roue de notre brouette roule sur la route verglacée, on entend des craquements. Un chien parfois, d'un coin de mur, dans le noir, nous aboie dessus ; d'autres fois, c'est un petit veau tout noir qui passe comme le vent près de nous, je peux entendre le bruit du frottement que fait son corps contre les branches quand il se faufile dans la haie. Je ferme les yeux, je le vois, pareil à un gros morceau de suif brillant, avec son pelage qui a le lustre du satin, essayer de forcer la haie. Je le vois là-bas, immobile sur ses pattes ; il me regarde de ses grands yeux limpides, comme s'il voulait me dire quelque chose, mais il ne dit rien (je sais qu'il n'ose pas me le dire, qu'il fait exprès de ne rien dire, mais qu'un jour il me parlera). De son petit mufle violet, qui fait penser à un pétale de fleur, il happe les feuilles de ces liserons qui grimpent dans la haie en automne et y ouvrent leurs calices violets, fanés maintenant ; il déchire les feuilles avec force, il ne les mange pas, il n'a pas faim, s'il les happe et les déchire, c'est pour le bruit si joli de cascade que fait la haie, c'est pour me le donner à entendre.

Déjà nous sortons du village. Grand-Père se courbe, bloque sa respiration, pousse la brouette le long d'une grande montée ; parfois Maman se rend devant la brouette pour la tirer par la traverse afin de donner un coup de main ; parfois elle n'en fait rien et le laisse pousser et souffler comme un bœuf. Quand nous parvenons en haut de la côte, je vois la rivière. Au cœur de l'hiver, au petit matin, il fait nuit noire et la rivière, prise en glace, émet une vague lueur blanche. Grand-Père retient les brancards, le corps incliné vers l'arrière, mobilisant tout l'effort de ses jambes, il laisse la voiture descendre la pente. J'entends le bruit de ses grands pieds glisser sur la route, je peux les imaginer dans les chaussures.

Au bas de la pente, c'est un petit pont en pierre ; une fois la viande vendue, au retour du chef-lieu du district, il y a le petit pont en pierre toujours penché sur la rivière ; il se courbe, met la tête de côté, agite la queue, nous sourit. Je m'inquiète à chaque fois à la pensée que, une fois la brouette engagée sur son dos, il pourrait, d'un coup, nous expédier dans la rivière. Mais cela ne s'est jamais produit, c'est pourtant une éventualité de chaque instant, et cela finira bien par arriver un jour.

J'ai entendu Maman dire que le chef-lieu du district est à quinze kilomètres de chez nous, aussi devons-nous nous lever aux aurores pour arriver à temps au marché du matin. Une fois le pont franchi, il faut encore gravir une côte qui débouche directement sur la grande route qui mène au chef-lieu du district. Selon les dires de Maman, cette route, autrefois, était sinueuse, défoncée, bordée d'herbes folles, pour l'emprunter de nuit il ne fallait pas avoir peur. Maman raconte que, quand elle était petite, c'étaient des tombes qui bordaient la route, de nombreuses tombes imposantes, ainsi que des bois de pins noirs ; la nuit, les feux follets semblaient des petits hommes velus levant haut leurs lanternes, vert émeraude, rouge vif, dorées ; innombrables, ils voletaient parmi les tombes. Bzzz, une ligne de feu verte, bzzz, une ligne de feu rouge. C'était effrayant, mais si beau ! Dans les bois de pins noirs, il y avait de nombreuses effraies dont les hululements vous faisaient froid dans le dos, vous donnaient la chair de poule et des sueurs froides. Dans la forêt, il y avait des petits hommes velus qui portaient des vestes rouges et qui traînaient une énorme queue touffue pareille à un épi couvert de barbes ; ils jouaient à cache-cache, au papa et à la maman. C'était si amusant ! J'envie Maman, plus âgée que moi, d'avoir assisté à tant de belles scènes, d'avoir entendu des sons si agréables. Maman avait dit que, finalement, des gens étaient venus, qui avaient démoli les tombes de chaque côté de la route, avaient coupé les pins de la forêt, élargi la chaussée, l'avaient remise de niveau, l'avaient rendue droite avant de la paver de pierres cassées, de résidus de mortier, de l'aplanir avec un énorme rouleau en pierre, puis de la recouvrir de sable. Depuis, même par fortes pluies, la route est devenue praticable. La boue n'adhère plus aux roues ou aux rayons des roues, ni n'arrache plus la semelle des chaussures de Maman. Mais moi, j'en veux à ces gens qui ont chassé les feux follets, qui ont détruit la maison des petits hommes velus et, surtout, le paysage qui s'offrait aux yeux de Maman.

Pourtant, celui que je vois est déjà bien beau, même s'il n'égale pas celui que voyait Maman autrefois. Des rangées d'arbres se dressent de chaque côté de la route, quand il n'y a que des étoiles, je peux les voir, pareils à de grands gaillards, faisant la moue, l'air renfrogné, notre brouette glisse à leurs pieds, comme si elle était un jouet. Qu'ils viennent à se mettre en colère et ils pourraient bien d'un coup de pied l'envoyer valser au loin et Grand-Père avec, et Maman aussi, et moi aussi, bien sûr, qui ne peux courir ; alors, nous et notre brouette ferions des galipettes parmi les étoiles, et quand nous rencontrerions leurs jambes brillantes, les astres confus ramèneraient leurs membres, et nous finirions par tomber dans la rivière, et par nous briser sur la glace plus épaisse que de la graisse de porc. Chaque fois que j'arrive à ce point de mes pensées, je me mets à pleurer. Maman me console, elle se tourne pour essuyer mes larmes. Ses mains sentent bon la viande de porc crue. J'ai grandi avec cette odeur, elle est partout, sur Maman, sur Grand-Père, sur les couvertures à la maison, sur les bols dans lesquels nous buvons. Les mains de Maman sont froides, elles sont grandes, mon visage sous ses mains semble un oisillon dont le duvet n'a pas encore poussé. Maman dit :

« Xiangniuer, Xiangniuer, tu auras encore été attrapée par le tigre du cauchemar ? Réveille-toi, vois, le soleil va se lever, on arrive bientôt. »

Grand-Père émet quelques sons, comme si les mots n'arrivaient pas à sortir de sa bouche. Dans mes souvenirs, c'est Maman qui parle, qui ne cesse de me parler, de redire toujours les mêmes choses. Grand-Père, lui, ne dit jamais rien.

Effectivement, le soleil émerge. Il commence par montrer un de ses bords, derrière les rangées d'arbres, derrière les meules de foin, derrière les têtes des herbes. Nous avançons à la rencontre du soleil, le chef-lieu du district est là-bas vers le soleil. Les bords du soleil sont tout rouges, tout tendres, ils font penser à un petit poussin juste sorti de l'œuf, ils sont comme les yeux de Maman. Au-dessus, il y a toujours quelques nuages qui, un jour, ont telle forme, un autre jour, une forme nouvelle, jamais la même. Mais tous ces nuages différents sont toujours teintés en rouge par le soleil du petit matin. Je dis : « Maman, ce monde est vraiment tout neuf, si on le pinçait, il en sortirait de l'eau, il est comme un petit criquet, comme un petit champignon, un petit navet », et Maman de rire. Maman dit : « Le monde est tout neuf, et ce petit enfant est si vieux. »

Le soleil nous éclaire, en un bref laps de temps, il devient plus vif et on ne pense plus du tout à un tendron, mais à un gros chien jaune menaçant. Il émet des milliers de rayons dorés, on dirait vraiment un chien secouant son pelage jaune ; la route mène tout droit à la lumière. Le faîte des arbres sur le bord est pris en givre duveteux, les arbres glacés se dressent, pareils à de grands gaillards exhalant par la bouche et le nez une vapeur blanche. Le ciel bleuit peu à peu, c'est tellement commode pour moi d'apercevoir le ciel ! Les étoiles me disent au revoir, elles redoutent le soleil, filent pressées, je les vois souffler la bougie qu'elles tiennent dans leur main, sombrer dans le bleu du ciel. Les poissons sombrent-ils ainsi dans la mer ? Je n'ai jamais vu la mer, Maman l'a vue une fois, Maman dit que voir le ciel bleu, c'est comme voir la mer, aussi ai-je abandonné l'idée de voir la mer.

Le soleil nimbe Maman de lumière, Maman est la femme la plus belle de la terre. Maman porte une veste chinoise de couleur vert d'eau, boutonnée devant, et un pantalon large bleu glacier ; Maman tresse ses cheveux en une grosse natte, Maman a les joues toutes rouges, Maman a un duvet au-dessus des lèvres, sur les cils de Maman il y a de la poudre de givre. Jamais Maman n'a pleuré devant moi, Maman semble toujours prête à pleurer. Je sais que si les larmes de Maman se mettaient à couler, elles n'auraient plus de cesse, telle cette stalactite qui pend sous l'auvent de la maison et goutte sans fin, Maman deviendrait de plus en plus petite, puis finirait par disparaître, Maman se disperserait au sol comme une vapeur, on ne la trouverait plus. J'ai peur de voir Maman se mettre à pleurer, Maman, je t'en supplie, ne pleure pas !

Le chef-lieu du district a couru jusque sous le soleil. Je regarde de loin ses immeubles, ses cheminées, ainsi que ses remparts couverts d'herbes séchées. Il y a tant de fumées, certaines sont plus noires que nuit, d'autres plus blanches que neige.

Nous franchissons les portes de la ville en même temps que de nombreuses personnes. On me jette un coup d'œil, puis vite on remet la tête droit devant soi, sans plus me regarder davantage. Les gens se pressent devant, comme préoccupés par quelque chose. Notre brouette roule sur la route pavée de dalles de pierre. Un virage, un autre, et encore un autre, près d'un petit immeuble entouré de pins nous voici arrivés au marché de la viande.

Des gouttes de sueur perlent sur le visage de Grand-Père, des petits glaçons sont accrochés à sa barbe. Il a toujours cet aspect-là quand il arrive au marché.

La brouette s'arrête, on ne la laisse jamais de niveau car sinon ma tête serait plus basse que mon corps. Grand-Père a apporté une branche de pêcher fourchue qui lui sert à étayer la brouette, je peux ainsi, confortablement allongée sur le dos dans ma corbeille, voir les étals luisants des marchands de viande. Malgré la distance, vu que nous nous mettons en route de très bonne heure, nous sommes toujours les premiers à suspendre à l'étal nos deux grandes pièces de viande de porc dont les parties blanches sont bien blanches, les rouges bien rouges, après avoir été lavées et débarrassées de toute soie. À l'extérieur de l'étal, il y a un large caniveau plein d'une eau sale exhalant des vapeurs chaudes, qui coule pourtant, et dont on ne sait d'où elle provient ni où elle va. Quelques poules matinales creusent dans les immondices au bord du caniveau pour y chercher leur pâture ; un gros coq aux plumes vertes n'a de cesse de leur sauter dessus. Quand il redescend du corps de l'une d'elles, la poule en question s'ébroue, ses plumes s'ébouriffent, elle recommence plusieurs fois ce petit manège, avant de se remettre à picorer.

Maman aide Grand-Père à accrocher la viande sur l'étal. Les crochets sont apportés par nous, il y a, à la maison, de nombreux crochets semblables, faits avec de grosses tiges de fer. Maman pose la corbeille plate sur l'étal. Dedans, il y a un couteau, une tige à aiguiser en fer, une balance, et des liens souples et résistants. Grand-Père sort de sa veste de mouton fourrée son tabac et sa pipe, l'allume et fume, déjà une fumée blanche enveloppe son gros visage rougeaud ; ce visage est sillonné de rides profondes, au creux des rides est incrustée une crasse qui résiste au lavage. Les yeux vagues de Grand-Père sont pareils à des billes de verre toutes rayées, au travers de la fumée, ils laissent voir une brève lueur de timidité. Grand-Père rejette sur l'arrière de la tête son chapeau de feutre, découvrant la moitié de son crâne chauve. Grand-Père est vraiment laid. Je n'aime pas Grand-Père. Mais je ne peux me passer de lui. Avec la seule présence de Maman à mes côtés, j'ai toujours peur que quelqu'un ne me frappe, quand ils sont tous les deux près de moi, je n'ai plus peur. Le crâne de Grand-Père dégage de la chaleur, un peu de sueur brille. L'air frais est plein d'odeurs : celle des fumées montant des toits, celle de la viande crue de porc, celles du tabac et de la sueur de Grand-Père. La sueur de Maman sent bon, celle de Grand-Père sent le rance. Est-ce parce qu'il porte à longueur de temps cette veste doublée en mouton ? Elle a été maculée de graisse de porc pendant des dizaines d'années, elle en est devenue toute luisante, ne craint plus ni le vent, ni la neige. Quelques chiens efflanqués, attirés par l'odeur de la viande, se tiennent à proximité de l'étal, la queue basse, l'air abattu, dressés sur leurs pattes, le museau pointu, l'œil fuyant, plein d'une expression pitoyable, faite de convoitise et de peur. À les voir ainsi, je suis fière de mon petit chien noir. Il est mon compagnon, mon trésor, la chair de mon cœur, pour reprendre l'expression que Maman emploie quand elle parle de moi. Tant que j'aurai de quoi manger, il y en aura toujours aussi pour le petit chien noir. Il suffit que je dise que je veux donner à manger au chien, Grand-Père et Maman acquiescent toujours à ma demande, même pour les meilleurs morceaux.

Maman me dit : « Xiangniuer, attends-moi bien sagement, je vais acheter à manger. »

C'est pareil chaque jour. Maman revient avec trois galettes à la viande, toutes chaudes, enveloppées dans du papier. Maman va comme le vent, comme si les galettes lui brûlaient les mains.

Maman m'en donne d'abord une, puis en place une autre à côté du couteau, dans la corbeille sous l'étal. C'est pour Grand-Père. Maman ne lui remet jamais la galette de la main à la main. Elle ne lui propose jamais non plus de manger.

Maman et moi mangeons notre galette l'une en face de l'autre, plus nous entamons notre galette, plus nous la trouvons bonne. Nous avons l'habitude de la manger sans boire de soupe. Quand nous avons vendu toute la viande, nous allons manger des pains au four, Maman me donne alors un bol d'eau, avec sur le dessus des gouttes d'huile, une eau qui me brûle la bouche.

Les vendeurs de viande arrivent les uns après les autres, en un instant le carré est plein d'étals. Il y a tant de bouchers ! Pourtant, je les connais tous, il y a le grand-père Zhang du village du même nom, le grand-père Li, du village du même nom, tous sont des hommes, Maman est la seule femme. Parfois la femme de l'oncle Li vient aider ce dernier à encaisser l'argent et à emballer la marchandise, ces jours-là, il y a deux femmes. La tante Li me caresse la tête, elle dit : « Oh, la pauvre petite chérie ! »

Je me demande pourquoi je mérite ainsi sa pitié.

En général, ils disent bonjour à Grand-Père, mais lui se contente d'un signe de tête, de grommeler quelque chose, il répond rarement. Grand-Père a la flemme de parler.

Ce matin-là, Oncle Li dit :

« Oncle Qin, à mon avis vous ne devriez pas continuer à trimer ainsi, achetez-vous donc un petit couteau, écorchez les porcs, l'État est acheteur, la peau se vend mieux que la viande, l'État en a besoin pour fabriquer du cuir, afin d'en faire des chaussures pour les cadres et les gens de la ville ; à quoi bon vous donner tant de peine à souffler dans la peau et à raser les soies, cela demande tant d'énergie, et cela rapporte si peu ? »

Grand-Père ne dit rien.

Nous sommes les seuls sur tout le marché à vendre de la viande avec la couenne. Cette viande-là est bien meilleure, plus goûteuse, c'est pourquoi notre viande est celle qui part le plus vite.

Ce jour-là, c'était je ne sais quel jour de fête, la viande partait vite, le grand gaillard noir du village des Wang avait disposé une planche de lit sous l'étal pour saigner le cochon sur place et vendre au fur et à mesure qu'il tuait.

Grand-Père, quant à lui, avait vendu toute sa marchandise. Nous n'étions pas allés, comme à l'accoutumée, manger des pains au four, le grand gaillard noir allait tuer le cochon, nous voulions voir le spectacle.

Le fils du grand gaillard noir arriva poussant deux cochons bien gras, les bêtes, les pattes accrochées, étaient couchées de chaque côté de l'arête de la brouette, elles couinaient, crachant une écume blanche. Deux porcs, l'un blanc, l'autre noir. Les pupilles du blanc étaient rouges, on aurait dit que du sang allait en suinter.

Le grand gaillard noir et son fils portèrent les porcs sur la planche. Les bêtes couinaient terriblement, j'en avais les oreilles assourdies.

Le grand gaillard s'empara d'un gourdin et en flanqua un coup aux cochons à la base de l'oreille, « floc ! ». Les cochons cessèrent de couiner pour devenir chair molle et mouillée, seules leurs pattes toutes raides frémissaient. Le grand gaillard noir s'empara du couteau à saigner, l'enfonça dans la chair, l'instrument en ressortit tout rouge, accompagné d'un flot de sang qui coula à gros bouillons. Le grand gaillard dit à son fils en rugissant : « Passe-moi la cuvette pour recueillir le sang, vite ! »

Le garçon apporta la cuvette à deux mains et la plaça sous le cochon. Et le grand gaillard noir de tirer l'oreille, de creuser le groin, de s'affairer sur la tête pour que le sang se déverse plus vite, en abondance dans la cuvette. Déjà le cochon se faisait tout mou, le sang avait cessé de couler, des blessures faites par le couteau, des bulles de sang refluaient vers l'extérieur. Le grand gaillard noir lâcha prise, attrapa le couteau, l'affûta et trancha la tête du cochon, puis les quatre pieds.

Quel spectacle ! De nombreuses personnes s'étaient

attroupées. Des chiens efflanqués, profitant de la bousculade, s'étaient faufilés entre les jambes des badauds pour lécher le sang qui avait éclaboussé le sol. Quand ils recevaient un coup de pied, ils partaient se mettre à l'écart en gémissant, mais, peu après, ils se faufilaient de nouveau, jusqu'à ce que de nouveaux coups de pied les fissent s'écarter. Ils étaient vraiment pitoyables.

Ce n'est pas ainsi que procèdent Grand-Père et Maman quand ils tuent un cochon. Il me suffit de fermer les yeux pour voir la scène.

Quand nous allons tuer un porc, nous nous rendons la veille chez le vendeur, nous attachons la bête dans la cour, ainsi elle ne peut se sauver, le petit chien noir la surveille. Si elle a des velléités de prendre la fuite, le petit chien noir la mord à la patte. Vers minuit environ, Maman se lève du *kang*, allume la lampe, quand elle l'a allumée, Grand-Père, c'est sûr, s'assied sur sa paillasse contre le mur et se met à tirer avec bruit sur sa pipe. Puis Maman verse à flots de l'eau dans le grand chaudron, parfois des glaçons vont frapper le fond du récipient avec bruit. Maman s'assoit devant la marmite et attend que l'eau bouille, quand le feu est bien rouge, bien chaud, il éclaire le visage de Maman : qu'elle est belle ! L'eau se met à chanter dans le chaudron, Grand-Père, de son côté, va dans la cour, le cochon, lui, se met à couiner. Puis il cesse de couiner, je sais alors qu'il a déjà été tué par Grand-Père. Grand-Père s'y prend de la même façon que pour un lapin, à plusieurs lieues à la ronde qui ne connaît le saigneur de porc Qin le Sixième ? À ce moment-là, l'eau bout dans le chaudron, Maman ôte le couvercle, la vapeur s'élance tout droit jusqu'au plafond, de la poussière tombe en quantité, la lumière de la lampe devient floue, jaune, elle devient de la taille d'un pois, tandis que des filets de vapeur montent. Maman et Grand-Père portent le cochon mort, Maman pose une planche de bois en travers du chaudron, le cochon est mis dessus. Grand-Père fait une entaille dans le jarret de la bête, y enfile un tisonnier en fer et alors, c'est magique : Grand-Père approche sa bouche de la plaie, prend une inspiration et souffle à l'intérieur, la patte se gonfle, la peau du ventre se gonfle ; Grand-Père souffle, serre les bords de la plaie entre ses doigts, inspire, souffle une autre fois et, comme il a du coffre, en un instant, voilà le cochon devenu un gros ballon en cuir qui sonne le creux. Maman puise de l'eau avec une calebasse, arrose le corps du cochon, racle, racle avec un couteau ; à chaque fois les soies s'enlèvent sur une grande surface. Une fois les soies ôtées, la peau bien blanche apparaît. Grand-Père et Maman coordonnent leur action, le cochon est tout lisse, tout propre. À ce moment de l'opération, je me suis endormie, jusqu'à ce que Maman me porte dans la brouette. Je n'ai jamais vu comment ils s'y prennent pour éventrer le cochon et le fendre en deux. Maman et Grand-Père sont passés maîtres dans la technique consistant à arracher les soies.

Le grand gaillard noir, quant à lui, écorche la bête au couteau. Il ouvre d'abord une fente au beau milieu du ventre, dépiaute sur une petite surface, dépasse le ventre ; là, la peau est dure, il appuie avec son genou, le pouce sur le dos du couteau, il soulève d'une main la peau du ventre, « chlac », le couteau passe le long de la colonne vertébrale, « chlac, chlac » ; effectivement, c'est rapide aussi : le temps de fumer une pipe, et voilà le cochon écorché. Mais la chair n'est pas belle à voir, lardée de coups de couteau, cela ne vaut pas la viande de porc toute lisse, toute propre, de Grand-Père et de Maman. Le blanc est bien blanc, le rouge bien rouge, ça, c'est de la vraie, de la bonne viande de porc !

Un jour, je tombai malade, j'avais mal à la tête, de la fièvre. Maman alla acheter deux galettes sudorifiques, me les fit manger et me dit de me mettre sous les couvertures pour transpirer. Effectivement, je transpirai, je baignais dans la sueur. Comme je voulais rejeter les couvertures, Maman ne me laissa pas faire, elle me dit :

« Gentille Xiangniu, reste couverte, Maman va aller vendre la viande, tu vas rester allongée bien sagement, je vais mettre le repas près de toi, Maman reviendra dès que la vente sera terminée. »

C'était la première fois que je restais seule à la maison, j'avais un peu peur, mais je dis :

« Maman, pars sans crainte, le petit chien noir me tiendra compagnie ! »

Grand-Père, sans dire un mot, posa près de mon visage un gros radis rouge bien lavé, ma joue était tout contre la peau glacée du radis, c'était très agréable. J'adore les radis rouges, je remerciai Grand-Père.

J'entends les aboiements du chien, le bruit du portail, celui de la roue de la brouette, je repense au ciel étoilé et au paysage immense, insensiblement, je finis par m'endormir.

Les aboiements du petit chien noir me réveillent, la lumière baigne déjà mon visage. Le petit chien noir est assis devant le *kang*, il me regarde en riant. Je dis :

« Petit chien noir, on va jouer ensemble, t'es d'accord ? »

Le petit chien noir hoche la tête pour dire qu'il est d'accord, il remue la queue.

Je mange le repas que Maman m'a laissé, sans oublier d'en donner un peu au petit chien noir. Je mange le radis rouge que m'a laissé Grand-Père, sans oublier d'en donner la moitié au petit chien noir. Celui-ci dépose lè radis dans un coin, dit que c'est trop piquant, que ce n'est pas bon.

Une lumière radieuse éclaire la maison, les crochets luisants accrochés aux poutres scintillent, attendant avec impatience le moment où je leur parlerai. Des mouches bleues volent en bourdonnant dans la pièce, y vont de leur petite chanson. Le petit chien noir aboie dans la cour. Dans la cour, des pépiements « tuit… tuit… tuit… ». De quel oiseau s'agit-il ? Comment est son plumage ? Quel bec peut bien produire des sons aussi mélodieux ? Avec beaucoup d'efforts, je saute du *kang* et, m'aidant de mes précieuses mains, je rampe jusque dans la cour. Le petit chien noir est tout content, il court autour de moi, parfois, il bondit au-dessus de moi, les poils de son ventre frottent mes fesses et mon dos, c'est duveteux, chaud, très agréable, le petit chien noir dit : « Xiangniuer, Xiangniuer. »

Je dis : « Petit chien noir, Petit chien noir. »

Dans notre cour, il y a une cédrèle, au faîte de l'arbre, il y a un oiseau au ventre jaune, à la queue bleue, à la tête rouge, il chante, sautille. Le soleil, pareil à du sang de porc, duveteux, chaud, barbouille mon corps tout entier, il y a dans la cour les effluves des feuilles de cédrèle et des abeilles dorées qui volent dans la lumière, petits grains minuscules, faisant penser à des étoiles.

Soudain, une pierre est lancée vers l'arbre, elle manque de peu le bel oiseau qui secoue ses ailes et s'envole. Je le vois s'envoler vers la lumière aveuglante, traînant derrière lui une trace diaprée. De la rue parviennent les éclats joyeux de rires d'enfants.

Depuis ma naissance, je n'ai jamais joué avec les autres enfants du village. Ne seraient-ils pas des petites choses velues, traînant une énorme queue pareille à un épi ?

« Petit chien noir, petit chien noir, j'ai bien envie d'aller dans la rue.

– Xiangnuer, Xiangniuer, viens avec moi dans la rue. »

Le petit chien noir rit, hausse les épaules pour se glisser à l'extérieur par le trou du mur. Une fois de l'autre côté, il m'appelle :

« Xiangniuer, Xiangniuer, à toi de te faufiler, viens vite ! »

Je rampe jusqu'au trou, fais comme lui, rétrécis mes épaules, me ratatine, parviens à me faufiler à l'extérieur.

Le spectacle de la rue est vraiment merveilleux. Sur les haies, ce sont partout des fleurs de haricots sur lesquelles sont posées des libellules rouges. Il y a un puits avec une roue, le bâti du puits est équipé d'une poulie, quelqu'un est en train de puiser de l'eau. Une horde de garçons font des tas de sable, jettent des détritus, attrapent des libellules.

Ils m'aperçoivent. Ils m'entourent pour mieux voir.

Je les regarde amicalement en souriant, le petit chien noir agite la queue à leur intention.

Un petit garçon dit à haute voix :

« Regardez ! Elle n'a pas de pieds ! »

Ils se mettent à croupetons, arrondissent des yeux stupéfaits, regardent mes deux jambes pareilles à une queue de poisson. Je suis ainsi depuis la naissance. J'ai demandé à Maman pourquoi je suis comme ça, Maman a pleuré, et moi, c'est ce que je crains le plus : que Maman se mette à pleurer.

Un petit garçon avec de la morve jaune au nez allonge un doigt tout noir, l'enfonce dans ma queue de poisson, je m'empresse de la ramener vers moi.

Le garçon me demande :

« T'es un monstre ?

– Je ne suis pas un monstre, je suis un être humain, je m'appelle Xiangniuer !

– Si, t'es un monstre ! »

Le petit garçon tout en criant cela, prend la fuite le premier, et les autres de crier : « Oh, le monstre ! Oh, le monstre, le monstre qui n'a pas de pieds ! » et de s'enfuir.

Mes yeux s'emplissent de larmes.

Les yeux du petit chien noir s'emplissent de larmes eux aussi. Il s'approche de moi, tire sa langue rouge et râpeuse, lèche les larmes sur mes joues.

Alors, une pierre m'atteint. Comme je cherche d'où elle provient, une pluie de briques et de tuiles cassées s'abat sur moi et sur le chien. Un bout de tuile pointu m'atteint au front, du sang coule. Au travers du sang et des larmes, j'aperçois les petits garçons qui rient, cachés derrière une haie.

Je crie : « Je vais vous tuer, vous écorcher vifs, vous ôter les poils ! »

Le petit chien noir, telle une flèche, se rue sur ces petits monstres, je les entends pleurer et crier comme de beaux diables et se sauver en débandade.

Peu après, quelques vieilles femmes, conduisant les garçons mordus par le petit chien noir, arrivent, les injures à la bouche. Elles disent :

« Mais dans quel monde vivons-nous, hein ! Il y en a qui ont le culot d'élever des chiens féroces pour qu'ils mordent, s'il a la rage, tu vas voir ce qui t'attend Qin le Sixième ! »

Le petit chien noir se faufile dans la cour.

Je fais comme lui.

Ma tête est dans la cour, mais mes jambes – ma queue de poisson – restent à l'extérieur. C'est alors que je sens une main rude l'empoigner. J'entends quelqu'un crier de l'autre côté du mur :

« Venez voir, venez tous, venez voir le monstre mi-être humain, mi-poisson ! »

Cette nuit-là, Maman me garda dans ses bras. J'avais l'impression tour à tour de cuire dans un chaudron ou de geler dans de l'eau glacée. Le plus souvent, je croyais nager dans la mer pareille au ciel bleu, jamais je n'avais ressenti une sensation aussi délicieuse, les étoiles me tenaient compagnie, agitant leurs jambes scintillantes, dépourvues de pieds, qui soulevaient des gerbes d'écume mouillant mon visage…

Je vois les larmes de Maman couler sans interruption sur mon visage.

Les larmes de Maman sont comme du sang de porc.

Puis je fais un rêve, dans mon rêve, je vois la lampe de la maison briller, Maman, les cheveux en désordre, lève haut le bâton couvert de sang et, coup sur coup, frappe Grand-Père ratatiné sur son lit de fortune.

Grand-Père de ses deux mains protège son visage, il ne dit rien, ne bouge pas ; le bâton de Maman semble frapper le corps d'un porc mort débarrassé de ses soies, il frappe avec un bruit mouillé, j'ai du mal à supporter ce bruit. Du sang noir sort du crâne chauve de Grand-Père, son sang a la densité du miel.

Grand-Père a disparu.

Maman tue le dernier cochon.

Je demande à Maman :

« C'était mon père ? »

Maman reste interdite, puis elle enfonce avec force le long couteau recourbé dans les entrailles du porc, donne un coup de poing sur le manche, avant de dire, très calme :

« Non.

– Mais, alors, mon père ? »

Le visage de Maman s'épanouit en un sourire plus doux que le soleil. Elle me prend dans ses bras, elle touche mon visage de sa bouche duveteuse et dit :

« Ton père était un grand et beau gaillard, avec de grands yeux, une courte barbe noire, de beaux cheveux ; il portait un sabre sur le manche duquel était attaché un gland rouge. Il chevauchait un grand cheval alezan, ses grands pieds dans les étriers… »

Mon père avait de grands pieds.

Le jour viendra où, à moi aussi, me pousseront de grands pieds.

Nuit de pêche

Après une longue période de harcèlement de ma part, Neuvième Oncle avait fini par accepter de m'emmener pêcher les crabes. C'était au milieu des années soixante. Il y avait sans cesse des inondations, à un kilomètre au sortir du village s'étendait un marécage.

Neuvième Oncle m'y emmena un jour, après le dîner. Avant de quitter la maison, ma mère m'avait recommandé, à plusieurs reprises, de bien écouter Neuvième Oncle, de ne pas m'éloigner, en même temps qu'elle lui demandait de veiller sur moi. Ce dernier avait répondu : « Sois sans crainte, Grande Belle-Sœur, tant que je ne me perdrais pas moi-même, on ne le perdra pas. » Ma mère nous avait donné deux galettes aux pousses d'oignon hachées, pour quand nous aurions faim. Nous mîmes nos capes de paille et nos larges chapeaux en feuilles de bambou tressé. Je portais les deux sacs en jute. Neuvième Oncle tenait à la main une lampe-tempête et portait sur l'épaule une bêche en fer. Non loin du village, le chemin disparut, ce n'était plus que gadoue, eau sale et tiges de sorgho fauchées en tous sens. Heureusement, nous allions pieds nus, torse nu, et nous nous moquions bien de tout cela.

Ce soir-là, la lune était énorme, ce devait être le

quatorzième jour du huitième mois lunaire, ou le seizième. La saison était bien sûr la mi-automne, le vent du soir était plutôt frais. La lune, très claire, brillait sur l'eau entre les pieds de sorgho : des pans entiers d'argent brillant. Les grenouilles, et autres batraciens, qui avaient mené leur sarabande tout l'été, étaient affairés à entrer en hibernation, d'où leur silence. Comme il sembla long le temps avant de nous glisser hors des champs de sorgho ! Nous escaladâmes une digue, Neuvième Oncle dit que c'était celle de la rivière, que c'était l'endroit où nous allions poser une barrière pour attraper les crabes.

Neuvième Oncle se débarrassa de sa cape et de son chapeau, ainsi que de son caleçon, puis, nu comme un ver, la bêche sur l'épaule, il sauta dans le bras de la rivière, large d'une dizaine de mètres. Il prit, à la bêche, de grosses mottes de boue plantées d'herbe pour barrer le courant. L'eau avait environ cinquante centimètres de profondeur, le débit était lent. Neuvième Oncle eut vite fait de construire un barrage noir ; tout contre la digue, il y pratiqua une brèche de deux mètres et planta une grille tressée d'une double rangée de tiges de sorgho. Neuvième Oncle accrocha la lampe-tempête sur le bord de la barrière, puis m'entraîna et me fit asseoir à l'extérieur de l'ombre portée par la lampe, en attendant de prendre les crabes.

Je demandai à Neuvième Oncle : « C'est si facile que ça d'attraper des crabes ? »

Neuvième Oncle me dit : « Attends et tu verras, au-jourd'hui souffle un petit vent de noroît, quand du nord souffle le vent, les crabes sont impatients, ils quittent les creux d'eau pour une grande rencontre dans la rivière Moshui, ce bras de rivière est sur leur parcours, il est seulement à craindre qu'au point du jour nos deux sacs ne suffisent pas. »

La digue aussi était humide, Neuvième Oncle étala une cape de pluie pour que je puisse m'asseoir dessus. Il avait le corps nu, sa chair scintillait, tout argentée. Il m'impressionnait, je le lui dis. Il se leva tout fier, allongea les bras, joua des jambes, on aurait dit un grand enfant un peu nigaud.

Cette année-là, Neuvième Oncle avait dix-huit ans passés, il n'avait pas encore pris femme. Il aimait s'amuser, et s'amusait très bien, il n'avait pas son pareil pour attraper poissons et oiseaux, voler les cucurbitacées ou gauler les jujubes, nous étions ravis quand nous pouvions être de la partie.

Après avoir fait des cabrioles pendant un bon moment, il remit son pantalon, s'assit sur la cape et dit qu'il ne fallait plus faire de bruit car les crabes étaient sournois en diable ; quand ils entendaient du bruit, ils s'aplatissaient et ne bougeaient plus.

Nous étions silencieux, fixant tour à tour la lampe-tempête qui jetait de douces lueurs jaunes ou la muraille sans faille formée par la barrière de sorgho. Neuvième Oncle dit que les crabes qui se retrouveraient à l'intérieur du barrage ne pourraient plus ressortir, nous n'aurions plus alors qu'à les ramasser.

La surface de la rivière étincelait, il ne semblait pas y avoir de courant, seules les petites gerbes d'écume arrêtées par la barrière témoignaient du mouvement de l'eau. Les crabes ne s'étant pas encore montrés, je manifestai un peu d'impatience et posai des questions à Neuvième Oncle. Il me dit de prendre patience, qui trop se hâte se fourvoie.

Puis des vapeurs humides s'élevèrent du sol, la lune

était très haute, elle était un peu moins grosse, mais son éclat était plus intense, d'un bleu lointain ; dans les champs de sorgho, de loin en proche, stagnaient des paquets de brume, plus ou moins denses, c'était très beau. Dans les touffes d'herbes, les cris des insectes d'automne se faisaient plus sonores, bien différenciés, composant tous ensemble une mélodie. Ces chants faisaient paraître la nuit plus tranquille. Des champs de sorgho, par moments, montaient des bruits de clapotements, comme si quelqu'un marchait dans l'eau à grands pas. À la surface de la rivière aussi les nappes de brume étaient de densité inégale, changeaient sans cesse, l'eau argentée qui scintillait apparaissait parfois au travers de la brume.

Les crabes ne s'étaient toujours pas montrés, je m'impatientais quelque peu. Neuvième Oncle lui aussi bougonnait dans sa barbe, il se leva pour aller inspecter la barrière. Quand il revint, il dit : « Bizarre, bizarre, c'est vraiment bizarre, cette nuit est celle du grand flux des crabes. » Il répéta : « Quand de l'ouest vient le vent, les crabes sont impatients. » Selon lui, si les crabes ne sortaient pas, c'était l'œuvre d'esprits malins.

Neuvième Oncle cueillit une feuille brillante sur un arbuste au bord de la rivière, il mit la feuille entre ses lèvres et en tira d'étranges sons. Je sentis un grand froid me parcourir et lui dis : « Neuvième Oncle, arrête de siffler, Maman dit que "siffler la nuit attire les esprits". » Neuvième Oncle, tout en soufflant sur sa feuille, se retourna et me lança un coup d'œil. Il avait le regard bizarre, plein de lueurs sauvages. Mon cœur se mit à battre à tout rompre, j'eus soudain l'impression que Neuvième Oncle était un étranger pour moi.

Je me recroquevillai dans la cape, j'avais si froid que j'en tremblais de tout mon corps.

Neuvième Oncle était absorbé par ses sifflements, son corps, baigné par le clair de lune qui blanchissait, semblait une statue sculptée dans de la glace. J'étais secrètement intrigué : Neuvième Oncle ne venait-il pas de me recommander de ne pas faire de bruit, pour ne pas effrayer les crabes, alors pourquoi s'était-il mis subitement à souffler sur cette feuille ? S'agissait-il là d'un signal pour attirer les crabes ?

Je criai, tout en baissant la voix : « Neuvième Oncle, Neuvième Oncle ! » Il ne répondit pas à mon appel, il continuait de souffler sur sa feuille, les sons qu'il produisait étaient de plus en plus étranges. Je m'empressai de me mordre un doigt, cela fit très mal, je ne rêvais donc pas. J'avançai la main pour pointer le doigt sur le dos de Neuvième Oncle, je ne m'attendais pas à ce qu'il fût aussi froid, d'un froid qui me glaça jusqu'aux os. Pour le coup, j'eus vraiment un peu peur, je songeai à prendre la fuite, mais la nuit avait effacé tout chemin, la campagne n'était plus qu'une vaste étendue de sorgho et de gadoue, comment retrouver la maison ? Je regrettai d'avoir suivi Neuvième Oncle pour venir pêcher les crabes. Cet homme froid comme la glace, qui soufflait sur sa feuille, n'était peut-être plus depuis longtemps Neuvième Oncle, mais un avatar de tortue ou un monstre-poisson. Rien qu'en y pensant, mes cheveux se dressèrent sur ma tête, je me dis que ce soir, à coup sûr, je ne rentrerai pas vivant à la maison.

Je ne sais quand apparut dans le ciel un nuage jaune, solitaire, dans lequel la lune trouva le moyen de se faufiler. Je jugeai ce phénomène pour le moins étrange, le ciel était si vaste, la lune avait largement la place de circuler, pourquoi avait-il fallu qu'elle s'enfonçât juste dans ce nuage ?

Sa pure et froide clarté s'en trouva retenue. L'eau, la campagne devinrent floues, la lumière de la lampe-tempête parut plus forte. C'est alors que je sentis un parfum subtil. Cela venait du bras de la rivière, je regardai dans cette direction, je vis un lotus blanc se dresser au-dessus de l'eau. Il était si beau, si brillant sous la lumière de la lampe, si pur. Des nombreux lotus qui avaient fleuri sur l'étang devant chez nous, aucun ne pouvait l'égaler.

L'apparition du lotus me fit oublier ma peur et me plongea dans un sentiment de fraîcheur, de pureté comme je n'en avais jamais éprouvé jusque-là. Inconsciemment, je me mis debout, ôtai ma cape de pluie, me dirigeai vers le lotus. Mes jambes étaient immergées dans une eau tiède, l'eau coulait lentement, caressait mes cuisses, j'avais l'impression que j'allais mourir de plaisir. Le lotus n'était plus qu'à quelques pas de moi, pourtant, le trajet à parcourir me paraissait infiniment long. La distance qui me séparait de la fleur semblait ne pas varier, comme si, à chaque pas que je faisais en avant, elle reculait d'autant. J'étais dans un état de béatitude. Je n'avais pas l'intention de cueillir la fleur, j'aurais voulu que dure toujours cette sensation : que j'avançais avec la fleur. Dans cette lente quête de la beauté, la douceur des caresses de l'eau me donna l'expérience d'un bonheur dont je devais me souvenir toute ma vie.

Soudain, la lune versa de nouveau sa clarté sur le cours d'eau, l'espace d'un instant, je la vis tressaillir à deux reprises, elle émit des rais de lumière, blancs, aveuglants, plus lumineux que des éclairs, puis les pétales, qu'on aurait dit sculptés dans du jade ou de la nacre, tombèrent pêle-mêle. En touchant l'eau, ils se brisaient en petits ronds qui disparaissaient en tournoyant dans le scintillement de la rivière. La tige qui avait porté en sa partie haute la fleur s'inclina mollement, se tortilla un peu, devint ondulations à la surface de l'eau…

Insensiblement, je me mis à pleurer à chaudes larmes, j'avais le cœur empli d'une tristesse si douce, d'une tristesse sans souffrance. La scène qui s'offrait à mes yeux était comme celles qu'on voit dans les rêves. Mais j'étais bel et bien nu, debout au milieu de la rivière, j'avais de l'eau jusqu'à la poitrine, chaque battement de mon cœur faisait s'agiter l'eau doucement. Des rides se formaient à la surface. La fleur de lotus avait certes disparu, mais son parfum subtil était toujours là, il flottait au-dessus de l'eau, ne faisait plus qu'un avec la fraîcheur du clair de lune, et les cris plaintifs des insectes…

Une grande main vigoureuse me saisit par le col et me souleva au-dessus de l'eau ; les gouttes, à la file, pareilles à de petites perles, coulaient de ma poitrine, de mon ventre, de mon zizi gros comme une chrysalide de ver à soie, avant de rouler dans l'eau. J'entendis le bruit fort de l'eau fendue par deux robustes jambes. Puis mon corps fut projeté, je fis une culbute en l'air avant de retomber sur la cape en paille.

Je me dis que c'était certainement Neuvième Oncle qui m'avait ainsi soulevé du milieu de la rivière quand, en scrutant les alentours, je le vis, assis bien droit sur la digue, il était toujours aussi absorbé dans son geste, transporté, il soufflait sur sa feuille, aucun indice ne permettait de dire qu'il avait bougé de place.

Je criai très fort : « Neuvième Oncle ! »

La feuille au bec, il se retourna, me lança un coup d'œil, son regard était tout à fait celui d'un étranger, on y percevait même un peu d'agacement, il semblait m'en vouloir d'interrompre ainsi sa prestation. Après l'expérience que je venais de connaître, paradoxalement, la peur m'avait quitté, je ne me souciais plus guère de savoir si Neuvième Oncle était un être humain ou un esprit, il semblait n'être qu'un guide qui m'avait conduit dans un monde merveilleux ; j'étais arrivé à destination, le fait qu'il existât ou non avait déjà perdu toute signification. Ce raisonnement me fit trouver ses sifflements non plus diaboliques, mais mélodieux, captivants.

La lueur glauque de la lampe-tempête me rappelait que nous étions là pour attraper les crabes. Au moindre mouvement de la tête, on pouvait voir les bestioles remonter en foule le long de la barrière faite de tiges de sorgho. Leur taille était standard : celle d'un sabot de cheval, leur carapace foncée luisait, ils avaient de longs yeux proéminents, levaient haut leurs grosses pinces couvertes de poils verts. Ils étaient impressionnants et repoussants. Je n'avais jamais vu de ma vie autant de si gros crabes ainsi rassemblés. J'éprouvais de l'excitation et de la crainte mêlées. Je touchai Neuvième Oncle du doigt, il ne réagit pas. J'étais un peu en colère, tu t'impatientais parce que les crabes ne venaient pas, à présent qu'ils étaient là, tu continuais de souffler dans ta feuille, si c'était pour faire ça, à quoi bon venir jusque-là, à cette heure avancée de la nuit ! Une fois de plus, j'eus l'impression que Neuvième Oncle n'était plus Neuvième Oncle.

Une main très douce me caressa la tête, je relevai

le visage et fus surpris de voir une jeune femme dont la figure ronde et brillante faisait penser à une assiette en argent. Elle avait de longs cheveux, bien fournis, ornés, sur la tempe, d'une fleur blanche grosse comme un œuf, le parfum de la fleur était capiteux, je ne parvenais pas à distinguer de quelle fleur il s'agissait. Elle souriait, elle avait un grain de beauté au milieu du front. Elle portait une large et longue robe chinoise blanche, elle était là, élancée et gracieuse, très belle, on aurait vraiment dit une de ces immortelles telles qu'on les décrit dans les légendes.

Elle me dit d'une voix douce et grave : « Enfant, que fais-tu ici ? »

Je dis : « J'attrape des crabes. »

Elle pouffa : « Regardez-moi ce petit bout d'homme qui sait déjà comment attraper des crabes ! »

Je dis : « Je suis venu avec Neuvième Oncle, c'est le plus fort de notre village pour la pêche au crabe. »

Elle dit en riant : « Sottises ! C'est le plus cornichon de tous ! »

Je dis : « C'est toi le cornichon ! »

Elle dit : « Mon petit bout, je vais te montrer si je suis un cornichon ou non ! »

Elle passa une main derrière son dos et ramena une tige de sorgho pourvue d'épis, elle agita la tige entre les deux portions de la barrière, les crabes remontèrent à toute vitesse le long de la tige. Elle enfonça la partie inférieure de la tige dans un des sacs en jute, les crabes les uns après les autres se faufilèrent dans le sac. Le sac, de flasque qu'il était, se gonflait rapidement. À l'intérieur, c'était un beau tapage de pinces et de bouches crachant de l'écume. En un rien de temps, un sac fut rempli ; elle cueillit une tige d'herbe à ses pieds, l'enroula autour de l'ouverture du sac pour le sceller. L'autre sac fut rempli aussi vite et ficelé de la même façon.

« Alors ? » me demanda-t-elle satisfaite.

Je dis : « Tu es sans aucun doute une immortelle ! »

Elle hocha la tête en signe de dénégation : « Non, je n'en suis pas une.

– Alors tu es une renarde ! » affirmai-je.

Elle dit en riant aux éclats : « Je suis encore moins une renarde. Une renarde, c'est très laid, avec une tête maigre, une longue queue, des poils sales sur tout le corps et une odeur repoussante. » Elle s'approcha et dit : « Allez, sens, est-ce que mon corps sent mauvais ? »

Mon visage était tout enveloppé par son parfum prégnant, j'en avais la tête qui tournait un peu. Son vêtement effleura ma joue, sensation délicieuse de quelque chose de frais, de lisse.

Je me souvins des propos des adultes selon lesquels des renardes pouvaient se transformer en belles femmes mais ne parvenaient pas à cacher leur queue. Je dis alors : « Est-ce que je pourrais toucher ton derrière ? S'il n'y a pas d'appendice, alors je croirai que tu n'es pas un renard.

– Eh bien, regardez-moi ce petit bout qui voudrait profiter d'une fille mariée ! dit-elle avec sévérité.

– C'est que j'ai peur qu'en touchant tu en sois une ! dis-je sans lâcher prise.

– Bon, dit-elle, j'accepte, mais tu dois être correct, caresser doucement, si jamais tu me fais mal, je te noie en t'enfonçant la tête sous l'eau. »

Elle releva sa robe, me permit de poser ma main. Ma main glissa sur sa peau lustrée, ses fesses étaient larges et rondes, il n'y avait pas l'ombre d'une queue.

Elle se retourna pour me demander : « Alors ? »

Je dis, gêné : « Rien.

– Et tu vas dire encore que je suis une renarde ?

– Je ne le dirai plus. »

Elle pointa un doigt sur ma tête et dit : « Regardez-moi ce petit bout plein de rouerie qui se comporte mal avec les femmes ! »

Je demandai : « Puisque tu n'es ni une renarde, ni une immortelle, qu'est-ce que tu es en fin de compte ? »

Elle dit : « Mais, un être humain ! »

Je dis : « Comment pourrais-tu en être un ? Comme si ça existait des gens aussi propres, qui sentent aussi bon, qui sont aussi capables ? »

Elle dit : « Petit bout, si je te le disais, tu ne comprendrais pas. Nous nous reverrons dans vingt-cinq ans, dans une grande île située au sud-est, et alors tu comprendras. »

Elle ôta la fleur blanche qu'elle portait, me la fit sentir, me tapota la tête et dit : « Tu es un enfant intelligent, je te donne quatre phrases, tu devras bien t'en souvenir, chacune te servira : "Faucille, hache, lance", "Oignon, ail, navet, gingembre", "Quand on a le cœur brisé, on a le cœur brisé", "L'arbre à durions produit des noix d'arec". » Elle n'avait pas encore fini de parler que j'avais déjà les yeux tout somnolents.

Quand je me réveillai, le soleil rouge pointait déjà, l'eau de la rivière et les champs étaient nimbés d'une lumière rouge éclatante. Les sorghos qui s'étendaient à perte de vue semblaient une mer de sang immobile. C'est alors que j'entendis un peu partout des gens crier mon nom. Je répondis, criant de toutes mes forces. Au bout d'un moment, je vis sortir des sorghos mon père, ma mère, mon oncle et ma tante, mes frères aînés et leurs femmes, ainsi que Neuvième Oncle. Ils m'empoignèrent et, furieux, me bombardèrent de questions : « Où étais-tu passé ? »

Au dire de Neuvième Oncle, j'étais sorti avec lui du village, une fois dans les champs de sorgho, il était tombé, quand il s'était relevé, il ne m'avait plus vu, la lampe-tempête, elle aussi, avait disparu. Il m'avait appelé, sans réponse, il était revenu en courant à la maison, pensant que j'y étais, bien sûr, il ne m'y avait pas trouvé. Toute la maisonnée en avait été remuée, munis de lanternes, les miens m'avaient cherché toute la nuit. Je dis :

« Mais je suis resté tout le temps avec toi !

– Tu dis n'importe quoi ! répliqua Neuvième Oncle.

– Qu'est-ce qu'il y a dans ces sacs ? demanda mon frère aîné.

– Des crabes ! » dis-je.

Neuvième Oncle craqua la tige d'herbe qui fermait le col du sac, les énormes crabes s'empressèrent de sortir.

« C'est toi qui les as pris ? » me demanda Neuvième Oncle stupéfait.

Je ne répondis rien.

Cet été, dans un grand bazar de Singapour, j'étais avec un ami à acheter des vêtements pour ma fille, nous avancions, tout en faisant notre choix, soudain, un parfum avait assailli mes narines, comme je relevais la tête pour regarder, d'une cabine d'essayage était sortie une jeune femme, soulevant le rideau. Elle avait le visage pareil à une lune d'automne, ses sourcils avaient la couleur sombre de l'automne, ses yeux étaient des étoiles lumineuses, elle était sortie, légère et gracieuse, tel un reflet. Je l'avais regardée, hébété.

Elle m'avait adressé un sourire charmeur avant de disparaître dans la foule bruyante. Ce sourire avait traversé ma poitrine comme une flèche acérée. Appuyé à un pilier de la galerie, j'avais le cœur qui battait la chamade, le souffle court, la tête me tournait, j'avais des éblouissements devant les yeux. Il m'avait fallu un moment avant de retrouver mon état normal. À mon ami qui me demandait ce qui m'arrivait, j'avais fait un signe de dénégation avec la tête, l'esprit ailleurs, je n'avais pas répondu. Une fois de retour à l'hôtel, j'avais soudain repensé à cette femme qui m'avait aidé à attraper les crabes, j'avais compté sur mes doigts, cela faisait juste vingt-cinq ans, et Singapour était bien une « grande île au sud-est ».

Premier amour

L'année de mes neuf ans, j'étais déjà en troisième année de primaire.

Dans la classe, les écarts d'âge entre les élèves étaient importants, j'étais le plus jeune, le plus âgé étant Du Fengyu, un petit gars de seize ans. Il était de plus haute stature que le responsable de classe, l'acné sur son visage était plus prononcée. Bien naturellement, il devait devenir le petit tyran du groupe, d'autant plus qu'il venait d'une famille de paysans pauvres pure et dure où l'on était mendiant depuis trois générations. Sa mère était souvent invitée à venir à l'école dénoncer les souffrances imposées par l'ancienne société. Entre les larmes et la morve, elle racontait comment elle mendiait, bravant le vent et la neige, comment, par une nuit venteuse et pluvieuse, elle avait accouché de Du Fengyu, dans le chemin de meulage chez le propriétaire. Notre responsable de classe venait quant à lui d'une famille de paysans moyennement aisés ; il était si faible que, lorsqu'il se trouvait en présence de ce descendant rouge de purs prolétaires, avec son air arrogant et son visage couvert d'acné, il ne se serait jamais laissé aller à lâcher un pet.

Notre salle de classe était en fait une ancienne bergerie

dans les deux pièces d'une aile latérale ; par temps couvert et humide, une odeur de mouton s'en élevait. Au nord, le bâtiment principal, composé de trois pièces, servait de local au standard téléphonique du canton, de nombreux câbles sortaient de la fenêtre pour se rattacher au poteau télégraphique, puis s'étiraient vers des lieux inconnus. La personne qui surveillait ce standard était une femme jeune, à l'accent d'une autre province. Elle avait le teint très clair, était obèse. À l'époque, je ne savais pas ce que voulaient dire les mots « canapé » et « pain », mais un vieux voyou du village m'avait dit d'elle qu'elle avait les seins comme du bon pain et que son ventre valait un canapé. Elle avait deux filles, qui ne lui ressemblaient pas du tout. Les célibataires du village, à leur vue, disaient : « Grande Ping, Petite Ping, je suis votre papa. » Au début, les deux filles les appelaient bien gentiment « Papa », puis elles avaient cessé de le faire. Par la suite, lorsqu'un célibataire se prétendait leur père, elles criaient, comme si cela avait été une chanson : « Enculé de ta mè… re ! » Des cadres du canton et du bourg, à la mise correcte, défilaient dans la maison de la télégraphiste ; de la classe, nous pouvions entendre les rires taquins qui venaient du standard. Je sentais confusément qu'il y avait là-dedans des choses agréables. Un soir, alors que je me rendais chez un camarade pour voir un petit chat, en passant devant le standard, j'avais aperçu quelqu'un debout derrière la fenêtre, en m'approchant, j'avais vu qu'il s'agissait du responsable de classe.

Je ne sais pourquoi notre jeune responsable, au visage couvert d'acné, n'était jamais content de moi. Souvent, et sans raison, il me faisait sortir de la salle de classe, me punissait en m'obligeant à rester debout, pendant plusieurs heures, sous le poteau télégraphique ; l'été, l'insolation me donnait des vertiges et des mouches devant les yeux, tandis que mon visage était couvert de sueur.

Il n'y avait que deux filles dans la classe, l'une étant celle de mon oncle paternel, tandis que l'autre s'appelait Du, quant à son prénom, je l'ai oublié. Elle avait six doigts aux pieds, des pieds larges, pareils à de petits éventails en feuilles de massette, nous l'appelions Six Doigts de Pied. Elle n'était pas jolie, avait le défaut de voler gommes et crayons ; son origine de classe n'étant pas très bonne non plus, elle faisait l'objet de discrimination de la part de tout le groupe. Je me disais qu'elle et moi étions les élèves que le responsable de classe détestait le plus, aussi nous avaient-ils placés au même pupitre, sur le même banc. Et, bien que nous fussions les plus petits en taille, il nous avait relégués au dernier rang.

J'éprouvais une grande honte à me retrouver assis sur le même banc qu'elle, je ne saurais dire à quel point j'en avais gros sur le cœur ; pour tout arranger, Du Fengyu, ce petit salopard, devait déclarer que, puisque Six Doigts de Pied et moi étions assis au même banc, cela signifiait que nous étions promis l'un à l'autre. À l'époque, je n'étais pas conscient du fait que j'étais encore plus laid qu'elle ; pour moi, cette promiscuité était déjà en soi une honte innommable, alors laisser entendre que nous étions promis l'un à l'autre, c'était affreux ! Mes larmes se mirent à couler à flots, je l'injuriai en hoquetant, brandis les poings, alors les coups se mirent à pleuvoir sur ma tête, si bien que je me retrouvai assis par terre.

J'étais donc là, à pleurer, je n'avais pas entendu

la cloche annonçant le début de la classe, quand je vis le responsable arriver, remorquant une fille avec une barrette en plastique rouge en forme de papillon dans les cheveux, elle était vêtue d'une veste et d'un pantalon à carreaux rouges.

Le responsable, une boîte de craies multicolores à la main, une baguette sous le bras, remorquant la fille, s'avançait tout droit vers la salle de classe, il semblait ne pas avoir remarqué ma sale trogne, ni entendu mes braillements, mais la jolie fille à ses côtés, quant à elle, me jeta un regard très sérieux. Elle avait de très beaux yeux, avec des prunelles d'un noir d'encre, profondes et lumineuses, pareilles à des grains de raisin. Le regard qu'elle me lança m'emplit aussitôt d'une sensation confuse, j'en oubliai de pleurer et restai là, stupide, sous le charme.

Le responsable entra dans la classe, remorquant la fille. Après un moment d'hébétude, je me levai, essuyai dans ma manche larmes et morve avant de me glisser à mon tour avec circonspection dans la salle. Les camarades, assis avec une rare correction, regardaient le responsable et la fille devant le tableau noir. Je m'assis sans bruit à côté de Six Doigts de Pied. Je vis le regard féroce et scrutateur que me lança le responsable, la fille semblait m'interroger de ses beaux yeux.

Le responsable dit : « Camarades, voici une nouvelle élève, elle s'appelle Zhang Ruolan. Elle est enfant de cadre révolutionnaire, elle a beaucoup de qualités, j'espère que vous vous mettrez tous à son école. »

Nous applaudîmes en chœur pour montrer que nous réservions le meilleur accueil à la jolie Zhang Ruolan.

Le responsable ajouta : « La camarade Zhang Ruolan

est une bonne élève, elle est d'ores et déjà membre du comité des études pour notre classe. »

Et tous d'applaudir.

Le responsable dit : « La camarade Zhang Ruolan a une très belle voix, nous serions heureux de l'entendre interpréter une chanson. »

Et nous d'applaudir une fois de plus.

Zhang Ruolan impassible, avec naturel, se mit à chanter :

« Dans le bleu du ciel flottent les nuages blancs, sous les nuages galopent les chevaux... »

Oh là là, bonne mère ! Zhang Ruolan n'était pas n'importe qui, sa voix était plus douce que le miel. Comment ses parents s'y étaient-ils pris pour engendrer un prodige pareil ? Les camarades en restaient pantois.

Nous applaudîmes à tout rompre.

Le responsable dit : « Zhang Ruolan sera aussi membre du comité du style pour notre classe. »

Comme nous allions applaudir, Du Fengyu se dressa comme un tigre et demanda au responsable : « Et moi, qu'est-ce que je deviens dans tout ça ? »

Le responsable dit, après un instant de réflexion : « Eh bien, tu pourrais être membre du comité du travail manuel. »

Comme Du Fengyu allait s'asseoir, un rictus aux lèvres, le responsable dit : « Inutile de t'asseoir, va au dernier rang, cette place revient à Zhang Ruolan. »

Du Fengyu, son misérable cartable sous le bras, traversa la salle en marmonnant des injures et s'assit au dernier rang, à une place qui avait été aménagée à son intention.

Zhang Ruolan s'assit à la place laissée libre par Du Fengyu, sur le même banc que ma cousine.

Que Du Fengyu, déconsidéré, se retrouvât au dernier rang, cela me réjouissait secrètement ; avec l'arrivée de Zhang Ruolan, Du Fengyu était dans le pétrin, grâce à elle, j'avais ma revanche sur lui, cette brave Zhang Ruolan ! Je la regardais éperdu, je regardais ses jolis yeux pareils à des raisins noirs, regardais son visage, rouge comme une pomme bien mûre, regardais son sourire, doux comme le miel, ses lèvres éclatantes pareilles à des cerises, je regardais ses dents blanches comme de la nacre, sa démarche légère qui faisait penser à celle d'un faon vigoureux. Juste avant de s'asseoir, elle adressa un sourire à ma cousine, bizarrement, j'en eus les larmes aux yeux. Elle était assise, bien droite, mon regard par-dessus les dos des camarades restait fixé sur elle, sur les carreaux rouges de sa veste. De quoi avait parlé le professeur pendant ce cours ? J'aurais été bien incapable de le dire.

Grâce à la présence de Zhang Ruolan, la vie scolaire, si sombre et si insipide, prit soudain un air printanier. Avant son arrivée, j'avais peur de l'école, je m'y ennuyais à mourir, je détestais y aller, j'avais maintes fois imploré mes parents afin de ne plus avoir à y mettre les pieds, j'étais prêt à mener les bêtes aux champs. Or, depuis l'arrivée de Zhang Ruolan, je redoutais les samedis. L'après-midi de ce jour-là, Zhang Ruolan, le soleil de mon cœur, son cartable en cuir au dos, avec ses vêtements à carreaux et sa barrette en forme de papillon, traversait en faisant des bonds de cabri le petit pont en pierre pour se rendre dans sa maison située dans la grande cour de l'administration du canton, et je ne pouvais plus la voir.

Le dimanche, j'errais comme une âme en peine, je n'avais pas d'appétit. Sans qu'on me l'eût demandé, j'allais faire paître les moutons. Je les tirais de l'autre côté du pont puis déambulais, hésitant à m'aventurer trop près de la cour. Les deux bêtes eurent tôt fait de brouter les herbes sauvages, elles avaient beau crier famine, je n'avais pas l'intention de les mener paître dans les friches où l'herbe était bien verte. Je les attachais à un arbre devant le portail de la cour de l'administration du canton, leur laissant grignoter l'écorce du tronc. Pour ma part, assis dans l'espace libre à côté, je guettais avec impatience le portail, regardais les gens qui défilaient, dans l'espoir que Zhang Ruolan apparaîtrait soudain devant mes yeux. Je passais mon temps à m'exhorter ainsi : « Allons, encore un moment, encore un peu, attends encore un petit peu… »

Grand-Père devait finir par découvrir le pot aux roses, alarmé par la maigreur des flancs des moutons ; toutefois, personne à la maison ne comprit le mobile qui m'avait poussé à mener paître les bêtes devant l'administration du canton. Après avoir reçu une volée de coups et d'injures, je m'enfuis pour aller sangloter derrière le portail. Ma cousine vint me trouver avec une patate douce toute chaude. Elle me la tendit en disant : « Je sais, moi, pourquoi tu allais là-bas faire paître les moutons, je veux bien garder le secret, mais il faudra me prêter pour une semaine le "Tableau de l'investiture des dieux". »

Il s'agissait d'une bande dessinée, de format un peu plus grand que celles répandues à l'époque, et dont le papier était tout jauni ; je l'avais troquée contre deux gros pétards à un enfant d'un village voisin. Y étaient représentés Zheng Lun, capable de faire sortir une lumière dorée de ses narines pour s'emparer de l'âme des gens, Yang Ren, dont les yeux avaient des mains et les mains des yeux, le taoïste Shen Gongbao à cheval sur un tigre, Tu Xingsun qui pouvait disparaître sous terre, Lei Zhenzi avec ses deux grandes ailes, ainsi que Natuo, qui avait ôté les nerfs et les écailles au dragon[1]... Le grand Du Fengyu avait eu beau jeu de me menacer de ses poings, je ne la lui avais jamais montrée, pourtant, cette fois, je prêtai sans la moindre hésitation à ma cousine le livre précieux caché dans une fente du mur.

Zhang Ruolan était là depuis presque un mois quand une affaire importante se produisit dans la classe. Le responsable nous dit en cours, d'une voix grave : « Camarades, quelqu'un a volé une brochette de patates douces qui séchait sous l'auvent du standard téléphonique, mieux vaudrait avouer le fait, car être dénoncé par autrui n'est jamais bien glorieux. »

Je sentis le regard plein de sous-entendus que me lança le responsable ; immédiatement, j'éprouvai de la crainte, bien que ce ne fût pas moi le voleur, à me voir, on aurait pu le croire. Je me tortillai sur ma chaise si bien que les pieds du banc grincèrent, ce qui agaça Six Doigts de Pied, elle me lança : « T'as des vers ou quoi, qu'est-ce que t'as à te tortiller comme ça ? »

Cette phrase eut pour effet de faire converger sur moi les regards du maître et des élèves, tous me fixaient comme si j'étais incontestablement l'auteur du larcin. Le nez me piqua, je me mis à pleurer bruyamment. C'est alors que ce traître de Du Fengyu s'écria : « C'est lui le voleur, hier, je l'ai vu de mes propres yeux

1. Cette bande dessinée devait s'inspirer sans doute du *Roman de l'investiture des dieux*, roman des Ming, riche en merveilleux, d'auteur inconnu.

accroupi aux cabinets en train de manger des patates douces séchées, je lui ai demandé de m'en donner, il a refusé net. »

Je voulus m'expliquer là-dessus, mais quelque chose était coincé dans ma gorge, je ne parvins pas à articuler le moindre son. Le responsable s'approcha, me regarda avec une extrême répugnance et un profond mépris et me dit avec sévérité : « T'es laid comme un pou ! Va pleurnicher dehors ! »

Ce chien couchant de Du Fengyu, suivant les injonctions du responsable, m'empoigna férocement par les cheveux et me traîna jusque sous le poteau télégraphique ; il lança un rugissement en direction du standard : « Le voleur des patates douces séchées est pris, venez vite voir ! »

La grosse femme au teint blanc, les écouteurs aux oreilles, passa la tête par la haute fenêtre, me lança un regard et dit avec l'accent traînant d'une autre province : « Un petit bout comme ça, et ça chaparde déjà, c'est de la graine de bandit pour plus tard, c'est sûr ! »

J'étais debout, mortifié, sous le poteau télégraphique, le crâne exposé à l'ardeur du soleil. Les deux filles de la standardiste sortirent en courant, ramassèrent quelques petits morceaux de brique au pied du mur avec lesquels elles me visèrent gauchement tout en criant : « Oh, le voleur ! Oh, le petit voleur, le chien galeux se glisse dans un creux. »

Je croyais que j'allais succomber à mes pleurs quand une lumière rouge passa devant mes yeux, c'était Zhang Ruolan.

Je baissai la tête encore plus bas.

La main de fée, la main toute propre de Zhang Ruolan, me tira par le pan de mon vêtement. J'entendis sa voix au timbre cristallin me dire : « Espèce de cornichon, de pleurnicheur, t'as pas encore pleuré ton content ? Je sais, moi, que ce n'est pas toi qui as volé les patates douces séchées. »

Zhang Ruolan me ramena dans la classe, prit dans son cartable un morceau de patate douce et leva la main pour demander la parole : « J'ai quelque chose à dire : il s'agit d'une accusation injustifiée, le voleur c'est Du Fengyu. »

Tous les regards se reportèrent de la main de Zhang Ruolan sur le visage de Du Fengyu. Celui-ci rugit : « C'est faux, t'inventes ! »

Zhang Ruolan dit : « Ce morceau de patate douce, Du Fengyu m'a forcée à l'accepter, moi, je ne courais pas après ! Il en a encore plein son cartable, si vous ne me croyez pas, fouillez-le ! »

Personne n'osa passer à l'acte. Alors Zhang Ruolan courut jusqu'à lui, lui arracha son cartable, l'attrapant par un coin, elle le secoua. « Plof ! » tout dégringola : les patates séchées, le stylo à bille perdu par Wang Sheng, la gomme de Li Lifu, le kaléidoscope en verre de Wang Dacai… Ainsi, Du Fengyu était le vrai voleur, alors que nous avions toujours mis ces larcins sur le compte de Six Doigts de Pied.

Cette dernière bondit sur ses pieds et se mit à l'injurier : « Du Fengyu, enculé de ta mère ! Tu te nommes Du, comme moi, et si on raisonne en termes de génération, je suis ta tante, tu m'as fait du tort exprès, je vais en découdre avec toi ! »

Le responsable demanda à Du Fengyu de se lever. Celui-ci s'exécuta, la tête penchée, tout en grattant le revêtement du mur de son doigt crasseux.

Le responsable demanda d'une voix mal assurée : « C'est toi le voleur ? »

Du Fengyu leva les yeux au ciel, regarda le plafond, avec un grognement de mépris.

Le responsable dit : « Dehors ! »

Du Fengyu dit : « Oh, ça va, je sors ! »

Il fourra dans son cartable les livres en lambeaux et dit en s'adressant nommément au responsable : « Enculé de ta mère, le jour où j'aurai du pouvoir, j'exterminerai les paysans moyen riches de ton espèce ! »

Du Fengyu renversa le pupitre branlant et sortit d'un air conquérant.

Le responsable était vert, il restait debout sur l'estrade, le dos courbé, les lèvres tremblantes. Il mit un bon moment avant de se redresser et de dire : « La classe est finie. » À la fin de sa phrase, il toussa plusieurs fois, on aurait dit que son visage était enduit de poudre d'or tant il était d'un jaune brillant ; un peu de sang rouge vif sortit de sa bouche.

Je ne savais pas comment exprimer ma reconnaissance à Zhang Ruolan pour l'aide qu'elle m'avait apportée en me lavant de ces fausses accusations. Alors que j'étais déjà éperdument amoureux d'elle, la grande sollicitude qu'elle m'avait témoignée était venue ajouter de l'huile sur le feu, exacerber ma passion. Comme je n'osais plus mener paître les moutons devant le portail de la cour de l'administration du canton, et encore moins me risquer à franchir la porte pour aller la voir, il ne me restait plus qu'à mettre à profit les cinq jours et demi de classe, qui passaient comme l'éclair, pour la regarder. Toutefois, si je ne la quittais pas des yeux, je n'avais même pas le courage d'aller la trouver, de lui parler.

Un jour, des parents vinrent en visite à la maison, ils nous offrirent quatre pommes. Après leur départ, les pommes étaient restées sur la table, bien rouges, du rouge des joues de Zhang Ruolan, toutes parfumées. Je les regardais fixement. Grand-Mère en prit deux puis, avec une mimique de sa bouche flasque, elle dit à ma mère et à ma tante : « Une chacune, vous la partagerez aux enfants. »

Mère rapporta la pomme rouge dans notre pièce, chercha un couteau de cuisine pour la couper afin de la répartir entre mes frères et sœurs. Dans un accès de courage, je saisis le poignet de Mère et lui demandai en bégayant : « Mère… est-ce que tu pourrais ne pas la couper… »

Mère dit en me regardant : « C'est une denrée rare, je vais la partager, pour que ton grand frère et ta grande sœur puissent y goûter eux aussi. »

Je dis tout embarrassé : « C'est que je n'avais pas l'intention de la manger… Je pensais… »

Mère soupira et dit : « Alors c'est pour faire quoi ? Petit glouton ! »

Je pris mon courage à deux mains et dis : « Mère… dans ma classe, il y a Zhang Ruolan… »

Mère, sur ses gardes, demanda : « C'est un, ou une ? »

Je dis : « Une. »

Mère demanda : « Et la pomme, c'est pour elle ? »

Je fis oui avec la tête.

Mère ne demanda rien d'autre, elle posa le couteau dans un coin, essuya la pomme dans le parement de son vêtement, me la tendit solennellement et dit : « Cache-la dans ton cartable. »

Je dormis mal cette nuit-là.

Je me levai au point du jour, mis mon cartable sur le dos et me glissai dehors. Mère, derrière moi, me lança quelque chose, je ne répondis pas. Tout en pressant la pomme au travers du cartable, je partis comme le vent dans la ruelle envahie par la brume du matin, je me faufilai dans une haie où grimpaient haricots et volubilis, escaladai la haute digue puis, suivant une direction opposée au courant glacé de l'eau, je courus jusqu'à l'extrémité du tablier du maigre et noir pont de pierre.

J'étais appuyé au pilier en pierre glacé à l'extrémité du pont, la douce attente commença. Quelques hommes, sortis de bonne heure pour porter des palanches d'eau, passaient près de moi, je sentais le souffle brûlant émanant de leur corps. Ils regardaient tous avec un air perplexe le petit garçon dépenaillé, aux cheveux hirsutes, à la figure crasseuse, que j'étais.

Le soleil se montra, il embrasa de rouge la rivière. Les porteurs d'eau se tenaient au beau milieu du pont, les jambes écartées, le dos ployé, remontant leurs seaux remplis d'eau claire ; de nombreuses gouttelettes étincelantes coulaient du bord des seaux pour retomber sans bruit dans la rivière. Un chien noir au pelage lustré avançait paresseusement sur la digue, un coq juché en haut d'une meule de foin restait là, prostré, des filets de fumées blanches montaient tout droit des toits, paysage du petit matin. J'étais arrivé trop tôt, mais ne le regrettais pas, je savais que chaque minute supportée me rapprochait de la scène qui avait tournoyé toute la nuit dans ma tête. Quand elle apparaîtrait, vêtue de ses vêtements rouges, à l'autre bout du pont, j'irai vers elle en courant, pour que notre rencontre se produisît au milieu du tablier. Comme elle me regarderait, étonnée, je lui mettrai la pomme sous les yeux et lui dirai : chère camarade Zhang Ruolan, je te remercie pour l'aide que tu m'as apportée dans ces moments difficiles. Je poserai la pomme dans sa main et partirai en courant, face au soleil, en chantant comme un petit oiseau plein de joie.

Zhang Ruolan finit par faire son apparition à l'autre bout du pont, elle ne portait pas ces vêtements rouges qui avaient fait une telle impression sur moi mais un ensemble bleu, virant sur le blanc ; elle était accompagnée d'un homme de haute taille qui lui caressait les cheveux tout en marchant. Mon courage s'envola sur-le-champ, je m'écartai d'un bond du pilier en pierre pour me faufiler dans les arbustes tout proches, de peur d'être vu par elle. Je l'entendis dire : « Papa, rentre ! Après avoir reçu cet avertissement de ta part, Du Fengyu n'osera plus me chercher des ennuis. »

Je vis le père de Zhang Ruolan lui faire un signe de la main, avant de s'en retourner. J'entendis Zhang Ruolan passer près de moi en fredonnant une chanson. Je mis une main sur la pomme dans le cartable, le dos courbé, je coupai au travers des arbustes, filant comme l'éclair. Il fallait que je barre la route à Zhang Ruolan afin de lui remettre la pomme.

Non loin de l'école, je bondis de derrière une meule d'herbes et de petit bois et, tout essoufflé, lui coupai le chemin. Elle poussa un « Ah ! » puis, se reprenant, elle dit d'une voix rude : « Jindou, qu'est-ce qui te prend ? »

Mon cœur battait la chamade, je pensais lui faire entendre ces phrases répétées tant de fois, mais je n'arrivai pas à ouvrir la bouche. Je pensais sortir la pomme du cartable pour la lui donner, mais mes mains étaient comme paralysées.

Zhang Ruolan cracha sur mon ombre étirée sur le sol, puis la tête haute, le buste droit, elle passa fièrement devant moi.

La belle de glace

Après que le jeune frère de mon père eut pris sa retraite de l'hôpital municipal, il ouvrit un dispensaire privé au bourg. J'avais échoué à l'examen d'entrée à l'université, je ne pouvais pas non plus devenir paysan. Après cet échec dans les études, je m'ennuyais à la maison à ne rien faire, je n'avais pas le moral et passais mon temps avec de petits vauriens du bourg à faire les quatre cents coups, il était clair que je tournais mal. Mon père, très soucieux, faisant fi de tout amour-propre, alla supplier mon oncle de me prendre avec lui pour que je devienne médecin.

Le jour où il m'accompagna au dispensaire, mon oncle et ma tante venaient d'avoir une querelle. Une bouteille thermos, cassée par le choc, gisait sur le sol, l'intérieur isolant avait été brisé et le contenu s'était répandu, les bris de verre recouverts de mercure étincelaient dans l'eau. Quand elle nous vit entrer, ma tante essuya ses larmes dans sa manche et nous laissa pour aller dans la pièce du fond, elle nous claqua bruyamment la porte au nez. J'étais plein d'appréhension, je sentais que leur querelle était liée à ma venue chez eux comme apprenti. Père me saisit fermement par l'épaule, me poussa en avant, toussa plusieurs fois de façon appuyée, et dit :

« Son oncle, je t'ai amené le gamin… »

L'oncle me jeta un coup d'œil, sans dire un mot. Il contourna l'eau répandue à terre, s'assit sur une chaise poussiéreuse, sortit de sa poche un paquet de cigarettes de mauvaise qualité, en saisit une entre les doigts, l'alluma et se mit à fumer. Les doigts qui tenaient la cigarette avaient la couleur brune de la viande en ragoût, ce qui indiquait que c'était un grand fumeur. Quand j'étais à l'école, avec d'autres jeunes à problèmes, nous approchions exprès la fumée de nos doigts pour nous les brunir.

Père sortit de sa besace un œuf salé, le posa sur la table et dit :

« C'est ta belle-sœur aînée qui l'a saumuré, tu le goûteras avec sa tante.

– Entre gens d'une même famille à quoi bon tant de façons ! » dit l'oncle avec condescendance, l'expression de son visage semblait s'être adoucie. Il saisit une cigarette, la lança à Père. Ce dernier se précipita pour la rattraper, la cigarette rebondit sur sa poitrine, sauta vers moi. J'avançai la main, interceptai la cigarette en plein vol et la tendis à Père. L'oncle eut un regard approbateur, il dit : « Mais c'est qu'il a de bons réflexes ! » J'aurais bien voulu expliquer à l'oncle que je m'étais entraîné à l'école à intercepter le ballon dans l'équipe de baseball, mais ma phrase s'étrangla dans ma gorge. Père m'avait recommandé, à plusieurs reprises, une fois au dispensaire, de la boucler et de travailler. Père avait dit : ce n'est pas facile d'être apprenti, même chez son propre oncle. L'oncle est de la famille, il peut se montrer indulgent, la tante ne porte pas notre nom, c'est une pièce rapportée, elle n'a aucun lien de sang avec toi, aussi tu dois toujours agir en fonction d'elle.

Père m'avait expliqué longuement les difficultés qui attendaient tout apprenti (il était passé par là, ayant, dans sa jeunesse, tiré les tiroirs dans une herboristerie). Les deux premières années, avait-il dit, il ne faudra pas compter apprendre quoi que ce soit, tu auras à vider les pots de chambre, à garder les enfants, à aller puiser de l'eau, à balayer, à faire le feu, à laver le riz… à toi reviendront les tâches fatigantes, les gros travaux. Si tu n'as pas le tempérament de ce con de hérisson, il ne faut pas te faire apprenti ! D'autant plus que tu n'es pas un apprenti comme les autres, et que ce que tu vas étudier, c'est la médecine ! Père n'y était pas allé par quatre chemins. L'oncle reprit une cigarette, machinalement, il l'alluma à celle qui achevait de se consumer. Il fixa la bouteille thermos cassée sur le sol et dit : « Être soldat, commerçant, tout plutôt qu'entrer dans cette profession, tu palpes toute ta vie des ventres grisâtres, et tu en as marre ! »

Père soudain s'en prit à moi : « Qu'est-ce que t'attends pour balayer ce qui est par terre ? Les jeunes, vous n'avez pas le sens du travail ! Est-ce que tu dois attendre que ton oncle et ta tante te le demandent pour te mettre à l'œuvre ? »

J'attrapai le balai et la pelle et me mis à balayer les bris de verre par terre. Comme je sortais vider la pelle, j'entendis Père dire à l'oncle :

« Son oncle, ta belle-sœur et moi nous avons couvé ce gamin jusque-là, depuis qu'il est tout petit, nous l'avons trop gâté. Toi et sa tante, grondez-le, frappez-le si nécessaire, son propre neveu, on peut le battre, l'injurier…

– C'est bon, c'est bon, tu peux t'en retourner, dit l'oncle, s'il veut apprendre, qu'il reste ici comme il pourra. Moi si j'avais un fils, je ne le laisserais pas choisir ce métier. »

L'oncle, au départ, était un de ces médecins de campagne qu'on surnomme un Maître Jacques[1], il n'avait pas peur de s'attaquer à toutes les spécialités : médecines chinoise, occidentale, générale, chirurgie, pédiatrie, gynécologie, quant à dire si ses soins étaient suivis de guérison, c'était une autre affaire. Après la réforme et l'ouverture, l'oncle avait réussi l'examen pour entrer en classe de perfectionnement des médecins à l'Institut de médecine provincial. Il y était resté deux ans. À son retour, il était entré à l'hôpital municipal, avait porté blouse et gants, était devenu chirurgien. Du temps où il était encore un « médecin aux pieds nus » à la campagne, il avait opéré une appendicite sur un *kang*, avec un rasoir. De retour de son stage, il fut comme un tigre auquel on aurait donné des ailes, son audace ne connut plus de bornes, s'il y avait des maladies redoutées par les malades, il n'y avait pas d'opération qu'il n'osât entreprendre. L'oncle avait dit une fois qu'être médecin, tout comme être brigand, reposait pour un tiers sur le savoir-faire et deux tiers sur le courage. Avec le courage vient le sang-froid, alors ton cerveau est vide et tu peux travailler. Les vrais brigands semblent, au premier coup d'œil, de frêles lettrés, les vrais médecins, quant à eux, sont d'abord pris pour des saigneurs de cochon. L'oncle avait une grande dextérité, doublée d'une audace non moins grande, il avait réussi à l'hôpital municipal quelques opérations importantes.

1. En chinois : « Huile précieuse », nom d'un onguent miracle très courant en Chine.

Toutefois, cette trop grande témérité l'avait poussé à expérimenter des greffes à la Mitchourine, et c'est ainsi qu'il avait expédié outre-tombe des patients qui auraient dû s'en sortir. Il était devenu un personnage controversé, ceux qui le portaient aux nues disaient que c'était un médecin prodigieux, ceux qui le blâmaient voyaient en lui un simple vétérinaire. Il était très fier, quand il s'entêtait, il était capable de frapper sur la table en traitant le maire de tous les noms d'oiseaux. L'hôpital ne savait comment régler son cas : le garder ou le renvoyer ? Alors que la question semblait épineuse, il avait proposé, de lui-même, de prendre sa retraite anticipée. Cela tombait bien, l'hôpital laissa les choses se faire ; bien sûr, pour la forme, on l'avait prié de rester.

Le dispensaire de l'oncle n'a que deux pièces, minuscules, ce qui ne l'a pas empêché, à l'entrée, d'apposer une énorme et pompeuse pancarte sur laquelle on lit : « Grand Hôpital Guan ». Les idéogrammes ont été tracés de sa main, ils montrent dents et griffes, on dirait des fauves, c'est à faire peur. Grâce à la brillante réputation de l'oncle, et aussi parce qu'il est difficile aux gens du coin de se rendre en ville, et encore parce que, à l'hôpital municipal, on fait n'importe quoi, depuis son ouverture, le Grand Hôpital Guan n'a cessé de prospérer. Les malades viennent pour des cas graves ou bénins. L'oncle officie en tant que médecin, la tante, cette paysanne qui n'a suivi que trois ans de classe en primaire (elle a été vétérinaire autrefois), est à la fois infirmière et pharmacienne. Peu de temps auparavant, tous les deux ont joint leurs efforts pour effectuer une ablation de l'estomac sur le patron du bazar, Wang le Neuvième. L'opération n'a pas coûté très cher et a été réussie. Le renom de l'oncle a connu un nouveau pic dans les campagnes. C'est à cette époque que je suis arrivé au dispensaire – non, à l'hôpital, au Grand Hôpital Guan, comme apprenti. À proprement parler, on ne devrait pas employer le terme d'apprenti à propos de quelqu'un qui apprend la médecine, mais comme Père y tient tant, je fais de même.

La salle où l'oncle opère est celle où avait pénétré la tante ce jour-là. Elle est équipée d'un lit à hauteur réglable, recouvert d'un drap blanc, parfois l'oncle y fait sa sieste. Du côté droit du lit, il y a une table à trois tiroirs, sur laquelle sont placés des plats en fer émaillé, contenant scalpels, ciseaux, pinces et autres instruments, recouverts de deux couches de gaze blanche. Contre le mur se dresse une armoire en bois de couleur crème, avec une porte vitrée au travers de laquelle on peut apercevoir des flacons et des pots. C'est là pratiquement tout l'équipement du Grand Hôpital Guan.

Notre bourg est un endroit très reculé, à plus d'une centaine de kilomètres de la ville. Derrière le bourg s'étendent les célèbres monts Baima. La rivière Maseng, qui coule de là, traverse le bourg en son milieu. L'endroit est certes retiré, mais le paysage assez beau. Vu l'arriération du pays, il n'y a pas d'industries, donc pas de pollution, l'air y est pur, les eaux limpides, cela donne à ces lieux un petit côté de paradis oublié par la civilisation. Que l'oncle puisse accomplir des opérations, sans complication infectieuse, dans une pièce aussi rudimentaire est lié probablement au fait que l'endroit ne connaît pas la pollution.

Ces dernières années, le tourisme s'est développé. Au printemps, on vient voir les fleurs, en été, certains font des parties de pêche, en automne, ce sont les arbres en feu qui attirent les touristes, l'hiver, on skie. Le bourg, en partenariat avec Hong Kong, a créé un vaste parc de descente et ce paradis perdu est devenu un lieu fréquenté par des foules de touristes. Beaucoup de gens se réjouissent de cette évolution ; l'oncle, lui, fronce fortement les sourcils, jure comme un charretier, on a l'impression qu'il conçoit de la haine contre l'argent.

Plus d'une demi-année a déjà passé comme l'éclair depuis mon arrivée au dispensaire de l'oncle. Au cours de ces mois, mon principal travail a été de balayer, de faire chauffer l'eau, d'aller acheter trois barquettes de nourriture à midi, une pour chacun de nous. Le soir, l'oncle et la tante rentrent dormir chez eux, je dors au dispensaire, gardant les lieux, par la même occasion. Le lit servant à l'auscultation, où se sont allongés tant de malades, me revient pour la nuit. Pour le petit déjeuner et le dîner, je mange des nouilles instantanées, parfois l'oncle m'apporte quelque autre nourriture. Dire que je n'ai rien appris de la médecine pendant ces quelques mois serait injuste, l'oncle m'a fait connaître quelques dizaines de médicaments les plus courants, afin que, le soir, si quelqu'un se présente pour acheter des remèdes, je puisse répondre à la demande ; à part cela, la tante m'a appris à stériliser les instruments. Avec l'hiver, une charge supplémentaire est venue s'inscrire dans mon travail quotidien : allumer le poêle. Chaque matin, avant l'arrivée de l'oncle et de la tante, j'allume le poêle dans la pièce de devant. La pièce du fond étant la salle d'opération, il n'est pas question qu'il y ait de la fumée et du roussi, on s'est donc contenté d'amener un peu de chaleur par un tuyau de conduit de cheminée. Après l'entrée dans l'hiver, il y a eu deux chutes importantes de neige, le parc à skier est prêt. Ces jours-ci, le bourg a fait de la publicité à la télévision, disant que Baima est aussi romantique que la Suisse, aussi sentimental que Paris, ces slogans ont été dits par des séductrices, avec force minauderies. Les citadins vont arriver, le bourg va immédiatement retrouver de l'animation et, au dispensaire, on ne saura plus où donner de la tête. La tante est allée en ville s'approvisionner en remèdes contre les contusions afin de soigner les skieurs blessés au cours de chutes.

J'allume le feu, pose la bouilloire en fer-blanc pour chauffer de l'eau. L'oncle en fait une grande consommation, il peut boire trois thermos de trois litres par jour. Il se sert d'un pot en fer émaillé de très grande taille, tout rayé, avec l'idéogramme « récompense » tracé sur l'extérieur, l'intérieur du pot est noir, culotté de thé sur plus d'un centimètre d'épaisseur. Il a fallu plusieurs dizaines d'années, plusieurs centaines de livres de feuilles de thé pour arriver à ce résultat. Il prend soin de son pot comme de la prunelle de ses yeux. Si l'oncle va jusqu'à me permettre de fumer ses cigarettes, il ne me laisse jamais toucher à son pot à thé. Je rêve qu'un soir l'oncle oubliera son pot au dispensaire et que je pourrai boire dedans tout mon content, savourer le plaisir de boire dans le pot à thé d'un grand médecin, mais jamais l'oncle n'a commis une telle inattention. Lui et son pot sont inséparables et, même quand il opère, il faut le lui apporter. C'est certes un peu exagéré, mais il y a pire. J'ai entendu la tante raconter que, chaque matin, quand il est assis sur le seau hygiénique, il faut mettre le pot à thé plein d'eau sur un petit tabouret en face de lui car, tout en faisant ses besoins, il avale de l'eau. Pour moi, l'oncle a des allures de grand personnage. J'essuie la table, balaie le sol, puis m'assieds pour manger mes nouilles instantanées. Nous brûlons du charbon en morceaux, brillant, non fumigène, très calorifère, avec ce temps de neige et le vent du nord qui souffle, le feu est violent, les flammes crépitent, la cheminée rougeoie rapidement sur sa moitié, l'eau dans la bouilloire se met à chanter sa chanson. Tout en écoutant le bruit du feu et celui de l'eau, je regarde au travers de la vitre les flocons qui tourbillonnent en abondance ainsi que la rue, les maisons et la rivière recouvertes de neige, j'ai l'esprit vide.

Je vois un chien noir, la queue entre les pattes, le dos chargé de neige, passer dans la rue. Il marche avec précaution, comme s'il craignait de secouer la neige sur son corps. Quand le chien a disparu, vient à son tour, en courant, un petit ânon noir. Il file comme le vent, tout en gambadant, comme s'il craignait que les flocons ne restent sur son corps. Le petit âne noir scintille parmi les flocons blancs. Arrivé devant la fenêtre, il s'arrête un moment, tourne en rond sur place, donne une ruade, comme un salut qu'il me ferait, puis se remet à courir dans la même direction. Je me lève précipitamment, saisis le torchon, le passe plusieurs fois sur la vitre poussiéreuse, colle mon visage contre le carreau pour suivre du regard le petit âne, mais sa silhouette a déjà disparu parmi les flocons de neige qui tourbillonnent. Je pousse un soupir, comme je vais détacher mon visage de la vitre, je vois une femme grande et forte, portant un panier en osier, elle vient de la rivière. Sa maison donnant sur la rue, elle a ouvert un restaurant, sa spécialité est la tête de poisson en fondue, son enseigne mentionne : « Tête de poisson à la Meng », aussi les femmes du village ne l'appellent-elles plus la veuve Meng, mais Meng-Tête de Poisson. Nous avons donné le même nom à sa fille. Si la Petite Meng-Tête de Poisson est aussi charpentée que sa mère, elle est beaucoup plus svelte, elle a une bouche charmante aux coins relevés, des lèvres pleines, qui lui donnent un air de fierté et de coquinerie.

Le lycée que nous fréquentions était des plus conservateurs, il avait élaboré un code de l'élève en cinquante-huit points, avec interdiction de fumer, de boire de l'alcool, de se maquiller, de porter une permanente, des talons hauts… Les règlements étaient nombreux, le contrevenant était sanctionné, et cela pouvait aller jusqu'au renvoi de l'établissement. Seule la Petite Meng-Tête de Poisson osait tenir tête. À l'époque, sa maman ne s'appelait pas encore Meng-Tête de Poisson, mais la veuve Meng, et elle-même, Meng Xixi. Elle avait des cheveux clairs qui ondulaient et lui arrivaient à hauteur des épaules, elle les attachait parfois avec un mouchoir rouge, en queue-de-cheval. Sa bouche était légèrement de travers, d'un rouge appétissant, pareille à une cerise bien mûre. Son front était large et lisse et avait l'éclat des plus belles porcelaines. Ses yeux étaient un peu écartés, ils n'étaient pas grands, mais très lumineux. Ses sourcils étaient longs et minces, réguliers, comme rectifiés avec soin, leur pointe retombait un peu. Comparée aux autres filles de la classe, avec leur poitrine plate, leurs lèvres fades, leur regard éteint, leurs sourcils embroussaillés, leur front ridé, Meng Xixi était vraiment terrible. Elle avait la poitrine haute et, visiblement, ne portait pas de soutien-gorge. Son regard était limpide, les coins de sa bouche retroussés, son cou élancé, sa tête fine avait un port altier. Elle portait des chaussures en cuir, lesquelles, sans être à talons hauts, n'étaient pas complètement plates. Elle arpentait, hautaine, les grandes allées du campus et les couloirs. Sa démarche était alerte, ses talons claquaient sur le sol revêtu de granito. Meng Xixi était vraiment terrible ! La responsable d'année, une femme avec un chignon en forme de bouse de vache, un visage chevalin surmontant un cou inexistant, passait son temps, pendant les assemblées générales, à émettre des critiques non nominales du genre : « Une certaine camarade, dont je ne citerai pas le nom aujourd'hui, pousse vraiment trop loin le bouchon. Qu'elle se regarde dans un miroir : est-ce là l'image d'une lycéenne ? » Tous les visages, en un instant, convergeaient vers Meng Xixi. Cette dernière tournait la tête, regardait de tous côtés, comme si elle cherchait la personne incriminée sans la nommer par la responsable. « C'est de toi dont je parle ! » rugissait presque la responsable, le visage rouge d'une colère retenue. « Tu te crois où ? C'est un établissement scolaire, pas un bar ! » Quelques filles riaient tout bas, contentes de ce qui arrivait à leur camarade, de la gêne apparaissait sur le visage des garçons. Je sentais mon visage en feu, comme si c'était ma propre sœur que l'on bafouait devant tout le monde. Mais Meng Xixi restait placide, les coins de la bouche relevés, souriante, comme si la personne incriminée nommément par la responsable était une étrangère sans aucun lien avec elle.

Après la réunion d'année, Meng Xixi ne changeait rien à sa conduite, elle continuait d'arpenter le campus et les couloirs la tête haute, la poitrine en avant. Le regard des garçons s'égarait davantage sur elle. Au départ, nous avions déjà tendance à regarder Meng Xixi, les remontrances de la responsable avaient comme levé un des voiles qui enveloppaient sa personne, elles nous avaient soudain ouvert les yeux : Ah, cette Meng Xixi, elle était vraiment terrible…

Les garçons avaient toujours eu envie de parler avec elle, à présent, ils étaient encore plus nombreux à l'aborder pour un oui ou pour un non. Certains lui apportaient des douceurs de chez eux. Moi aussi j'avais, en cachette, coupé la première grappe mûre des raisins noirs de notre cour, je l'avais enveloppée dans du papier journal et l'avais apportée au lycée. À l'interclasse, j'avais profité de ce que Meng Xixi montât l'escalier pour la lui fourrer dans les bras, puis, tel un acrobate, j'avais sauté sur la rampe luisante, m'étais laissé glisser. Au bas de l'escalier, j'avais failli heurter de plein fouet la responsable. Elle avait le visage cramoisi, les muscles de sa joue gauche tressaillaient comme des bêtes, je savais que c'étaient là les signes d'une grande colère.

Je m'étais détourné pour courir jusqu'à la salle de classe, il y avait encore quelques minutes avant le cours, or les camarades braillaient à qui mieux mieux, sautaient en une belle mêlée. La cause de cette pagaïe était ma grappe de raisin ou, pour être plus exact, Meng Xixi et ma grappe de raisin. Assise sur le pupitre, les jambes écartées, elle détachait les grains de raisin pour les lancer un à un dans la mêlée des garçons. Parfois, elle se fourrait un grain dans la bouche (elle élevait haut le grain, rejetait la tête en arrière, ses cheveux sur sa nuque touchaient pratiquement la table, elle ouvrait grand la bouche et faisait tomber à la verticale le grain qu'elle tenait à la main). Chaque fois qu'elle leur lançait un grain de raisin, les garçons se ruaient dessus comme un essaim de guêpes, comme des chiots enragés se disputant la pitance. J'étais partagé entre l'amertume et une jubilation secrète. Amer, je l'étais, car les raisins étaient pour elle, et voilà qu'elle les distribuait aux camarades ; ce qui me donnait de la satisfaction était que, finalement, c'était moi qui lui avais offert ces raisins, qu'elle les avait acceptés et en avait même mangé quelques grains. J'avais le sentiment que j'étais plus proche d'elle que tous les autres garçons. Leurs hurlements avaient couvert le bruit de la sonnerie, ils n'avaient repris leurs esprits que lorsque la responsable s'était mise à frapper violemment sur l'estrade avec la baguette du tableau noir.

Sans attendre que Meng Xixi descendît de sa table, la responsable s'était placée devant elle. Sous ce regard sarcastique qui ne la lâchait pas, Meng Xixi avait rougi, elle avait dit tout bas : « Je suis désolée… »

La responsable avait enfilé sa baguette dans la grappe de raisin, avait retiré le fruit des mains de Meng Xixi et l'avait porté ainsi jusqu'à l'estrade, comme s'il s'agissait de la chose la plus répugnante au monde.

« Qui lui a donné ces raisins ? » avait demandé la responsable sur un ton glacial. J'avais senti son regard comme des pointes d'aiguille sur mon visage et j'avais baissé la tête, malgré moi. Mais la responsable m'avait appelé par mon nom et m'avait demandé de dire qui avait donné la grappe à Meng Xixi. Comme j'allais tout avouer franchement, Meng Xixi s'était levée et avait dit avec indifférence : « Les raisins sont à lui, mais c'est moi qui les lui ai arrachés des mains. »

« C'est bien ainsi que cela s'est passé ? avait demandé la responsable sur un ton railleur. Alors, comme ça, elle est parvenue à te les arracher des mains. Relève la tête que tout le monde voie bien ton visage. » J'avais dû m'exécuter, j'avais le visage en feu. La responsable avait demandé : « Est-ce bien cela, elle t'a arraché la grappe des mains ? » J'avais jeté un regard en coin à Meng Xixi, je l'avais vue qui regardait le tableau en face d'elle, elle avait les coins de la bouche relevés et semblait se moquer éperdument de cette affaire. J'avais regardé le visage fermé de la responsable d'année et j'avais répondu péniblement : « Oui... »

Ma voix était si faible qu'on aurait dit un bourdonnement de moustique, elle était presque inaudible, même pour moi.

L'antagonisme qui opposait la responsable à Meng Xixi devait finir par éclater ; cela s'était produit un matin, deux mois après que la veuve Meng eut affiché sa pancarte : « Tête de poisson à la Meng ». Quelques jours auparavant, la responsable avait saisi l'opportunité d'un cours politique pour s'en prendre aux entreprises du secteur tertiaire qui s'étaient créées, suite au développement du tourisme, de chaque côté de la grand-rue du bourg. Elle considérait que ces galeries de coiffure, ces restaurants, ces têtes de poisson à la Li ou à la Meng étaient en fait des commerces liés au sexe ou, pour reprendre les termes qu'elle avait employés, c'était pour « vendre la chose ». Tous les regards avaient convergé furtivement sur Petite Meng-Tête de Poisson. Elle était blême, mais les coins relevés de sa bouche donnaient l'impression qu'un sourire indifférent éclairait son visage. C'était l'heure d'aller en cours, les élèves avançaient par groupes. J'étais entré derrière Meng Xixi dans le campus. Depuis l'affaire des raisins, j'étais confus, je cherchais toujours une occasion de m'expliquer mais, chaque fois que je me trouvais devant elle, ma gorge était nouée par une chose brûlante, quant à elle, elle souriait, puis partait d'un air dégagé. Sur le chemin qui menait au bâtiment des salles de cours, la responsable était déjà campée là, les poings sur les hanches. Le soleil matinal qui l'éclairait donnait à son visage une teinte rougeâtre, il faisait penser à une énorme crête de coq. Les camarades, en foule, se dépêchaient de passer plus loin, personne n'osait se retrouver en face d'elle, seule Meng Xixi, la tête haute, la poitrine en avant, s'avançait droit vers elle. Un grondement s'était fait dans mon cerveau, comme un brasier qui s'allumait. Je venais de comprendre soudain que, si la responsable restait campée là, c'était parce qu'elle attendait Meng Xixi. Effectivement, je l'avais entendue dire :

« Meng Xixi, arrête-toi ! »

Je m'étais caché derrière le gros tronc d'un platane français et j'avais vu Meng Xixi s'arrêter devant la responsable. Je ne pouvais apercevoir son visage, je distinguais juste, de profil, sa silhouette élancée, un mouchoir rouge retenait ses cheveux sur sa nuque ; cette couleur était si éclatante que la grosse figure rougeaude de la responsable en semblait toute terne. J'avais entendu la responsable dire quelque chose à voix basse, puis le silence s'était installé. Il s'était alors passé une chose difficilement prévisible : la tête de Meng Xixi s'était abaissée soudainement vers l'avant, et son front était allé heurter la bouche de la responsable. Avec les camarades qui, comme moi, regardaient en douce, cachés derrière les arbres ou juchés devant les fenêtres du couloir, nous avions entendu le cri perçant poussé par la responsable, ce cri nous avait serré le cœur de peur. Puis nous l'avions vue cacher sa bouche de sa main. Meng Xixi s'était détournée et avait repris le chemin par où elle était arrivée. Elle marchait sans se presser, comme si ce qui venait de se passer là-bas, derrière elle, ne la concernait pas. Elle ne devait plus jamais revenir à l'école. L'établissement avait proclamé qu'elle avait été exclue pour son mauvais comportement, mais nous étions persuadés que c'était elle qui avait décidé de quitter l'école, et nous trouvions qu'elle l'avait fait avec beaucoup d'élégance, tel un général victorieux faisant un retour triomphal. Meng Xixi, déscolarisée, avait pu joindre ses forces à celles de sa mère pour gérer avec maestria le commerce. Je l'apercevais souvent, qui appelait les clients, de l'entrée de la boutique, vêtue d'une robe chinoise rouge. Chaque fois que je voyais son beau visage souriant, c'était comme si, par à-coups, quelque chose me perçait le cœur. Après son départ de l'école, la responsable, dans la sacro-sainte salle de cours, avait employé, à propos de Meng Xixi, des mots orduriers qui détonnaient avec sa position et qui calomniaient la jeune fille. Elle avait déclaré qu'elle s'était mise à ce « commerce ». Quand je voyais Meng Xixi avec sa robe chinoise fendue à mi-cuisse, outrageusement fardée, debout sur le seuil du restaurant, à faire du charme aux clients, je repensais alors aux propos orduriers de la responsable.

La veuve Meng, un panier à la main, s'engage dans la grand-rue, elle se rapproche de plus en plus de l'entrée du Grand Hôpital Guan de mon oncle. Entre les flocons, je vois que ses deux bras, à moitié nus, sont rouges de froid. Avec la réverbération de la neige, ils paraissent encore plus voyants. Elle porte, cousu devant sa poitrine, un plastron en toile de ciré jaune, tout couvert d'écailles. Dans le panier sont posées des dizaines de grosses têtes de poisson qui luisent par intermittence d'une lumière argentée, éblouissante. Au travers de la fenêtre, je perçois l'odeur fétide des têtes. À l'époque où je traînais avec des petits voyous en quête de bon temps, j'avais eu souvent l'occasion d'aller manger les « têtes de poisson à la Meng », mais chaque fois que j'apercevais de loin la jolie silhouette de Meng Xixi, je souffrais comme un damné. Quand mes vauriens d'amis se tenaient mal avec elle et qu'elle ne se fâchait pas, j'avais du mal à ne pas prendre la fuite. Après cela, j'allais toujours leur chercher querelle et me bagarrer avec eux ; malgré leur clémence à mon égard, j'en ressortais l'œil au beurre noir et le visage tuméfié. Un jour que je revenais de la rivière, des feuilles de menthe dans mes narines qui avaient été mises à mal, j'avais rencontré Meng Xixi. Elle tenait à la main une ombrelle ouverte, d'un jaune lumineux, elle portait un chemisier dont le tissu faisait penser à la légèreté des ailes de cigale et, en dessous, une minijupe en cuir ; elle s'était peint les ongles des mains en rouge, ceux des pieds aussi, elle avait un bracelet en or au poignet et un à la cheville, elle avait tout à fait l'air d'une qui « vend la chose ». Seuls les coins relevés de sa bouche et son sourire moqueur n'avaient pas changé. Elle avait mis son ombrelle sur l'épaule, avait souri légèrement, montrant des dents qui paraissaient plus étincelantes encore, et avait dit : « Comment as-tu fait pour te mettre dans un état pareil ? » J'avais envoyé un jet de salive sur la terre à ses pieds, m'étais détourné et avais poursuivi mon chemin. J'avais conscience de ce qu'elle était restée là à me regarder, mais je ne m'étais pas retourné tandis que, de façon inexplicable, les larmes s'étaient mises à couler de mes yeux… À présent, Meng-Tête de Poisson s'approche. Le poisson pèse dans le panier, aussi avance-t-elle légèrement penchée d'un côté ; à chaque pas le panier frotte contre son plastron gelé qui crisse. Alors je repense à une parole de mon père. En entendant les critiques portées sur cette mère et sur sa fille qui avaient réussi, il avait dit : « Un peu de bienveillance, il s'agit d'une veuve et d'une orpheline, ce n'est pas facile pour elles de diriger une aussi grande affaire. Vous devriez vous réjouir de leur réussite, et c'est à se demander si cela ne vous ferait pas plaisir de les voir mendier leur nourriture, appuyées sur un bâton destiné à frapper les chiens ? » Je savais que Père avait entièrement raison, mais quand je repensais à l'allure de femme galante qu'avait Meng Xixi, je sentais un feu mauvais monter en moi. Je me pinçais la jambe pour me ramener à la réalité et me gourmandais : « C'est ta femme ? Ta sœur peut-être ? Elle n'est pour toi ni l'une, ni l'autre, alors de quel droit te mêles-tu de ses affaires ? »

Après mon arrivée à l'hôpital de l'oncle comme apprenti, je me suis peu à peu désintéressé d'elle. L'apparition de sa mère me remet en mémoire des tas de choses passées, mais je n'en ressens qu'une légère tristesse, je n'éprouve plus cette souffrance qui me dégoûtait de vivre. Cela fait déjà bien longtemps que je n'ai pas revu Meng Xixi et que je ne pense plus à elle. Je reste intimement convaincu qu'elle fait ce métier, mais je me dis que ce n'est pas une raison pour voir en elle une moins-que-rien. Au bourg, depuis quelques années, il y a de plus en plus de prostituées, il y a des filles du coin, mais la plupart viennent d'ailleurs. Elles représentent une source de revenus conséquents, les habitants font preuve de tolérance à leur égard, et Meng Xixi, finalement, en est une, elle aussi. En regardant la silhouette de sa mère qui avance péniblement dans la neige tourbillonnante, je me demande à moi-même : « Dis-moi, que fait Meng Xixi en ce moment ? »

Quand Meng Xixi apparaît dans la direction qu'a prise sa mère et s'avance doucement, force m'est de reconnaître qu'il existe des phénomènes bien mystérieux. Tout d'abord, sa mère qui se montre là où elle n'aurait pas dû se trouver (le restaurant « Tête de poisson à la Meng » est éloigné du Grand Hôpital de l'oncle et elle n'a jamais lavé ses têtes de poisson dans la rivière devant le dispensaire) ; puis c'est Meng Xixi qui apparaît alors que je pense précisément à elle. Un parapluie d'un jaune lumineux, pareil à une fleur dans la neige blanche, se déplace en direction de l'hôpital. J'ai tout d'abord pensé à une vision fantasmagorique qui surgirait ainsi de la neige tourbillonnante. À présent, plus elle se rapproche, mieux je distingue la silhouette longiligne sous le parapluie. Personne, parmi les femmes du bourg ou celles venues d'ailleurs, n'a sa silhouette. En fait, elle marche d'un pas pressé, mais son corps exceptionnel fait qu'elle a beau se dépêcher, elle garde toujours grâce et distinction. Je suis incapable d'affirmer où elle se rend. À l'est du village s'est ouvert un hôtel thermal. J'ai entendu dire par quelqu'un qui avait rendu visite à un malade que, là-bas, c'est très… enfin c'est… et que les nouveaux riches, venus d'autres régions, sont légion à faire tout exprès le déplacement pour s'envoyer au septième ciel. Se peut-il qu'elle se rende là-bas pour vendre ses charmes à ces gros richards ? Je ressens une sourde douleur intérieure. Meng Xixi se rapproche, je distingue parfaitement les traits de son visage, je sais que, dans l'instant qui va suivre, elle aura dépassé la porte de l'hôpital, je sais aussi que lorsque je regarderai sa silhouette de dos qui se fera floue dans la neige tourbillonnante, je ressentirai une douleur plus grande encore. Je sais que tout peut arriver, sauf qu'elle vienne frapper à la porte de l'hôpital, qu'elle pousse la porte, qu'elle entre, et pourtant, je prie pour qu'il en soit ainsi, je l'espère. Je sais qu'au moment où elle dépassera la porte je perdrai la raison, me précipiterai pour lui barrer le chemin, l'empêcher de se rendre aux thermes. Je me dis qu'elle me rétorquera probablement, sur le ton moqueur qui est le sien : « Non mais, pour qui tu te prends ? T'es mon mari ? Mon amant ? Eh bien, oui, je vais là-bas "vendre la chose", en quoi ça te regarde ? Si t'avais de l'argent, je t'en vendrais à toi aussi, et comme t'es un ancien camarade de classe, je pourrais te faire un tarif préférentiel avec vingt pour cent de remise ! » Je me dis que si une telle situation devait se produire, je m'accroupirais sur le sol, m'arracherais les cheveux, tandis que je hurlerais comme un chien enragé. Quand sa silhouette hautaine se serait estompée dans la neige, je m'affalerais sur le sol, mon visage crasseux contre la couche immaculée et je me laisserais ensevelir par les flocons voltigeants. J'imagine même que lorsqu'elle aurait fini son commerce, au retour des thermes, la neige m'aurait complètement enseveli et aurait formé, au milieu de la grand-rue, un petit tertre épousant la forme de mon corps, comme une longue tombe. Elle se tiendrait debout devant ma tombe, le visage exsangue, telle une statue de marbre… Alors que la scène que je viens d'imaginer m'a ému jusqu'aux larmes, elle est déjà arrivée devant la porte de l'hôpital. Une seconde passe, puis une autre, trois secondes, sa silhouette n'est toujours pas apparue devant ma fenêtre. Ciel ! Cela signifie qu'elle s'est arrêtée devant la porte ! Je colle mon visage contre la vitre, pour que mon angle de vision soit proche de cent quatre-vingts degrés, je regarde vers l'entrée. Alors je l'aperçois effectivement, debout, face à la porte ; elle ne s'est pas arrêtée pour se protéger de la tempête de neige car je la vois lever le bras, suspendre son geste un instant, le visage songeur et, tout de suite, j'entends de légers coups frappés à la porte.

Je bondis, ouvre brusquement la porte, son ravissant visage est pour moi comme un lourd coup de poing porté au creux du sternum. J'en ai des vertiges, je suffoque, les larmes jaillissent soudain de mes yeux. Un souffle d'air froid et vivifiant, auquel se mêlent des flocons de neige, se rue dans la pièce, il est chargé aussi d'un parfum subtil, presque évanescent, je sais que c'est le parfum qu'elle porte. Elle a commencé à porter du parfum à l'école. Je me rappelle ce jour où elle marchait devant, avec une élève qui la collait à longueur de journée, tandis que je suivais à une dizaine de pas. Je l'avais entendue dire très fort à cette fille : « Le parfum, c'est la lingerie de la femme ! » À cette époque, en classe, nous n'étions séparés que par deux tables et, à cette distance, je pouvais sentir son parfum. Il flottait, subtil, au milieu de l'air vicié rejeté par la cinquantaine d'élèves que nous étions, et j'étais comme un papillon en quête de fragrances… Elle m'adresse un signe de tête courtois et me demande doucement :

« Le docteur Guan est là ?

– Il n'est pas là… » Je sens mes dents claquer, ma langue semble paralysée de froid. Je vois passer une expression de désespoir sur son visage, je m'empresse d'ajouter : « Mon oncle arrive tout de suite, il est très consciencieux, il va venir, c'est sûr, la dernière fois où il est tombé de la grêle, il est venu quand même, avec un petit chaudron sur la tête… »

Elle sourit, replie son parapluie, tape plusieurs fois des pieds, se faufile dans l'ouverture de la porte. Elle met le parapluie debout derrière, contre le chambranle, ôte son manteau en cachemire noir, le secoue à l'extérieur puis, sans plus attendre, elle referme la porte. Nous voilà séparés de ce monde glacé, il n'y a que nous deux dans la pièce où le poêle ronfle. J'ai déjà complètement oublié tous les griefs que j'ai contre elle, mon cœur n'est plus que douceur, bonheur et émoi. Elle met son précieux manteau en cachemire sur son avant-bras, regarde tout autour d'elle, comme si elle cherchait un endroit où accrocher son vêtement. Malheureusement, il n'y a rien de semblable ici, l'oncle et la tante posent leurs vêtements n'importe où, au dossier d'une chaise ou sur le lit d'auscultation. Je m'empresse d'avancer jusque devant elle une chaise avec un coussin d'un gris pisseux sur laquelle a coutume de s'asseoir l'oncle, mais elle a déjà pris place sur un petit tabouret réservé aux malades. Elle pose du coup son manteau sur ses genoux. À présent, je peux constater qu'elle porte une longue robe chinoise blanche qui lui tombe pratiquement jusqu'aux pieds. Le tissu est de bonne qualité, peut-être est-ce de la soie, ou autre chose. Les pans laissent voir ses pieds cachés dans des chaussures en agneau blanc. L'image de ses doigts de pieds couverts de vernis l'été apparaît devant mes yeux. Sa tête est serrée dans un grand foulard en soie blanche qui montre bien son front lisse, et lui donne vaguement l'apparence de ces jeunes filles que l'on voit dans les illustrations des romans russes. Mais, déjà, elle porte ses mains à sa nuque et dénoue l'écharpe. Elle dit :

« Il fait vraiment bon chez vous. »

Alors que je ne sais vraiment que lui dire, ni que faire pour elle, cette phrase me rappelle à mes devoirs. Je prends la bouilloire en fer-blanc, attrape la pelle, mets plusieurs pelletées de charbon dans le poêle dont la lumière blanche éblouit. Puis je me penche de nouveau et, m'aidant du tisonnier, je tisonne le fond du poêle. Le feu dans le foyer se tait un instant avant de se mettre soudain à gronder. J'entends Meng Xixi dire derrière moi :

« Alors, tu en es où, dans ton apprentissage ? Tu dois en être à la fin, non ? »

Tout en traçant des traits au sol avec le tisonnier, je dis, gêné :

« Oh, non… Je n'ai rien appris… Tu le sais, je suis stupide… »

Je l'entends glousser, mais ce rire un peu rauque s'arrête net. Ce n'est pas sa façon de rire, elle a toujours eu des rires longs et clairs, qui faisaient penser à une poulette venant de pondre son premier œuf, pressée d'avertir son maître de son exploit. Je relève la tête, vois qu'elle serre contre elle son manteau en cachemire et son foulard, comme si elle redoutait qu'on ne les lui prît. Elle est toute pâle, son front s'est couvert de gouttes de sueur. Je m'empresse de lui demander :

« Qu'est-ce que t'as ? T'es malade ?

– Oh, ce n'est rien…

– Attends ici, je vais tout de suite chercher l'oncle ! »

Je me rue dehors, cours comme un dératé dans la rue, à quelques dizaines de mètres, je me trouve nez à nez avec l'oncle et la tante qui arrivent en face. Je dis hors d'haleine :

« Oncle, vite…

– Que se passe-t-il ? demande l'oncle ennuyé.

– Un malade. »

L'oncle grogne quelque chose.

« Qui est-ce ? demande la tante.

– Meng Xixi… » dis-je un peu gêné.

L'oncle me jette un coup d'œil et dit dans un grognement :

« Qu'est-ce qu'elle peut bien avoir !

– MST ! » ricane la tante.

L'oncle n'a pas de parapluie, il porte un couvre-chef noir. Les flocons de neige accumulés lui font un chapeau blanc par-dessus l'autre. La tante, qui marche derrière lui, tient un parapluie en papier huilé comme on n'en voit plus guère.

Arrivé à l'hôpital, je passe devant, ouvre la porte pour les laisser entrer. Meng Xixi se lève, son manteau et son écharpe dans les bras, elle salue : « Docteur Guan. » L'oncle grogne une réponse, sans même la regarder, la tante, quant à elle, ne se prive pas de la toiser de la tête aux pieds, on dirait une méchante belle-mère cherchant quelque chose à reprocher à sa bru. Je l'entends dire sur un ton grinçant :

« Oh, mais c'est mademoiselle Meng, on vous voit rarement ! Qu'est-ce qui vous arrive, où avez-vous mal ? Ne restez pas debout, asseyez-vous je vous prie ! »

Meng Xixi retourne s'asseoir sur le tabouret, une expression d'embarras se montre sur son visage. Je vois que son teint s'est encore plus altéré, que son front transpire, que les commissures de ses lèvres, qui ont toujours été relevées, se sont affaissées, laissant la place à deux rides profondes qui vont jusqu'au menton.

L'oncle, debout sur le seuil, à l'aide de son couvre-chef noir, fait tomber la neige de ses vêtements. Quand il a terminé, il prend encore le temps d'allumer une cigarette et se met à fumer sans se presser. Je brûle d'impatience et d'inquiétude, mais l'oncle, lui, n'est pas pressé. La tante ôte son manteau, met sa blouse blanche, non sans affectation. Puis elle va laver son verre sous le robinet. L'eau bout dans la bouilloire, le bouchon siffle, la vapeur s'élève, puissante. Je me précipite pour verser l'eau dans le thermos, l'eau en éclaboussant le dessus du poêle produit des grésillements. Je dis :

« Oncle, l'eau bout, vous pouvez faire votre thé. »

L'oncle tire plusieurs fois avec force sur le bout de sa cigarette, allonge le bras pour expédier le mégot dans la neige. Je vois le mégot exhaler une fumée bleue avant de s'éteindre. Tout en toussant, l'oncle sort de son sac en cuir noir son pot à thé, puis il ouvre le tiroir, prend sa boîte à thé, dévisse le couvercle, verse du thé dans sa main, le soupèse, puis le met dans le pot. J'attends à côté, le thermos à la main, depuis un bon moment déjà ; comme il vient de placer les feuilles de thé dans le pot, je verse immédiatement de l'eau dessus.

L'oncle me lance un regard étonné, incline la tête, comme s'il venait de comprendre quelque chose. Il revêt sa blouse blanche, approche vers lui la bouteille d'encre et le bloc d'ordonnances et demande, les yeux baissés :

« Qu'est-ce qui ne va pas ? »

Meng Xixi déplace un peu le tabouret, change de position pour se retrouver en face de l'oncle, ses lèvres tremblent, comme elle va parler, on entend des pleurs et des cris à la porte :

« Docteur Guan, docteur Guan, sauvez ma mère… »

Puis la porte est ouverte avec fracas. Une grosse femme, tout habillée de noir, se rue dans la pièce comme une grenade sifflante. Je reconnais immédiatement Septième Tante Sun, la marchande de beignets, sa veste en coton, toute luisante, dégage une odeur de graillon suffocante.

L'oncle frappe un coup sur la table et demande, agacé :

« Qu'est-ce qui te prend de brailler comme ça ? Qu'est-ce qu'elle a ta mère ?

– Elle ne va pas bien… dit Septième Tante Sun en baissant la voix.

– Comment ça ?

– Elle rend, elle vomit, elle a mal au ventre, elle s'évanouit. » Septième Tante Sun élève de nouveau la voix, elle crie : « Mes deux frères sont des empotés, ma mère est dans cet état et, eux, ils s'en foutent, ils cherchent même pas à savoir.

– Amène-la, dit l'oncle, je ne rends jamais de visite à domicile.

– Elle arrive, dit Septième Tante Sun, je suis venue en avant-garde pour vous informer. »

Nous entendons alors, venant de la grand-rue, les cris perçants, exagérés, d'une femme :

« J'ai mal, c'est atroce… Maman !… ah, que j'ai mal !… »

Les deux frères cadets de Septième Tante Sun, Sun l'Aîné et Sun le Second, portant leur mère sur un vantail de porte, arrivent devant l'hôpital, ils posent la planche dans la neige. Leur mère, une femme aux cheveux poivre et sel, grande et maigre, le contraire de sa fille, ne cesse de se redresser sur sa planche pour retomber brutalement dessus. Ses deux fils, les mains dans les manches de leurs vestes molletonnées, ont le regard vague ; effectivement, ils semblent aussi insensibles que des blocs de bois. L'oncle, en colère, crie :

« Espèces de corniauds ! Portez-la à l'intérieur, vous la laisser s'aérer dehors comme si vous aviez peur de la puanteur ! »

Sun l'Aîné et Sun le Cadet soulèvent la planche et essaient maladroitement de franchir le seuil.

« Posez la planche, bon sang, et portez la personne ! »

Les deux frères, l'un tenant la tête, l'autre les pieds, finissent par porter leur mère jusque sur le lit d'auscultation. L'oncle boit quelques gorgées de thé, se frictionne les mains, s'avance pour ausculter la vieille femme. Elle crie :

« Oh, que j'ai mal, mais que j'ai mal ! Mon homme, fais venir les divinités protectrices pour qu'elles m'emportent avec elles… »

L'oncle dit :

« Tu ne mourras pas, tu parles que le Roi des morts voudrait de quelqu'un comme toi ! »

L'oncle palpe la peau noire du ventre de la femme et dit :

« Appendicite aiguë.

– Ça se guérit ? demande Septième Tante, inquiète.

– Il faut opérer, après, ça ira, dit l'oncle sans ambages.

– Ça va coûter combien… bégaie Sun l'Aîné.

– Cinq cents, dit l'oncle.

– Cinq cents… dit Sun le Cadet en aspirant l'air entre ses dents.

– Allons, décidez-vous, dit l'oncle, si on n'opère pas, vous l'emportez et vite !

– Si, si, si, dit Septième Tante Sun comme un feu roulant. Docteur Guan, opérez, pour l'argent, c'est pas un problème, s'ils ne veulent pas, moi je suis prête. » Elle lance un regard mauvais à ses deux frères cadets et leur dit : « On n'a qu'une mère, l'argent, on peut toujours le regagner, quand on perd sa mère, c'est pour toujours. »

L'oncle lance un regard en coin à la tante et dit :

« Prépare les instruments. »

La tante dit tout en se lavant les mains avec du savon :

« Pour une telle opération, à l'hôpital municipal, cela coûterait au moins trois mille yuan ! »

L'oncle, avec force glouglous, avale la moitié du contenu de son pot de thé, fait un signe de tête à Meng Xixi, puis se dirige vers le robinet pour se laver les mains. Les coins de la bouche de Meng Xixi bougent, comme si elle allait dire quelque chose, mais finalement elle garde le silence.

De la salle d'opération montent d'abord les cris de la vieille Mme Sun, on croirait ceux d'un cochon qu'on égorge, puis on n'entend plus rien, si ce n'est, par moments, le bruit sonore du scalpel et des ciseaux au contact du plat en émail, indiquant que l'opération se fait dans l'urgence. Les deux frères Sun se sont mis à croupetons devant le poêle, ils fument cigarette sur cigarette, du tabac âcre, et ne cessent d'envoyer des crachats jaunâtres sur le sol en face d'eux. Après avoir craché, ils écrasent le crachat sous leur grand pied pareil à une patte d'ours. Comme ils suent à grosses gouttes, ils ont tôt fait de retirer leur veste molletonnée, montrant leur poitrine ; une odeur bestiale, chaude, une odeur de crasse, se répand dans toute la pièce, fait refouler dans un coin le subtil parfum de Meng Xixi, mince fil de soie tremblant dans le vent.

La tante Sun applique son oreille à la porte pour écouter, ou bien, penchée en avant, la croupe en l'air, elle colle son visage sur la fente de la porte pour regarder ce qui se passe. Après cela, elle tourne en rond dans la pièce, tout en jacassant. Ses deux frères fument, la tête baissée, sans souffler mot.

L'atmosphère devient irrespirable, on se croirait dans une tanière née de l'imagination. Les gouttes de sueur ruissellent sur le visage de Meng Xixi, malgré l'expression de souffrance qu'on y lit, elle reste bien droite, seules ses mains ne cessent de bouger, se serrant ou se relâchant sur le manteau et sur l'écharpe. Je lui demande avec sollicitude :

« Tu as mal ? »

Elle commence par incliner la tête pour dire oui, puis, aussitôt la remue dans l'autre sens. Je vois ses yeux pleins de larmes, aussitôt, les miens se mouillent à leur tour. Je l'entends dire d'une voix tremblante :

« Je t'en supplie… ouvre un peu la porte… »

Je m'exécute. Vent et flocons s'engouffrent dans la pièce.

Elle ouvre grand la bouche, comme un poisson hors de l'eau, aspire goulûment.

« On gèle, on gèle… jacasse Tante Sun.

– Sors ! dis-je avec colère. Sortez tous ! »

Tante Sun marmonne tout bas quelques mots et finit par s'asseoir correctement sur le tabouret, sans plus broncher.

Je rince sous le robinet le bol dont je me sers pour

mes nouilles, le remplis à moitié d'eau bouillante et le porte jusque devant Meng Xixi en disant :

« Bois un peu. »

Elle secoue la tête, son visage douloureux esquisse péniblement un sourire contracté, elle dit tout bas :

« Merci. »

À présent, c'est moi qui colle tour à tour mon oreille à la porte pour écouter, ou mon visage contre la fente pour voir ce qui se passe. Je suis dévoré par l'inquiétude, j'espère ardemment que l'oncle en finira au plus vite avec l'opération de la vieille Mme Sun, afin de s'occuper de Meng Xixi dont l'état me navre. Par la fente, je n'aperçois que la silhouette de dos de l'oncle et le visage insensible de la tante. L'oncle semble ne pas bouger, la tante fait penser à une marionnette toute raide.

L'opération enfin est terminée. L'oncle se tient debout dans l'embrasure de la porte, il ôte ses gants dégoulinants de sang, les lance avec précision dans l'évier.

La tante sort aussi, elle dit avec impatience aux frères Sun et à leur sœur :

« Emmenez-la, allez, emmenez-la et revenez cet après-midi avec l'argent. »

Ce qui s'est passé après, me dis-je, montre qu'il est difficile d'aller contre son destin. Alors que les enfants Sun emportaient hors du dispensaire leur mère encore sous l'effet de l'anesthésie, et que l'oncle, après s'être changé et lavé les mains, avoir fumé et bu du thé tout son content, s'apprêtait à examiner Meng Xixi, un balourd avait fait irruption, comme une mouche décapitée. Il cachait son visage dans ses mains, le sang coulait entre ses doigts. Il dégageait une odeur suffocante de poudre, on aurait dit un soldat blessé, évacué d'un champ de bataille.

« Sauvez-moi, docteur Guan ! criait-il d'une voix misérable.

– Qu'est-ce qui t'est arrivé ? » avait demandé l'oncle.

L'homme avait écarté ses mains, montrant un visage tuméfié, un globe oculaire, sorti de son orbite. Aussitôt il s'était de nouveau caché le visage, comme font les gens timides. Malgré ses chairs meurtries, je l'avais reconnu au premier coup d'œil : c'était Ma Kui, qui était à la tête d'une petite entreprise familiale sise au bourg, spécialisée dans les artifices et les pétards. Il avait dit en pleurnichant :

« C'est jouer de malchance, je voulais profiter de la neige pour expérimenter un feu roulant, je ne pensais pas que ça exploserait…

– Bien fait ! avait dit l'oncle méchamment. Les bruits de pétarade, ça m'agace, si seulement ça avait pu t'emporter la tête !

– Sauvez-moi… avait dit Ma Kui en se lamentant, j'ai ma vieille mère de quatre-vingts ans à la maison…

– Que vient faire ta vieille mère là-dedans ? »

Tout en jurant, il s'était levé promptement et était allé se laver les mains au robinet.

La tante avait soutenu le blessé jusque dans la salle d'opération. L'oncle les y avait suivis, les mains toutes mouillées. Quand l'oncle avait abandonné Meng Xixi pour opérer la mère de Tante Sun, il avait fait un signe de tête évasif à l'adresse de la jeune fille, cette fois, il l'avait plantée comme ça.

J'étais très mécontent de l'attitude de mon oncle, je trouvais qu'il faisait exprès de traiter Meng Xixi avec froideur. Il avait toujours été très méthodique dans son travail ; vu sa technique et son expérience, il aurait très bien pu établir un diagnostic, ou bien traiter le cas de la jeune fille entre les deux opérations.

Meng Xixi avait sans doute perçu mon mécontentement, alors que je la regardais avec compassion, l'air désolé, elle avait secoué la tête, comme pour me calmer, ou pour me dire qu'elle comprenait parfaitement l'attitude de mon oncle et qu'elle trouvait que cela n'avait pas d'importance. J'avais changé l'eau de son bol et l'avais invitée à boire, elle avait refusé d'un signe de tête. Je l'avais exhortée à aller s'allonger sur le lit d'auscultation, elle avait refusé d'un autre signe de tête. C'était aussi bien comme ça, si elle s'était allongée, elle, si propre, sur un lit aussi sale, sans parler de sa réaction à elle, cela m'aurait été insupportable à moi aussi.

« Tu as faim ? Je vais te chercher un repas tout prêt ? »

Elle avait refusé de nouveau, avec un léger signe de tête. J'avais remarqué qu'elle ne transpirait plus, du jaune pointait sous le blanc de sa carnation, ses lèvres bleuissaient, même ses yeux limpides étaient recouverts d'une brume grisâtre. Le souvenir que je gardais d'elle était celui d'un être débordant de vie, plein d'énergie, tous ses gestes étaient dynamiques, exubérants, sa voix était claire et sonore, son rire sans retenue. Autrefois, quand elle riait aux éclats près de vous, les vibrations de son rire vous faisaient mal aux tympans… Mais à présent, elle était prostrée, comme une cigale engourdie par le froid, son sourire était tellement silencieux, mélancolique, elle secouait la tête si doucement, alors que six mois ne s'étaient pas écoulés depuis ce jour où j'avais craché par terre devant elle.

Je n'aurais su dire quand la forte neige avait cessé,

le vent aussi avait beaucoup diminué. Un rayon de lumière filtrait au travers des nuages gris et épais, sa réverbération sur la neige qui tenait faisait mal aux yeux. La pièce où nous nous trouvions en avait été illuminée d'un coup. Je lui avais dit :

« La neige a cessé, il fait soleil. »

Elle n'avait pas hoché la tête, ne l'avait pas secouée non plus, elle n'avait pas répondu davantage à mon observation. Je m'étais rendu compte soudain que, dans l'instant, son visage avait pris la transparence de la glace. Ses paupières étaient retombées, ses longs cils touchaient presque la peau sous l'œil. Mon cœur avait sombré brutalement, je n'avais pu m'empêcher de crier son prénom :

« Xixi ! »

Aucune réaction. Je m'étais précipité vers elle, lui avais tapoté l'épaule. Elle avait semblé proférer un long soupir, sa tête soudain s'était penchée d'un côté.

« Oncle ! » avais-je hurlé en faisant irruption dans la salle d'opération.

L'oncle s'était arrêté d'envelopper de gaze Ma Kui et m'avait demandé, furieux :

« Qu'est-ce que t'as à hurler comme ça !

– Meng Xixi, elle… est sans doute morte… »

Les mots s'étaient étranglés dans ma gorge, mes larmes avaient jailli.

L'oncle était sorti avec une rapidité que je lui avais rarement vue, il s'était agenouillé devant Meng Xixi, avait vérifié le souffle qui sortait de son nez, lui avait pris le pouls, puis avait relevé ses paupières.

Les prunelles s'étaient déjà résorbées.

L'oncle lui avait injecté une forte dose de tonicardiaque, l'oncle, de son poing serré à demi, avait frappé avec force à l'emplacement du cœur, l'oncle avait ôté la douille de la lampe et touché l'emplacement du cœur avec le fil électrique, l'oncle avait le dos en sueur, il s'était relevé, abattu.

La tante avait dit, très nerveuse :

« Nous ne sommes en rien responsables. »

L'oncle lui avait jeté un coup d'œil avant de dire d'une voix sourde :

« La ferme, merde ! »

Le clan des renifleurs d'odeurs

Le pater me regarde un moment en plissant les yeux, avant de me dire sur un ton railleur :

« Hé, toi, le héros, approche ! »

J'ai horreur de ce ton qui marque un manque de respect évident vis-à-vis de l'enfant que je suis, je m'avance pourtant, tout en tripotant la peau grassouillette de mon ventre : un centimètre par pas, trois centimètres pour deux pas, cinq pour trois, sept centimètres pour quatre pas, et ainsi de suite jusqu'à ce que je me retrouve devant la table du repas, attendant les coups du père. Pour le moment, il ne frappe pas, probablement parce qu'il ne lui est pas facile de m'atteindre de la place où il se trouve (il est assis au centre, de chaque côté se déploient, comme les ailes d'une oie sauvage, mes innombrables frères et sœurs), peut-être n'a-t-il pas encore pris la décision de me donner une sévère correction, mais, d'après moi, si je me fie à mon expérience passée, et vu la situation présente, je sais qu'il me sera difficile d'éviter une bonne raclée, qu'elle arrivera tôt ou tard. Je me blinde, me prépare mentalement. Pour un sale gosse comme moi, injures et coups sont pain quotidien ou, pour reprendre une expression de ma mère, quelqu'un comme moi tient de la vieille charrette[1], il faut donc me frapper souvent, car me laisser trois jours sans coups, je ferais les quatre cents coups, deux jours sans coups, je deviendrais un voyou. Le père aspire bruyamment une gorgée de soupe, l'avale tout aussi bruyamment, me demande :

« Hé, toi, le héros, t'étais passé où ? »

Je pourrais tout à fait dire un mensonge, par exemple, que je m'étais faufilé dans une meule de foin et m'y étais endormi sans prendre garde, ou même que j'avais été enlevé à grand renfort de soporifique par une troupe de bateleurs avec ours noir et coq à trois pattes, mais que j'avais pu m'échapper de leurs griffes grâce à mon ingéniosité et à mon courage. – En ce moment, justement, une rumeur rapporte de tels faits : on dit que les bateleurs, faisant seulement usage de leur main, frappent les petits enfants derrière la tête et que ceux-ci partent bien gentiment avec eux. Une fois que l'enfant se retrouve dans la troupe, avec un petit canif très tranchant, les saltimbanques tracent sur son corps d'innombrables balafres sanguinolentes puis, sur-le-champ, tuent un chien, l'écorchent et, profitant de ce que la peau est encore chaude, l'appliquent sur le corps de l'enfant. Dès lors, la peau de chien grandit avec l'enfant, de toute sa vie il ne peut plus s'en débarrasser. Pour empêcher l'enfant de révéler le pot aux roses, avant de faire la greffe de la peau, on lui coupe la langue, impossible désormais pour lui de parler. On raconte qu'un enfant a effectivement été enlevé par une telle troupe, et que, après avoir subi ce cruel supplice, il est devenu un homme-chien. Un jour, la troupe est allée donner une représentation dans un village, celui

1. Il faut la réparer sans cesse.

précisément où résidait l'oncle de l'enfant. Le chef des saltimbanques, tout en frappant un gong délabré, a dit en montrant l'enfant : « Mes amis, regardez ce pauvre enfant, son père s'est accouplé avec une chienne, et ils ont eu ce petit enfant-chien, mes amis, ayez pitié de cet enfant-chien… » Les badauds ont fait cercle par petits groupes pour voir le pauvre enfant. Ce dernier, au premier coup d'œil, a reconnu son oncle, un oncle, en un certain sens, est plus proche qu'un père, aussi les larmes de l'enfant se sont-elles mises à couler. L'oncle, de son côté, était très perplexe, il s'interrogeait sur cet enfant recouvert d'une peau de chien qui ne le quittait pas des yeux et qui pleurait avec autant de chagrin. Il a repensé sur-le-champ à ce fils perdu par sa sœur aînée ; en examinant attentivement les yeux de l'enfant, il a compris qu'il s'agissait bien de son propre neveu. C'était un homme très avisé, sur le moment, il n'a dit mot ; quand la troupe a pris du repos, il s'est approché, jouant les badauds. Il a demandé tout bas, en prononçant le petit nom de l'enfant, s'il était bien celui qu'il croyait. L'enfant-chien a fait oui avec la tête. L'oncle a couru aussitôt jusqu'à l'administration du district pour porter plainte contre la troupe de saltimbanques. Quand l'affaire a été tirée au clair, les mauvais sujets au sein de la troupe ont tous été fusillés tandis que l'enfant était envoyé à l'hôpital du district pour une opération d'écorchement. Il devait se remettre difficilement, et s'il a retrouvé apparence humaine, il n'a jamais pu recouvrer la parole. L'histoire avait été rapportée de façon vivante, avec force détails, on disait même que le vétérinaire du village, Oncle Wang, avait vu de ses propres yeux la prestation de l'enfant-chien. Nous étions, bien sûr, allés trouver Oncle Wang pour qu'il nous raconte toute l'histoire, mais ce dernier nous avait toujours chassés, nous l'importunions : « Dehors, espèces de petites canailles ! »

C'est décidé, je ne dirai pas de mensonges, j'ose encore moins répandre de faux bruits. Je vais faire preuve d'objectivité, je dis :

« Je suis allé dans le puits avec Yu Jinbao.

– Hein ? »

Le pater écarquille les yeux de surprise.

Mes frères et sœurs, attablés pour boire leur soupe, me regardent avec un air moqueur. Je sais que ces types-là me prennent pour un bêta, même en rêve, ils sont incapables d'imaginer ce que je suis allé faire dans le puits. Bien sûr, je ne peux pas leur en vouloir, car cette affaire est tellement étrange, et si je ne l'avais vécue moi-même, on ne pourrait me faire croire, même en me frappant à mort, que pareille chose puisse exister sous le ciel.

« Je suis allé avec Yu Jinbao dans le puits qui est dans la cour derrière sa maison. » Et de leur raconter les faits avec le plus de détails possible : « Hier après-midi, je suis allé chercher Yu Jinbao pour qu'on s'amuse ; au bout d'un moment, on a eu très soif, il n'y avait pas d'eau chez lui, Yu Jinbao m'a emmené dans la cour derrière pour prendre de l'eau, là il y a un puits très profond… »

La mère me coupe la parole et me demande, comme si, en fait, elle se parlait à elle-même :

« Graine d'engeance, petit bâtard, tu n'es pas rentré de la nuit, où as-tu dormi ?

– On n'a pas fermé l'œil de la nuit, on a joué avec

des êtres au long nez, on a chanté, dansé, joué à cache-cache, on n'avait même pas sommeil… »

Ils ne demandent aucune explication, mais à leur regard qui pétille, au fait qu'ils ont arrêté de boire leur soupe, je sais qu'ils sont captivés par mon histoire, ou plutôt qu'ils sont très intéressés par ce que j'ai bien pu faire pendant cette nuit. Je sais qu'ils attendent que je continue mon récit. De mon côté, cela va sans dire, je suis tout à fait d'accord pour leur raconter ce que j'ai vécu, même si Yu Jinbao et les êtres au long nez m'ont demandé de garder jalousement le secret. Car voilà, je suis un incorrigible bavard, incapable de garder quoi que ce soit pour moi. Si je ne raconte pas toutes les curieuses aventures que j'ai dans la tête, je risque l'étouffement. Je dis :

« Ces êtres au long nez ont certes le nez un peu long, mais pas tant que ça, il est juste un peu plus long que le nôtre, la seule différence est qu'ils n'ont qu'une seule narine. Ils ne mangent pas, ils reniflent les odeurs, ils s'en nourrissent, ce sont de fins cuisiniers, leurs plats sont savoureux : poulet, canard, et lapin aussi, tout cela sent si bon… »

Comme je m'apprête, après ce préambule, à leur raconter la suite de mes aventures de la nuit, le pater jette son bol, frappe la table de ses baguettes et se dresse, comme une montagne s'arrache du sol. Évitant les obstacles, il me lance au passage une gifle qui m'envoie par terre, puis il sort de la maison, l'air martial. Il est clair qu'il ne va pas aller trouver Yu Jinbao pour vérifier l'authenticité de mon récit, ni prospecter au fond du puits ; pour lui, tout ce que je raconte n'est qu'un tissu de mensonges, il n'y a pas un brin de vérité là-dedans.

Le pater sorti, la mère me relève sans ménagement, bien évidemment en me tirant par l'oreille, puis elle me pose des questions sur un ton sévère :

« Petit bâtard, dis la vérité, la nuit dernière tu es allé où ?

– Je suis allé avec Yu Jinbao chez les êtres au long nez… dis-je en penchant la tête de côté et en grimaçant sous le coup de la douleur.

– Tu oses continuer à dire des bêtises ! dit la mère en colère, sa main tire encore plus sur mon oreille qui doit avoir une drôle de forme. Dis la vérité, t'es allé faire quoi ? »

Les larmes me montent aux yeux, certes la douleur à l'oreille y est pour quelque chose, mais ce n'est pas la raison principale ; la raison principale est que je me sens victime d'une injustice. Alors qu'il est clair que je dis l'entière vérité, eux pensent qu'il s'agit de mensonges ; alors qu'il est évident que je prends le risque d'être châtié pour leur avoir révélé ce beau secret, eux pensent que j'invente de toutes pièces, au gré de ma fantaisie. Mes détestables frères et sœurs, non seulement ne manifestent pas la moindre pitié à me voir ainsi corrigé, mais, bien au contraire, se réjouissent de mon malheur, plissent les yeux de satisfaction, un sourire aux lèvres. Les quatre petits, qui viennent après moi, peut-être parce qu'ils craignent que je ne les arrange, ont le sourire plus discret, quant aux quatre grands, ils ne cachent absolument pas leur contentement. Ils vont même jusqu'à jeter de l'huile sur le feu en tenant des propos qui mettent la mère encore plus en colère. C'est ainsi que ma sœur aînée, celle qui a deux canines proéminentes, dit avec beaucoup de sérieux :

« Récemment, quelqu'un a tué le petit veau de la

brigade de production en lui muselant le mufle avec du fil de fer, et c'est justement le même fil de fer que celui qui est à la maison…

– Tu joues avec le feu, dit la mère, le cœur lourd, ce veau est un bien précieux appartenant à la brigade de production, nuire au veau de la brigade, c'est un acte contre-révolutionnaire !

– Ébruitons l'affaire au-dehors, dit mon deuxième frère aîné, coupons toute relation avec lui pour éviter d'être compromis. »

Finalement, c'est ma mère qui montre le plus d'ouverture d'esprit, elle fait les gros yeux au type qui est probablement mon deuxième frère aîné :

« Eh bien, c'est du beau, entre frères ! C'est moi qui vous ai tous élevés, qui parle de couper quoi que ce soit ? »

La mère relâche la main qui tenait encore mon oreille, je sens l'oreille qui me cuit, je sais qu'elle a augmenté de volume. Mes oreilles sont plus grandes que la normale. Au départ, elles n'étaient pas si grandes que ça, mais à force d'être tirées et tordues, elles sont allées en grandissant.

« Allons, parle ! dit la mère épuisée. Où es-tu allé cette nuit en fin de compte ? Si tu n'avoues pas, tu n'auras pas à manger ! »

Je lance un coup d'œil à cette soupe de légumes sauvages noire dans la marmite et aux lamelles de navets salés tout moisis destinés à accompagner le riz, je me réjouis intérieurement. Au début, en franchissant le seuil, j'avais un peu honte, c'est vrai, d'avoir mangé tant de bonnes choses alors que mes parents n'avaient que de la nourriture pour chiens ou pour cochons à se mettre sous la dent. Mais à présent, envolée la honte !

Je rote, pour montrer que je suis repu et pour bien faire remonter les odeurs ; je m'enivre dans ces odeurs si bonnes, je me sens envahi par une grande félicité. Je vois le nez de mes frères et sœurs se retrousser, leur tête se tourner, cherchant d'où peuvent bien provenir ces effluves. Dans les périodes de famine, les gens ont l'odorat très développé, ainsi, nous sommes capables de sentir l'odeur de la viande que l'on fait cuire à quelques kilomètres de là, cela prouve aussi que l'air est particulièrement pur, qu'il n'y a pas la moindre pollution. Mes frères et sœurs ne peuvent pas imaginer que ces odeurs, qui leur font monter l'eau à la bouche, peuvent venir d'un renvoi de mon estomac. Inconsciemment, mais pas tant que cela en fin de compte, j'émets un autre rot sonore, puis ouvre grand la bouche. Cette fois, je vois le regard de mes frères et sœurs concentré sur cette bouche ; s'ils le pouvaient, je suis sûr que, bravement, ils essaieraient de se faufiler dans mon estomac pour voir de quoi il retourne au juste.

La mère, qui n'a pourtant pas l'odorat aussi développé qu'eux, a senti elle aussi, cela ne fait aucun doute, la bonne odeur de nourriture qu'exhale mon gosier. Je vois ses yeux s'éclairer d'une surprise mêlée de joie, je sais qu'elle n'ose en croire son nez, très probablement, elle pense qu'elle rêve. Je comprends tout à fait son état d'esprit, à sa place, je ressentirais la même chose, car, par les temps qui courent, que la bouche d'un pauvre gosse comme moi puisse exhaler une telle odeur tient encore plus du prodige que de voir des cornes pousser sur la tête d'un chien. Pourtant les faits sont là, devant elle et mes frères et sœurs, irréfutables. Ils sont bien obligés d'y accorder foi, cette odeur délicieuse, incontestablement, s'exhale de ma bouche. En proie à des sentiments multiples, ils se mettent à pleurer. Je sais qu'ils éprouvent de la jalousie et de la haine à mon égard, qu'ils voudraient m'ouvrir le ventre pour voir ce que j'ai mangé. Je sais aussi que, si ma mère n'éprouve pas de tels sentiments, elle voudrait bien savoir où je suis allé manger toutes ces bonnes choses. Alors, je pourrais servir de guide et emmener toute la famille à un grand festin. Ma sœur aînée, celle qui a des crocs de tigre, cédant à son impatience, se rue sur moi, m'ouvre la bouche de sa main grossière et me demande férocement :

« Petit salopard, c'est donc vrai que t'as mangé des bonnes choses ! Dis vite où t'as été manger ça, allez, dis : qu'est-ce que c'était ! »

Mes autres frères et sœurs m'encerclent à leur tour et me bombardent de questions. C'est pour moi un instant de jubilation. Je repense à l'expression de satisfaction sur le visage de ces types quand le pater, à l'instant, m'a appliqué cette gifle magistrale ; je repense aux brimades et aux pressions qu'ils me font subir chaque jour et je ressens une joie profonde. « Dettes de juin, vite payées[1] », « Il ne faut pas juger les gens sur la mine », « On ne peut mesurer l'eau de la mer avec un boisseau ». Ces sales types n'avaient probablement pas imaginé que la patate la moins bonne de tout le tas de patates connaîtrait un heureux sort, ils n'auraient jamais imaginé qu'ils viendraient me supplier ; et moi qui, à l'instant, brûlais d'envie de leur raconter mes aventures, à présent je ne veux plus leur livrer mon secret. Pourquoi faudrait-il que je le fasse ? Au nom

1. Dettes en céréales remboursées aux récoltes. Ici, l'expression signifie que la vengeance a été immédiate.

de quoi ? Je serais bien bête de le leur dire, et si je ne le suis pas, je ne leur dirai rien. La mère, elle aussi, me lance des regards suppliants, manifestement, elle aussi voudrait que je crache le morceau ; toutefois, la douleur encore vive à l'oreille me dit de rester vigilant, me rappelle cet épisode cruel qui vient de se passer il y a quelques minutes, quand elle me tenait par l'oreille, prête à me l'arracher. Aussi ma volonté se fait-elle de fer. Je décide de garder le secret jusqu'au bout, je dois honorer mes engagements envers mon aîné Yu Jinbao, et encore plus la promesse faite aux Longs Nez. Je regrette d'avoir presque failli à l'instant ; heureusement, ils n'ont pas pris mes paroles pour argent comptant, cependant, maintenant qu'ils ont senti l'odeur venant de ma bouche, ils vont peut-être y accorder foi. Atterré, je viens de comprendre que j'ai déjà divulgué le secret en mentionnant le puits de Yu Jinbao, les êtres au long nez et leurs mets odorants. Mes frères et sœurs, rendus enragés par la faim, vont, très probablement, descendre sans tarder dans le puits de Yu Jinbao pour voir de quoi il retourne ! À ce moment, la mère les repousse de chaque côté, s'avance vers moi, je sens sa main caresser ma tête avec douceur, je reste sur mes gardes : ne pas tomber dans le panneau ! À l'instant, cette même main a bien failli t'arracher l'oreille, et si elle te caresse à présent, c'est pour que tu craches le morceau, quand tu te seras exécuté, cette main s'acharnera de nouveau sur ton oreille ! Je l'entends me dire :

« Mon brave petit, dis à ta mère où tu es allé en fin de compte hier au soir ? Où es-tu allé manger de bonnes choses ? »

Pris d'une inspiration soudaine, je repense aux propos tenus tout à l'heure par mon aînée aux crocs de tigre, je ne peux vendre la mèche, même si je dois recevoir un pot de merde sur la tête, aussi, prenant l'attitude de celui qui a commis une grave faute, je dis en bafouillant :

« Mère, je me suis mal conduit… Hier soir, j'étais avec un groupe de sauvageons, ils ont tué un petit veau de la brigade de production en lui muselant le mufle avec du fil de fer… puis… ils ont fait du feu, et l'ont fait cuire… Ils m'en ont donné, et je suis si gourmand, j'en ai mangé… »

La main qui me caressait la tête soudain devient poing qui tambourine mon crâne comme si c'était un tambour, j'entends la mère dire d'une voix étouffée, pleine de haine et de peur :

« Bâtard, tu l'auras cherché, t'as plus qu'à attendre que le bureau de la sécurité envoie quelqu'un pour t'arrêter ! »

Mes frères et sœurs, de leur côté, me bourrent de coups de pied, me giflent, me griffent, me crachent dessus… En un mot, je n'ai pas eu le temps de dire « ouf » que me voilà devenu l'ennemi public numéro un. Ils font si bien que je suis couvert de contusions, après quoi, ils se dispersent avec nonchalance.

Mais ce qui s'est passé la nuit dernière a été plus beau qu'un rêve, ce goût qui me reste dans la bouche est là pour l'attester, le travail joyeux mais laborieux de la digestion en train de se faire aussi, ainsi que ce dégoût pour l'odeur de la soupe de légumes sauvages, et puis il y a tous ces souvenirs, si vivants. La mère me jette un panier et une faucille et me dit d'aller déterrer des légumes sauvages avec les autres. Sur le chemin de terre menant aux champs, les enfants du village chantent un air à la mode : « 1964, quelle année ! Ma Guangdou qui meurt de faim, la bombe atomique, Krouchtchev dégommé, ce qu'on est content… » Malgré la faim, les enfants débordent de joie, et de se courir après, et de se bagarrer ; dans la troupe, il y a Yu Jinbao ; au bout d'un moment, on se retrouve l'un à côté de l'autre, il me dit en baissant la voix :

« T'as rien dit ?

– Non… dis-je d'une voix faible.

– Il faut garder à tout prix le secret, sinon nous n'aurons plus la possibilité de manger ces bonnes choses. »

Ma sœur aînée me fait les gros yeux et dit :

« Avance, et vite ! »

Je les suis en direction des champs, mais en pensée, je suis retourné à la nuit précédente.

J'étais en train de jouer au poker avec le jeu incomplet de Yu Jinbao, j'ai senti soudain que j'avais la bouche sèche, j'ai demandé :

« Grand frère Jinbao, tu as de l'eau ? »

Yu Jinbao a dit :

« Oh, t'as soif ? Y a pas d'eau à la maison, si tu veux boire, viens avec moi derrière. »

Je l'ai donc suivi dans la cour de derrière ; là, il y a un puits, tout à fait ordinaire, l'eau y est paresseuse, elle sert à arroser le potager. Sur le puits est installée une poulie, sur le bâti poussent des champignons tandis que de la moisissure s'est installée sur la corde, on voit que tout cela n'a pas servi depuis longtemps. Hier, debout sur la margelle, nous avons passé la tête pour regarder au fond du puits, au début, nous n'avons rien vu, peu à peu, nos yeux se sont accoutumés, nous avons aperçu l'eau brillante au fond, et nos visages à la surface. Une tête hirsute, deux petits yeux, un nez aplati, deux oreilles énormes, en éventail : j'avais donc cette trogne ? Rien d'étonnant à ce qu'une de mes aînées me traitât souvent de « désespoir de l'artisan-peintre ». Grand frère Yu Jinbao avait les cheveux tout aussi hirsutes que moi, les yeux aussi petits, il avait également le nez aplati et de larges oreilles.

Il est vrai que nous avons l'air d'être faits sur le même moule. Ma mère, qui n'y peut mais, dit souvent à mes frères et sœurs : « Mais regardez-moi ça, plus ça va et plus il ressemble au petit Bao, des voisins de gauche ! » Une de mes aînées avait dit un jour : « Ils se ressemblent trop, s'ils étaient frères, ils ne seraient pas si ressemblants ! » Puis elle avait regardé la mère de ses yeux noirs pleins d'inimitié, comme si la mère avait eu envers elle une ancienne dette. Le petit Bao en question est mon aîné Yu Jinbao, la personne qui m'est la plus chère au monde. Il a très mauvaise réputation dans le village, bien que personne n'ait jamais été capable de dire ce qu'il avait fait de mal.

Nous étions là, à regarder nos deux têtes jumelles dans le puits. Au bout d'un moment, nous nous sommes mis à cracher chacun sur notre propre visage. Quand je crachais sur le mien, c'était comme si je crachais sur le sien, et vice-versa. Les crachats ont brisé nos reflets, nos yeux et notre nez en sont devenus flous, alors nous avons ri de bon cœur.

Soudain, nous avons senti un parfum étrange. Nous avons relevé la tête pour jeter un regard autour de nous, ce n'était que pans de murs en ruine et herbes folles au milieu desquelles fuyaient des lézards pris de panique, aux écailles dorsales scintillantes… Aucune cheminée ne fumait, personne ne faisait revenir de viande, ce parfum… ô ce parfum… ce parfum venait du fond du puits ! Nous plissions le nez, tout excités, comme si des mets exquis, qu'on ne voit pas même en rêve, s'étalaient devant nos yeux : des pavés de viande, épais comme des briques, bien carrés, tout bruns, tout fumants ; du poulet en casserole, la tête piquée dans le ventre, tout brun, tout fumant ; un agneau entier, tout brun, tout fumant…

Nous avons actionné la poulie pour nous glisser dans le puits, Yu Jinbao était en bas, moi en haut. Le puits était si profond qu'il semblait ne pas avoir de fond, mes oreilles bourdonnaient, comme si j'avançais au cœur d'un ouragan. Devant mes yeux, au début, tout était lumineux, après un moment de descente, peu à peu l'obscurité s'était installée. J'ai eu l'impression qu'on me tirait par la jambe, mon corps s'est incliné vers le bord, puis mes pieds ont touché le sol. Mon petit aîné Yu Jinbao m'a tiré par la main le long d'une galerie sombre, nous avons avancé à tâtons avec précaution. Nous avions peur, mais le parfum de plus en plus prégnant nous attirait, empêchait nos pieds de marquer une pause. Je ne saurais dire au bout de combien de temps de la lumière, peu à peu, est apparue devant nous, tandis que la galerie s'élargissait. Nous avons vu des rais de lumière filtrer de cavités rondes, ces rais étaient de diamètre variable, selon celui des trous. J'ai été pris de panique, j'ai penché la tête pour jeter un coup d'œil à mon compagnon, c'était comme si je voyais mon propre visage. Nous nous serrions fort les mains, on aurait dit des jumeaux. Le parfum prégnant se faisait souffle d'air chaud, assaillait nos visages, il était accompagné de bruits de reniflements. Retenant notre respiration nous nous sommes collés contre la paroi, nous levions haut les jambes, posions les pieds doucement, nous nous sommes approchés peu à peu. Alors nous avons vu, dans une grande grotte devant nous, une estrade bien plane en terre, sur laquelle étaient disposés trois grands plats en poterie noire. Dans chaque plat étaient placés des morceaux de viande, aussi épais que des briques, tout bruns, tout fumants, au-dessus de la viande était disposée une couche de coriandre finement hachée. Dans un autre plat, il y avait une dizaine de poulets, le bec contre le ventre, tout bruns, tout fumants, les poulets étaient décorés de feuilles de clavalier. Dans le dernier plat, il y avait un agneau entier, tout brun, tout fumant, sur le corps de l'agneau étaient fichées des feuilles vert émeraude de ciboule. Une vingtaine de personnes entouraient les plats. Elles étaient à genoux, une queue épaisse terminait leur postérieur, elles étaient vêtues de vêtements faits de patchworks de feuilles, étaient coiffées de chapeaux de peaux de cucurbitacées. Elles avaient toutes de petits yeux, de larges oreilles, en tout cela, elles étaient pareilles à nous, ce qui les différenciait, c'était leur nez. Nous avions le nez aplati, le leur était long, avec une narine de moins que le nôtre. Elles étaient agenouillées autour des plats, le cou tendu en avant, le nez proche des mets ; leur narine se dilatait et se contractait tour à tour, d'où les reniflements que nous avions entendus. Nous nous sommes collés encore plus contre la paroi, on aurait dit deux lézards. À plusieurs reprises, j'ai eu l'impression qu'ils nous avaient repérés, mais ils n'en ont rien manifesté. Un être au long nez, qui semblait tout petit, s'est soudain levé et, tout en reniflant et en bougeant la tête, a rencontré manifestement nos regards, mais il n'a rien montré. J'avais le sentiment qu'ils faisaient exprès de ne pas s'intéresser à nous.

Après avoir humé un moment, les uns après les autres, ils se sont éloignés des plats, se sont relevés, l'air satisfait, avant de s'enfoncer vers les profondeurs de la grotte. Le petit être au long nez s'est même retourné pour nous faire une grimace, une autre personne, grande celle-là, les seins à l'air, qui devait sans doute être sa mère, l'a entraîné. La grotte n'était plus que silence, tandis qu'une odeur délicieuse venait de la nourriture disposée dans les trois grands plats. Finalement, incapables de résister à cet appel, nous nous sommes approchés des plats à pas de loup, puis, sans nous soucier davantage du danger, nous nous sommes emparés de ces bonnes choses et les avons dévorées à belles dents. Nous avions l'impression d'avoir tout juste commencé notre festin, alors qu'en fait nous avions déjà beaucoup mangé, quand les êtres au long nez nous ont soudain encerclés, nous avons pensé d'abord prendre la fuite, mais nos panses étaient trop lourdes. Nous nous sommes assis par terre, on aurait vraiment dit deux énormes araignées.

La langue des êtres au long nez était étrange, un vrai charabia, nous ne comprenions rien à ce qu'ils baragouinaient. Toutefois, à en juger à leur expression, ils ne semblaient pas mal intentionnés à notre égard. Puis ils se sont mis à danser sur l'estrade en terre, comme s'ils entendaient, par là, nous montrer qu'ils étaient contents que nous leur eussions rendu visite dans la grotte. Leur danse ressemblait, par certains côtés, à celles en vogue dans notre village, elle était aussi simple, aussi mécanique, quant à eux, on aurait dit des marionnettes. Deux femelles au long nez nous ont tirés par la main pour que nous dansions avec elles. Nous avions trop mangé, éprouvions de réelles difficultés à bouger, mais nous n'avons pas osé refuser, puisqu'elles nous l'avaient demandé. Au bout d'un moment, nos ventres ayant désenflé, nous nous sommes sentis mieux. Peu à peu, nous en sommes venus à oublier que ces êtres étaient différents de nous, et nous avons pu comprendre leur langue. Après la danse, tout le monde s'est assis pour bavarder, comme pour une causerie. Mon petit aîné Yu Jinbao a dit que, pour deux gosses affamés comme nous, c'était une chance que d'être venus aujourd'hui dans cette grotte et d'y avoir été reçus avec amitié et chaleur, d'avoir mangé des mets aussi délicieux auxquels nous n'avions jamais goûté, que nous étions les enfants les plus chanceux au monde et que, si à notre retour là-haut, nous devions mourir sur-le-champ, nous n'en serions pas pour nos frais. Un vieux Long Nez qui avait quelques poils blancs au menton a pris la parole au nom des siens et a dit : à quoi bon tant de politesses, en fait, nous vous connaissons depuis longtemps, à l'origine, vous faisiez partie de notre clan, par la suite, un grand vent vous a emportés. Il y a quelques années, nous avons appris que vous viviez là-haut, et que vous meniez une vie pénible. Depuis longtemps, nous avions décidé de vous inviter à revenir parmi nous pour passer un peu de bon temps, mais nous n'avions jamais, jusqu'à ce jour, trouvé l'occasion de mettre ce projet à exécution. Aussi, vous devez considérer votre venue ici comme un retour à la maison, ou comme une visite dans la famille. Il a dit qu'ils appartenaient au clan des renifleurs d'odeurs, qu'ils n'avaient pas besoin de manger, qu'il leur suffisait de humer une fois par jour l'odeur de la nourriture. Il a ajouté que si la nourriture qu'ils avaient reniflée ne nous répugnait pas, nous n'avions qu'à venir la manger, que si nous ne la mangions pas, de toute façon, elle serait jetée dans le canal souterrain et qu'elle irait dans la rivière bleue nourrir les « poissons à quat'z-yeux ». Puis ils nous ont raccompagnés jusqu'à l'entrée du puits, tout en nous assurant que nous serions toujours les bienvenus, ils nous ont demandé avec instance de ne pas parler à l'extérieur de ce qui se passait ici. Nous avons fait le serment de ne rien dire sous peine de voir notre crâne picoré par les corbeaux.

Table

Table

DU MÊME AUTEUR

Le Clan du sorgho
Actes Sud, 1990

La Mélopée de l'ail paradisiaque
Messidor, 1990
Seuil, 2005
et « Points », n° P2025

Le Chantier
Scandéditions-Temps actuels, 1993
Seuil, 2007
et « Points », n° P2670

Le Radis de cristal
Philippe Picquier, 1993
et « Picquier poche », n° 148

Les Treize Pas
Seuil, 1995
et « Points », n° P1178

Le Pays de l'alcool
Seuil, 2000
et « Points », n° P1179

La Carte au trésor
Philippe Picquier, 2004
et « Picquier poche », n° 277

Beaux Seins, Belles Fesses
Seuil, 2004
et « Points », n° P1386

Explosion
Caractères, 2004

Le maître a de plus en plus d'humour
Seuil, 2005
et « Points », n° P1455

Le Supplice du santal
Seuil, 2006
et « Points », n° P2224

La Joie
Philippe Picquier, 2007

Quarante et Un Coups de canon
Seuil, 2008

La Dure Loi du karma
Seuil, 2009
et « Points », n° P2460

La belle à dos d'âne dans l'avenue de Chang'an
Philippe Picquier, 2011

Grenouilles
Seuil, 2011
et « Points », n° P2900

Le Veau
suivi de Le Coureur de fond
Seuil, 2012

Le Grand Chambard
Seuil, 2013

COMPOSITION : NORD COMPO MULTIMÉDIA
7 RUE DE FIVES - 59650 VILLENEUVE-D'ASCQ

BUSSIÈRE

Cet ouvrage a été imprimé en France par
CPI Bussière
à Saint-Amand-Montrond (Cher)
en octobre 2014.
N° d'édition : 111024-2. - N° d'impression : 2012453.
Dépôt légal : mars 2013.

Éditions Points

Le catalogue complet de nos collections est sur Le Cercle Points, ainsi que des interviews de vos auteurs préférés, des jeux-concours, des conseils de lecture, des extraits en avant-première…

www.lecerclepoints.com

DERNIERS TITRES PARUS

P2848. Je ne suis pas d'ici, *Hugo Hamilton*
P2849. Le Capitalisme hors la loi, *Marc Roche*
P2850. Le Roman de Bergen. 1950 Le Zénith – tome IV *Gunnar Staalesen*
P2851. Pour tout l'or du Brésil, *Jean-Paul Delfino*
P2852. Chamboula, *Paul Fournel*
P2853. Les Heures secrètes, *Élisabeth Brami*
P2854. J.O., *Raymond Depardon*
P2855. Freedom, *Jonathan Franzen*
P2856. Scintillation, *John Burnside*
P2857. Rouler, *Christian Oster*
P2858. Accabadora, *Michela Murgia*
P2859. Kampuchéa, *Patrick Deville*
P2860. Les Idiots (petites vies), *Ermanno Cavazzoni*
P2861. La Femme et l'Ours, *Philippe Jaenada*
P2862. L'Incendie du Chiado, *François Vallejo*
P2863. Le Londres-Louxor, *Jakuta Alikavazovic*
P2864. Rêves de Russie, *Yasushi Inoué*
P2865. Des garçons d'avenir, *Nathalie Bauer*
P2866. La Marche du cavalier, *Geneviève Brisac*
P2867. Cadrages & Débordements *Marc Lièvremont (avec Pierre Ballester)*
P2868. Automne, *Mons Kallentoft*
P2869. Du sang sur l'autel, *Thomas Cook*
P2870. Le Vingt et Unième cas, *Håkan Nesser*
P2871. Nous, on peut. Manuel anticrise à l'usage du citoyen *Jacques Généreux*
P2872. Une autre jeunesse, *Jean-René Huguenin*
P2873. L'Amour d'une honnête femme, *Alice Munro*
P2874. Secrets de Polichinelle, *Alice Munro*

P2875. Histoire secrète du Costaguana, *Juan Gabriel Vásquez*
P2876. Le Cas Sneijder, *Jean-Paul Dubois*
P2877. Assommons les pauvres !, *Shumona Sinha*
P2878. Brut, *Dalibor Frioux*
P2879. Destruction massive. Géopolitique de la faim
Jean Ziegler
P2880. Une petite ville sans histoire, *Greg Iles*
P2881. Intrusion, *Natsuo Kirino*
P2882. Tatouage, *Manuel Vázquez Montalbán*
P2883. D'une porte l'autre, *Charles Aznavour*
P2884. L'Intégrale Gainsbourg. L'histoire de toutes ses chansons
Loïc Picaud, Gilles Verlant
P2885. Hymne, *Lydie Salvayre*
P2886. B.W., *Lydie Salvayre*
P2887. Les Notaires. Enquête sur la profession la plus puissante de France, *Laurence de Charette, Denis Boulard*
P2888. Le Dépaysement. Voyages en France
Jean-Christophe Bailly
P2889. Les Filles d'Allah, *Nedim Gürsel*
P2890. Les Yeux de Lira, *Eva Joly et Judith Perrignon*
P2891. Recettes intimes de grands chefs, *Irvine Welsh*
P2892. Petit Lexique du petit, *Jean-Luc Petitrenaud*
P2893. La Vie sexuelle d'un islamiste à Paris, *Leïla Marouane*
P2894. Ils sont partis avec panache. Les dernières paroles, de Jules César à Jimi Hendrix, *Michel Gaillard*
P2896. Le Livre de la grammaire intérieure, *David Grossman*
P2897. Philby. Portrait de l'espion en jeune homme
Robert Littell
P2898. Jérusalem, *Gonçalo M. Tavares*
P2899. Un capitaine sans importance, *Patrice Franceschi*
P2900. Grenouilles, *Mo Yan*
P2901. Lost Girls, *Andrew Pyper*
P2902. Satori, *Don Winslow*
P2903. Cadix, ou la diagonale du fou, *Arturo Pérez-Reverte*
P2904. Cranford, *Elizabeth Gaskell*
P2905. Les Confessions de Mr Harrison, *Elizabeth Gaskell*
P2906. Jón l'Islandais, *Bruno d'Halluin*
P2907. Journal d'un mythomane, vol. 1, *Nicolas Bedos*
P2908. Le Roi prédateur, *Catherine Graciet et Éric Laurent*
P2909. Tout passe, *Bernard Comment*
P2910. Paris, mode d'emploi. Bobos, néo-bistro, paniers bio et autres absurdités de la vie parisienne
Jean-Laurent Cassely
P2911. J'ai réussi à rester en vie, *Joyce Carol Oates*

P2912. Folles nuits, *Joyce Carol Oates*
P2913. L'Insolente de Kaboul, *Chékéba Hachemi*
P2914. Tim Burton : entretiens avec Mark Salisbury
P2915. 99 proverbes à foutre à la poubelle, *Jean-Loup Chiflet*
P2916. Les Plus Belles Expressions de nos régions
Pascale Lafitte-Certa
P2917. Petit dictionnaire du français familier.
2000 mots et expressions, d'« avoir la pétoche »
à « zigouiller », *Claude Duneton*
P2918. Les Deux Sacrements, *Heinrich Böll*
P2919. Le Baiser de la femme-araignée, *Manuel Puig*
P2920. Les Anges perdus, *Jonathan Kellerman*
P2921. L'Humour des chats, *The New Yorker*
P2922. Les Enquêtes d'Erlendur, *Arnaldur Indridason*
P2923. Intermittence, *Andrea Camilleri*
P2924. Betty, *Arnaldur Indridason*
P2925. Grand-père avait un éléphant
Vaikom Muhammad Basheer
P2926. Les Savants, *Manu Joseph*
P2927. Des saisons au bord de la mer, *François Maspero*
P2928. Le Poil et la Plume, *Anny Duperey*
P2929. Ces 600 milliards qui manquent à la France
Antoine Peillon
P2930. Pensées pour moi-même. Le livre autorisé de citations
Nelson Mandela
P2931. Carnivores domestiques (illustrations d'OlivSteen)
Erwan Le Créac'h
P2932. Tes dernières volontés, *Laura Lippman*
P2933. Disparues, *Chris Mooney*
P2934. La Prisonnière de la tour, *Boris Akounine*
P2935. Cette vie ou une autre, *Dan Chaon*
P2936. Le Chinois, *Henning Mankell*
P2937. La Femme au masque de chair, *Donna Leon*
P2938. Comme neige, *Jon Michelet*
P2939. Par amitié, *George P. Pelecanos*
P2940. Avec le diable, *James Keene, Hillel Levin*
P2941. Les Fleurs de l'ombre, *Steve Mosby*
P2942. Double Dexter, *Jeff Lindsay*
P2943. Vox, *Dominique Sylvain*
P2944. Cobra, *Dominique Sylvain*
P2945. Au lieu-dit Noir-Étang…, *Thomas Cook*
P2946. La Place du mort, *Pascal Garnier*
P2947. Terre des rêves (La trilogie du Minnesota, tome 1)
Vidar Sundstøl

P2948. Les Mille Automnes de Jacob de Zoet, *David Mitchell*
P2949. La Tuile de Tenpyô, *Yasushi Inoué*
P2950. Claustria, *Régis Jauffret*
P2951. L'Adieu à Stefan Zweig, *Belinda Cannone*
P2952. Là où commence le secret, *Arthur Loustalot*
P2953. Le Sanglot de l'homme noir, *Alain Mabanckou*
P2954. La Zonzon, *Alain Guyard*
P2955. L'éternité n'est pas si longue, *Fanny Chiarello*
P2956. Mémoires d'une femme de ménage
Isaure (en collaboration avec Bertrand Ferrier)
P2957. Je suis faite comme ça, *Juliette Gréco*
P2958. Les Mots et la Chose. Trésors du langage érotique
Jean-Claude Carrière
P2959. Ransom, *Jay McInerney*
P2960. Little Big Bang, *Benny Barbash*
P2961. Vie animale, *Justin Torres*
P2962. Enfin, *Edward St Aubyn*
P2963. La Mort muette, *Volker Kutscher*
P2964. Je trouverai ce que tu aimes, *Louise Doughty*
P2965. Les Sopranos, *Alan Warner*
P2966. Les Étoiles dans le ciel radieux, *Alan Warner*
P2967. Méfiez-vous des enfants sages, *Cécile Coulon*
P2968. Cheese Monkeys, *Chip Kidd*
P2969. Pommes, *Richard Milward*
P2970. Paris à vue d'œil, *Henri Cartier-Bresson*
P2971. Bienvenue en Transylvanie, *collectif*
P2972. Super triste histoire d'amour, *Gary Shteyngart*
P2973. Les Mots les plus méchants de l'Histoire
Bernadette de Castelbajac
P2974. La femme qui résiste, *Anne Lauvergeon*
P2975. Le Monarque, son fils, son fief, *Marie-Célie Guillaume*
P2976. Écrire est une enfance, *Philippe Delerm*
P2977. Le Dernier Français, *Abd Al Malik*
P2978. Il faudrait s'arracher le cœur, *Dominique Fabre*
P2979. Dans la grande nuit des temps, *Antonio Muñoz Molina*
P2980. L'Expédition polaire à bicyclette, *Robert Benchley*
P2981. Karitas, livre II – L'art de la vie
Kristín Marja Baldursdóttir
P2982. Parlez-moi d'amour, *Raymond Carver*
P2983. Tais-toi, je t'en prie, *Raymond Carver*
P2984. Débutants, *Raymond Carver*
P2985. Calligraphie des rêves, *Juan Marsé*
P2986. Juste être un homme, *Craig Davidson*
P2987. Les Strauss-Kahn, *Raphaëlle Bacqué, Ariane Chemin*